Klaras Haus

SABINE KORNBICHLER

Klaras Haus

Roman

Bechtermünz

Genehmigte Lizenzausgabe
für Weltbild Verlag GmbH, Augsburg
Copyright © der deutschen Ausgabe 1999
by Droemersche Verlagsanstalt Th. Knaur Nachf., München
Alle Rechte vorbehalten.
Umschlaggestaltung: DYADEsign, Düsseldorf
Umschlagmotiv: AKG, Berlin
Gesamtherstellung: Wiener Verlag, Himberg bei Wien
Printed in Austria
ISBN 3-8289-6977-1

2004 2003 2002 2001
Die letzte Jahreszahl gibt die aktuelle Lizenzausgabe an.

Für Frieder

1 *Ich habe Träume, von denen ich weiß, daß sie nie in* Erfüllung gehen werden, weil sie nicht in Erfüllung gehen können, nicht mehr. Trotzdem bewahre ich sie mir. Nicht als traurige Erinnerung, sondern als vertraute Begleiter, die mir einen immer wiederkehrenden, wundervollen Blick gönnen auf das, was hätte sein können. Es ist lange kein wehmütiger, bereuender Blick mehr, sondern ein wissender, keiner, der der Vergangenheit verhaftet ist, sondern einer, der akzeptiert, was war und was nicht.

So geht es mir auch mit meinem Wunsch, Klara noch einmal zu treffen, diese blasse, unscheinbare Frau, die immer am Rand stand, fluchtbereit in der Nähe einer Tür, um ihren Mitmenschen den Rücken zu kehren, sobald sich eine Gelegenheit dazu bot. Ich sehe sie noch vor mir mit ihrem ungeschminkten Gesicht, den fest zusammengebundenen Haaren und ihren düsteren Kleidern, die fernab jeder Modeströmung entstanden sein mußten. Klara hatte wahrhaft nichts Freundliches oder Gefälliges an sich, nichts, was mich auch nur im entferntesten bewegt hätte, auf sie zuzugehen. Im Gegenteil, in ihr sah ich sämtliche meiner Vorurteile gegenüber kopflastigen Graustrümpfen Gestalt annehmen. Ihr unverblümter, forschender Blick durchbrach unaufgefordert die Barrieren natürlicher Zurückhaltung, so daß ich, wenn möglich, einen Bogen um sie machte, zumal sich Unterhaltungen mit ihr regelmäßig als unerfreulich gestalteten. Unfähig zu unterhaltsamer Konversation, stieß sie ihr

Gegenüber schroff vor den Kopf, indem sie auf höfliche Annäherung mit unverhohlenem Desinteresse reagierte. Sie als nicht einfach zu beschreiben, hätte die Grenzen schamloser Untertreibung weit unterlaufen. Als ich sie näher kennenlernte und mir wünschte, mit ihr reden zu können, war sie tot.

Klara war die Frau meines Onkels Ferdinand. Wenn es stimmt, daß Gegensätze sich anziehen, dann muß zwischen beiden ein unbezwingbarer Magnetismus bestanden haben. Mein Onkel war äußerst attraktiv, bis zum Umfallen charmant und voller Humor, der in allen Winkeln seines Gesichts zum Ausdruck kam. Er war einer jener Junggesellen, die das weibliche Geschlecht zu Hochtouren auflaufen lassen, in der Hoffnung auf den Platz des Lotsen, der das Schiff schließlich in den sicheren Hafen der Ehe steuert. Und die potentiellen Lotsinnen konnten sich sehen lassen. Bei Wettbewerben um Chic, Esprit und Sinnlichkeit hätten sie mühelos die ersten Plätze belegt. In jedem Fall genossen sie ausnahmslos und hin und wieder sogar gleichzeitig die Gunst von Onkel Ferdinand und die manchmal recht augenscheinliche Aufmerksamkeit seiner Brüder und Freunde.

Als er vor elf Jahren mit Klara auftauchte und freudestrahlend verkündete, daß er heiraten werde, im stolzen Alter von vierundsechzig Jahren, sah er sich auf breiter Front mit Unverständnis konfrontiert. Was seine Freude jedoch in keiner Weise trübte. Die Frau seiner gereiften Träume habe endlich ja gesagt, sein Glück sei kaum in Worte zu fassen. Die Meinung der anderen hatte ihn früher nicht interessiert und tat es auch jetzt nicht.

Nun hätte man denken können, er sei allein dem Reiz einer

mehr als zwanzig Jahre jüngeren Frau erlegen, jedoch waren seine früheren Auserwählten allesamt noch jünger gewesen, so daß dies nicht das Motiv sein konnte. Und bei Klara von Reizen zu sprechen, wäre mir nicht in den Sinn gekommen. Was fand er also an ihr? War es Reizüberflutung durch den nicht enden wollenden Strom hinreißender Schönheiten, die ihn in seinen reiferen Jahren nach einem Antimodell suchen ließen? Wobei ich Klara zu meiner Schande eher in die Reihe der Auslaufmodelle eingeordnet hätte. Daß ihn einfach Liebe bewegt haben könnte, auf die Idee kam ich nicht. In meinen Augen war sie eine graue Maus mit zugegebenermaßen hohem Intellekt, das typische späte Mädchen, dessen Augen nur glänzten, wenn *Ferdi* in der Nähe war.

Die beiden waren gerade vier Jahre verheiratet, als Onkel Ferdinand an einem bösartigen Hirntumor starb. Es hatte keinerlei Vorwarnungen gegeben, die sein Leben vielleicht hätten retten können. Er erlitt einen plötzlichen massiven Krampfanfall, fiel ins Koma und wachte nicht mehr daraus auf. Von meinem Vater erfuhr ich, daß Klara jede Minute seines langsamen Sterbens begleitet hatte und nicht von seiner Seite gewichen war. Auf seiner Beerdigung erlebte ich sie vollkommen versteinert. Sie mußte sich auf den Arm meines Vaters stützen, um nicht zusammenzubrechen. In diesem Augenblick tat sie mir leid. Auch wenn mir nicht klar war, was Onkel Ferdinand bei ihr gesucht und offensichtlich auch gefunden hatte, so war ich mir sicher, daß mit ihm für kurze Zeit etwas Strahlendes und Unersetzliches den Weg in ihr Leben gefunden hatte. Jetzt würde sie alleine weitergehen müssen, und dafür bedauerte ich sie. Während ich zusah, wie der Sarg in die Tiefe hinabgelassen wurde, stellte ich mir vor, wie es wäre, meinen eigenen Mann zu verlieren, ohne ihn leben zu müssen. Der Gedanke schreckte mich so sehr, daß ich ihn sogleich in die hinterste Ecke meines Bewußtseins zurückverbannte.

Klara brach kurz nach der Beerdigung ihre Zelte in München ab und zog auf eine der nordfriesischen Inseln, von der ich vorher noch nie gehört hatte. Ich kannte Sylt, aber Pellworm? Der einzige, der hin und wieder mit Klara telefonierte, war mein Vater, wie er mir erzählte. Er hatte einen für meine Mutter vollkommen unverständlichen Narren an ihr gefressen. Obwohl ich höchstens in jedem zweiten Schaltjahr einmal einer Meinung mit meiner Mutter bin, in dem Fall war ich es. Ich hatte Onkel Ferdinand nicht verstanden, und ich verstand meinen Vater nicht. Er hingegen nannte sie eine bemerkenswerte Person, die ihn sehr beeindruckt habe. Sie sei ein unerschütterlicher Menschenfreund und genieße seine ehrliche Hochachtung. Zum Glück sagte er das nicht in Gegenwart meiner Mutter, und so blieb uns zumindest einer ihrer Migräneanfälle erspart.

Vier Jahre später starb mein Vater an einem schweren Schlaganfall. Wie meinen Onkel, so ereilte auch ihn sein Schicksal ohne spürbare Vorwarnung oder die geringste Aussicht auf Heilung. Zwei Stunden, nachdem er ins Krankenhaus gekommen war, saß ich auf der Intensivstation an seinem Bett und hielt seine Hand. Seine Augen waren geschlossen, und sein Körper lag bewegungslos inmitten all der Apparaturen, die mir mit ihren beängstigenden Tönen unruhige Lebenszeichen von ihm sendeten. Ich hielt seine Hand und betete um dieses Leben, für das die Ärzte uns keine Hoffnung mehr machten. Ich strich sanft über seinen Arm und erzählte ihm die Geschichten meiner Kindheit, von dem wundervollen Vater, der eine strahlende, wärmende Sonne, glitzernde, geheimnisvolle Sterne und einen beruhigenden, lächelnden Mond in mein kindliches Universum gebracht hatte. Ich legte meine Hände schützend um sein Gesicht und erzählte ihm von meiner Jugend, von dem fordernden Vater, der mir erklärte, was Mut ist und Zivilcourage, und der mich neugierig machte auf das belebende Gefühl, gegen den Strom zu schwimmen. Ich legte meine Hand auf sein Herz und erzählte ihm von meinem Heute, das so viel ärmer ohne ihn sein würde, ich flehte ihn an, mich nicht allein zu lassen. Meine Tränen tropften auf das sterile Laken und hinterließen dort das Bild meiner Angst. Ich hielt seine Hand so fest, als ränge ich mit dem Tod um sein Leben und als wäre es nur eine Frage der Kraft, die ich aufbringen mußte, um ihn zu retten, ihn hinüberzuziehen an das Ufer des Hier und Jetzt. Ich wollte ihn beschützen, ihm einen Teil meiner Energie geben, um weiterzuleben. Er durfte nicht sterben mit diesem unerfüllten Traum.

Auf einem unserer ausgedehnten Spaziergänge hatte ich ihn danach gefragt. Es hatte ganze achtzehn Jahre gedauert, bis ich mir eingestehen konnte, daß im Universum meiner Mutter nur ein einziger Mensch Platz hatte, nämlich sie selbst. Sie zelebrierte ihre Person mit einer solch unglaublichen Virtuosität, daß ich lange Zeit glaubte, was sie sagte. Daß sie aufopferungsvoll, selbstlos und aufrichtig allein das Glück ihrer Familie im Auge habe, ihre gelegentlichen gesundheitlichen Attacken ausschließlich ein Ausdruck ihrer Traurigkeit und tiefen Betroffenheit seien, wenn eines der Familienmitglieder einmal den von ihr so wohlbedacht vorgezeichneten

Weg verließ und sich damit ihrer klugen Vorsehung entzog. Was nichts anderes hieß, als daß einer von uns anderer Meinung war als sie.

Meine Mutter war ein narzißtisches Biest in einer verblüffenden ätherischen Hülle, die Beschützerinstinkte aufkommen ließ, wo Fluchtreflexe oder aber ein undurchlässiger Schutzpanzer angebracht gewesen wären. Ich war immer wieder verblüfft, wie willig alle auf sie hereinfielen und sie als einen wahrhaft guten, arglosen Menschen priesen, der allein das Wohl der anderen im Sinn hatte. Meine beiden Schwestern hatten ihre narzißtische Ader mit den Genen aufgesogen und bildeten mit ihr zusammen ein Dreiergespann, das sich gegenseitig duldete und zu gegebenen Anlässen entsprechend beweihräucherte. Auch mein Vater war auf meine Mutter hereingefallen, anders konnte ich mir das Zusammenfinden der beiden nicht erklären. Er war das, was sie vorgab zu sein: ein guter, feinsinniger Mensch ohne Argwohn. Er war bereit zu glauben, was er sah und hörte. Als ich achtzehn war, stellte ich ihm die Frage, die mir auf der Zunge brannte.

»Warst du jemals glücklich mit ihr?«

Er sah mich lange und traurig an. »Eine Weile glaubte ich es zu sein, wieder eine Weile versuchte ich mir etwas vorzumachen, und die ganze lange Zeit, die darauf folgte, habe ich mich arrangiert, weil ihr drei da wart. Wenn ich ihr schon kein guter Ehemann sein konnte, so wollte ich wenigstens euch ein guter Vater sein.«

»Aber hier geht es nicht darum, daß du ein guter Ehemann sein sollst. Sie hat noch nicht an einem einzigen Tag in ihrem Leben versucht, dir eine gute Frau zu sein. Sie müßte etwas ändern, nicht du.« Er machte mich rebellisch mit seiner ungehinderten Bereitschaft, die Schuld für das emotionale Scheitern seiner Ehe auf die eigenen Schultern zu laden. »Hast du nie davon geträumt, glücklich zu sein?« fragte ich ihn schwärmerisch in meinem jugendlichen Glauben an den Sieg der Gefühle.

»Doch«, antwortete er wehmütig lächelnd, »ich träume immer noch davon, und gleichzeitig hoffe ich, vielleicht doch noch einmal das Herz deiner Mutter zu erwärmen.«

So fing ich an, ihn vor ihr zu schützen, ihre verbalen Hiebe auf sein Selbstbewußtsein abzufangen, wann immer ich in der Nähe war, und von Auseinandersetzungen mit ihr Abstand zu nehmen. Mein Widerspruch hätte sie nur erneut auf ihm herumhacken lassen, und das wollte ich um jeden Preis vermeiden. Ich konnte das Haus jederzeit verlassen, mein Vater blieb ihr auf Gedeih und Verderb ausgeliefert, weil er nicht die Kraft fand, sich von der irrigen Hoffnung zu lösen, die Frau, für die er sich einmal entschieden hatte, könne doch noch den Spiegel aus der Hand legen und ihn ansehen.

An seinem Krankenbett löste sich diese Hoffnung in flüchtige Seifenblasen auf. Meine Mutter sah keinen Sinn darin, sich an sein Bett zu setzen und eine Hand zu halten, die – wie ihr die Ärzte prophezeit hätten – schon bald unter der Erde läge. Er sei bewußtlos, und sie sei aufs höchste beunruhigt, was nun aus ihr werden solle, wie sie versorgt sei, er habe nie ein Wort darüber verloren. Sie habe schon mit der Bank gesprochen und mit den Versicherungen und sei inzwischen so geschwächt, daß sie erst einmal Ruhe brauche, sonst würden ihre drei Kinder nicht nur den Vater, sondern auch noch die Mutter verlieren. So laste eine zentnerschwere

13

Verantwortung auf ihr, der sie sich mit all ihrer Kraft stellen müsse.

Meine Schwestern hatten keine Zeit, tagelang um sein Bett herumzuschleichen und auf ein letztes Erkennen, auf einen bewußten Abschied zu hoffen. Das werde sowieso nicht geschehen, versuchte ich ihnen zu erklären. Es gehe nur darum, in seiner Nähe zu sein, ihn spüren zu lassen, daß wir da seien. Aber in seiner Bewußtlosigkeit sahen sie bereits einen totenähnlichen Zustand, der jede Annäherung überflüssig machte. Zu Hause würden ihre Kinder warten, lebendig und fordernd, sie als ihre Mütter hätten schließlich Pflichten zu erfüllen.

So blieben wir in trauter Zweisamkeit, um voneinander Abschied zu nehmen. Es hätte nicht mehr der Töne auf den Monitoren bedurft, um mir das nahende Ende zu signalisieren. Ich spürte die Unruhe meines Vaters wie ein letztes Aufbäumen. Ich hielt seine Hand an meine Wange und ließ ihn die Tränen spüren, die ich um ihn weinte. Ich erzählte ihm von dem Engel, der dort drüben auf ihn warte und mit sanfter Liebe alle Wunden schließen werde, die hier nicht hatten heilen können. Ich erzählte ihm von der tiefen Vertrautheit, die ihn mit diesem Engel verbinden würde, daß er mutig hinübergehen solle, weil dort sein Traum auf ihn warte. In diesem Augenblick war es, als würde noch ein letztes Zucken in seine tränenfeuchte Hand gelangen, der Hauch von einem Zeichen des Abschieds. Ich empfand noch die Freude darüber, als ein langgezogener Ton in mein Bewußtsein drang und mich die Endgültigkeit spüren ließ. Eine der Krankenschwestern stellte den Monitor ab, strich mir übers Haar und ließ uns wieder allein. Die Zeit hatte ausgesetzt in diesen vier Wänden, und so schien es mir als ein ewiger Augenblick, in dem ich mir jede Einzelheit seines Gesichts einprägte.

Seine Trauerfeier durchlebte ich wie in Trance. Er hatte mir mit festen braunen Haaren, grauen Augen und dem hochgewachsenen Körper nicht nur mein Äußeres hinterlassen, mit ihm hatte ich meinen Seelenfreund verloren, dessen Güte und augenzwinkerndes Verständnis für mich unersetzbar blieben. Die Urnenbeisetzung war ein vergleichsweise prosaischer Akt, der seinem Wesen nicht gerecht wurde und den ich nur so schnell wie möglich hinter mich bringen wollte. Klara war extra von ihrer Insel gekommen, um meinen Vater mit uns zusammen auf diesen letzten Metern zu begleiten. Es war der erste Moment, in dem ich mich ihr nahe fühlte. Sie sah mich mit Tränen in den Augen an, strich mit ihren dünnen Fingern zart über meine Wange und sagte: »Er wohnt jetzt in deinem Herzen, so wie du immer in seinem gewohnt hast.« Aber dieser Moment war schnell vorüber, und ich verlor mich in einer Trauer, die lange andauern sollte. Nach der Begegnung auf dem Friedhof brach die Verbindung zu Klara völlig ab. Meinen Vater vermißte ich unendlich, Klara dagegen hatte kaum eine Spur in meinen Gedanken hinterlassen. So nahm ich die Nachricht von ihrem Tod mit distanziertem Bedauern, fast gleichmütig hin. Sie war einundfünfzig Jahre alt geworden, hatte meinen Onkel nur um sechs Jahre und meinen Vater nicht einmal um zwei Jahre überlebt.

Ich wünsche mir heute, ihr Todestag hätte sich mir um ihretwillen eingeprägt, aber so war es nicht. Sie starb kurz vor meinem vierzigsten Geburtstag, als ich mitten in den

Vorbereitungen für mein Fest steckte. Es sollte etwas Pracht-
volles, Unvergeßliches werden, etwas, worüber man noch
wochenlang reden würde. Ich zerbrach mir gerade den Kopf
über die Tischordnung, als meine Mutter anrief und mir
etwas von Sargausstattung, Trauerkränzen und Todesanzei-
ge erzählte. Mit anderen Worten, sie drückte mir kurzerhand
die Beerdigung von Klara aufs Auge.

»In zwei Wochen ist mein Geburtstag, und ich habe wirklich
noch jede Menge zu tun«, sagte ich ziemlich genervt.

»Wenn es eine andere Möglichkeit gäbe, würde ich dich
nicht fragen.« Ihr dezent beleidigter Grundton sprach
Bände.

»Warum denn ausgerechnet ich? Kann nicht vielleicht Nora
oder Emma ...«

»Du weißt ganz genau, wie eingespannt die beiden sind«,
unterbrach sie mich ungerührt. »Deine Schwestern haben
schließlich Kinder. Vergiß das nicht, Nina!«

Ich kenne niemanden, der ein Ausrufezeichen so gekonnt
mit einem Vorwurf ausstatten kann wie meine Mutter.
Außerdem versteht sie sich auf Imperative.

»Wie sollte ich«, sagte ich schneidend. Mit der Zeit hatte ich
begonnen, den wenig subtilen Hinweis auf meine so vielbe-
schäftigten, weil fruchtbaren Schwestern zu hassen. Er erinnerte mich nicht nur immer wieder an meine eigene Kinder-
losigkeit, er lud mir auch regelmäßig die undankbaren Aufgaben auf.

»Spar dir deinen Sarkasmus, und tu mir den Gefallen«,
insistierte sie, vollkommen unbeeindruckt von meinem Ein-
wurf. »Dein Vater hat sie, nun ja ... *geschätzt* ist wohl das
richtige Wort.«

Es mußte ihr schwerfallen, diesen Ausdruck im Zusammenhang mit Klara zu benutzen, und ich konnte an ihrer Stimme hören, daß sie es ihm noch über seinen Tod hinaus verübelte. »Er wäre sehr traurig, dich jetzt so zu hören«, sagte sie samtweich und mit leiser Drohung. »Ich verlasse mich auf dich, hörst du?«

»Ja, Mutter, ich habe verstanden.«

Die Erpressung mit meinem Vater war auch diesmal erfolgreich. Ich machte innerhalb einer Stunde eine meiner erprobten Checklisten, hakte einen Punkt nach dem anderen systematisch ab, und organisierte im Schnelldurchlauf aus der Ferne die Beerdigung, perfekt und lieblos. Hätte ich Klara zu diesem Zeitpunkt schon gekannt, dann hätte ich an ihrem Abschied teilgenommen, aber es sollte eine Weile dauern, bis ich das nachholte und Blumen auf ihr Grab legte.

Einige Wochen nach ihrem Tod erhielt ich ein Schreiben ihres Hamburger Anwalts Dr. Carstens. Klara habe die Nichten und Neffen ihres verstorbenen Mannes in ihrem Testament bedacht, hieß es darin. Wir sollten möglichst alle zur Verlesung in Hamburg erscheinen, was – welch Wunder – sogar meine beiden überlasteten Schwestern schafften. Wir flogen gemeinsam von Frankfurt nach Hamburg und trafen unsere Cousine und ihre drei Brüder direkt in der Kanzlei am Neuen Wall. Ich war überrascht, daß Klara sich einen so jungen Anwalt ausgesucht hatte, der in seiner geschliffenen, offenen Art gar nicht zu ihr gepaßt haben konnte. Eigentlich hatte ich eher ein verstaubtes Hinterzimmer mit einem ältlichen, verhärmten Advokaten erwartet. Aber Klara hatte offensichtlich auch hier den Gegensatz im anderen Extrem gesucht.

Dr. Carstens begrüßte uns kurz und ging gleich zur Testamentseröffnung über. Wie sich herausstellte, war Klara sehr wohlhabend gewesen. Neben einem beträchtlichen Kapitalvermögen hinterließ sie das Haus auf Pellworm, in dem sie die Jahre nach Onkel Ferdinands Tod verbracht hatte. Man wird es verkaufen müssen, überlegte ich, was sollen wir mit einem Ferienhaus auf einer Insel, die niemand kennt. Wie sich herausstellte, waren meine Gedanken jedoch etwas zu voreilig gewesen. Dr. Carstens mußte meine imaginären Streifzüge bemerkt haben, denn er bat mich höflich, aber sehr bestimmt, zuzuhören. Es sei wichtig, daß wir ganz genau verstünden, was Klara Wilander verfügt habe. Da wir ihre Erben waren, hatte ich angenommen, die Summen würden einfach durch sieben geteilt, aber das Geld sollte nicht angerührt und das Haus nicht verkauft werden.

»Ich hinterlasse meinen gesamten Besitz den Nichten und Neffen meines verstorbenen Mannes, Ferdinand Wilander, und zwar stellvertretend für die gesamte Familie. Das Geld geht in einen Treuhandfonds ein, der von meinem Anwalt gewinnbringend verwaltet wird. Diesem Fonds dürfen Gelder nur zum Erhalt des Hauses und zum Unterhalt seiner jeweiligen Bewohner entzogen werden. Das Haus wird ein Zufluchtsort sein für Euch, Eure Familien und Freunde. Es wird kein Ferienhaus sein, jedenfalls nicht im üblichen Sinne. Dieses Haus steht Euch zur Verfügung, wenn Ihr nicht mehr weiter wißt oder nicht mehr weiter könnt. Wann immer das der Fall ist, geht zu Dr. Carstens, er hat den Schlüssel.«

Als Dr. Carstens Klaras Letzten Willen zu Ende vorgelesen hatte, sah er uns der Reihe nach an und forderte uns auf, Fragen zu stellen, falls noch etwas unklar sei.

»Mir ist nur nicht klar«, rutschte es mir heraus, »warum wir für diesen Unsinn extra hierherkommen mußten. Das hätte man auch auf dem Postweg erledigen können.«

»Erstens, Frau Tilden«, wies er mich geduldig, aber unmißverständlich zurecht, »gibt es bestimmte Formen, die bei Testamentseröffnungen zu wahren sind. Und zweitens«, betonte er, »hoffe ich für Sie, daß Sie nie in eine Situation geraten, in der sich dieser Unsinn, wie Sie es nennen, für Sie als Rettung erweist.«

»Darauf können Sie wetten«, sagte ich gereizt. Was bildete der sich überhaupt ein?

Meine Schwestern sahen mich entsetzt an und entschuldigten sich bei Dr. Carstens geflissentlich für meinen ebenso ungewohnten wie unüberlegten Ausbruch.

Dr. Carstens nickte verständnisvoll und gab jedem von uns eine Abschrift des Testaments. Meine wanderte, als ich zurück in Frankfurt war, direkt in die Dokumentenschublade. Dafür waren wir extra nach Hamburg geflogen, was sollte das? Aber das paßte zu dieser merkwürdigen Person mit dem undefinierbaren Blick. Mich würden jedenfalls keine zehn Pferde auf diese Insel bekommen, geschweige denn in Klaras Haus. Wenn es den düsteren Geschmack seiner ehemaligen Bewohnerin widerspiegelte, mußte es eher einem Verließ ähneln als einem Zufluchtsort. Und überhaupt – wozu brauchten wir einen Zufluchtsort?

2 *Fast auf den Tag genau ein Jahr später betrat ich an* einem ungemütlichen Apriltag zum zweitenmal die Kanzlei von Dr. Carstens. Ich bin schon sehr früh in Frankfurt aufgebrochen und kam nach der sechsstündigen Fahrt und mehreren Staus mißgelaunt an meinem Zwischenziel an. Nach langem Hin und Her hatte mir seine Sekretärin kurzfristig einen Termin gegeben. Und das auch nur, weil ich hoch und heilig versprochen hatte, daß ich höchstens zwei Minuten der kostbaren Zeit ihres Chefs in Anspruch nehmen würde. Ich wollte den Schlüssel zu Klaras Haus abholen. Als ich Dr. Carstens endlich gegenübersaß, versuchte ich ihm zu erklären, warum ich nun doch auf die Insel fahren wollte. Vor einem Jahr hatte ich nicht gerade einen Hehl daraus gemacht, was ich von dem Testament hielt, aber er ließ mich gar nicht ausreden.

»Sie sind mir keine Rechenschaft schuldig, Frau Tilden. Als Frau Wilander ihr Testament aufsetzte«, sagte er sachlich, »hat sie immer wieder betont, daß sie in subjektiv empfundener Not helfen wolle. Sie lehnte Beurteilungen jedweder Art als absolut anmaßend ab. Und ich respektiere ihre Wünsche.«

Um so besser, dachte ich, schließlich geht es ihn auch wirklich nichts an. Er gab mir den Schlüssel, die notwendigen Unterlagen, um über ein Konto auf der Insel verfügen zu können, und einen Grundriß des Hauses. Ich verstaute alles in meiner Tasche.

»Wie lange kann ich dort bleiben?« fragte ich ihn beim Hinausgehen.

»So lange Sie wollen, Frau Tilden. Lassen Sie sich Zeit. Das ist der Sinn des Testaments.«

Irrte ich mich, oder hatte sich da ein seelsorgerischer Unterton in seine Stimme verirrt?

»Ich bin mir sicher«, fuhr er in gleicher Weise fort, »daß es Ihnen dort gefallen wird. Wenn Sie den Schlüssel nicht mehr brauchen, geben Sie ihn einfach hier wieder ab. Alles Gute und gute Fahrt.« Er streckte mir seine Hand entgegen und sah mich aufmunternd an.

O Gott, was dachte er denn, warum ich hier war? Ich hätte doch besser klarstellen sollen, daß ich weder auf der Flucht war noch mitten in einer Lebenskrise steckte. Aber was sollte es, ich hatte den Schlüssel, und das war die Hauptsache. Ich hatte mir Sachen für eine Woche eingepackt, mehr Zeit würde ich nicht brauchen. Bis dahin würde mein Mann seine Lektion gelernt haben.

Die Fahrt von Hamburg nach Nordstrand war kürzer, als ich gedacht hatte, die Autobahn war hier wenig befahren. So kam ich viel zu früh am Fähranleger an. Die Fähre nach Pellworm sollte erst in über einer Stunde ablegen. Ich parkte das Auto, nahm meinen Mantel und ging am Hafen spazieren. Es gab nicht viel zu sehen, nur ein paar Kutter an der Kaimauer und einen Seenot-Rettungskreuzer, der gerade einlief. Nachdem ich eine Weile zugeschaut hatte, spürte ich, wie mir Wind und Kälte in jede Pore drangen. Im Nu war ich total durchgefroren und überlegte, ob ich in das Hafenrestaurant oben auf dem Deich gehen sollte. Der rote Klinkerbau sah jedoch so wenig einladend aus, daß ich mich wieder ins Auto setzte und dort wartete. Warum war ich nicht einfach in ein Hotel gegangen? Welcher Teufel hatte mich geritten, hierherzufahren? Aber na ja, dachte ich, wenn ich schon einmal hier bin, kann ein Blick in Klaras Haus nicht schaden. Bei diesem einen Mal würde es schließlich bleiben.

Inzwischen hatte die Fähre angelegt. Die Fußgänger, die vom Schiff strömten, begaben sich direkt zu dem Bus, der gerade angekommen war. Hinter ihnen fuhren zwei Lkws und eine Unmenge Autos von der Fähre. In dieser einsamen Gegend hatte ich nicht mit einem so großen Andrang gerechnet, höchstens mit ein oder zwei anderen außer mir, aber nicht mit diesem regen Verkehr am Ende der Welt.

In der letzten Stunde hatte sich hinter mir eine Autoschlange gebildet, die sich jetzt an mir vorbei auf die Fähre schob. Einer der Fährleute hatte mich nach meiner Anmeldung gefragt und dem Fahrer hinter mir bedeutet, loszufahren, als sich herausstellte, daß ich mich unangemeldet hierher gewagt hatte. Im Gegensatz zu mir blieb er vollkommen gelassen. Wenn der Platz nicht reiche, meinte er, müsse ich entweder auf mein Auto verzichten oder selbst hierbleiben und für den nächsten Morgen reservieren. Aber ich hatte Glück, als alle anderen verstaut waren, winkte er mich gebieterisch zu sich heran. Der Platz, der noch für mein Auto reichen sollte, sah jedoch nicht größer aus als ein Gebetsteppich, und ich mußte geschlagene fünf Minuten hin und her rangieren, bis er sich endlich zufriedengab und mir ein Zeichen machte, daß ich den Motor abstellen konnte.

Die einstündige Überfahrt war hoffnungslos eintönig. Was hatte Klara nur hierhergezogen – von München in diese öde, flache Landschaft? Die einzigen Erhebungen in der Ferne waren Deiche, Leuchttürme und Windrotoren. Welch abwechslungsreicher Anblick, dachte ich mißmutig. Als ich auf Pellworm ankam, war meine Stimmung auf den Nullpunkt gesunken. Ich hatte zwar einen Plan von der Insel, da es aber inzwischen dämmerte und ich keine Lust hatte, lange herumzuirren, erkundigte ich mich gleich am Anleger nach dem Weg zu Klaras Haus. Die Antwort des erstbesten Einheimischen, auf den ich traf, war nicht nur einsilbig, sondern auch in einem unverständlichen Dialekt, der weit über simples Plattdeutsch hinausging. Hätte ich nicht auf seine Handzeichen geachtet, wäre ich nicht über die nächste Kreuzung hinausgelangt. So kam ich immerhin zwei Kilometer weit, dann mußte ich wieder fragen. Nach dem dritten Mal fand ich endlich die Einfahrt zu der kleinen Straße, die zu Klaras Haus führte. Im Dämmerlicht konnte ich kaum was erkennen, nur so viel, daß mein Domizil für die nächste Woche wider Erwarten ganz ansehnlich wirkte. Vor mir erhob sich ein romantisch anmutendes weißgetünchtes Haus, das unter einem Reetdach ruhte. Ich fuhr langsam die Warft hinauf und stellte mein Auto hinter dem Haus ab, wo eine gute Seele ein Außenlicht hatte brennen lassen. Ich nahm meine Tasche und floh vor der unwirtlichen Witterung ins Haus.

Ich weiß nicht, was ich mir von Klaras Haus erwartet hatte, wahrscheinlich nur so viel, wie ich Klara selbst zugestanden hatte – unscheinbare Farblosigkeit mit einem Hang zum Düsteren, Schwermütigen. Was mich erwartete, war jedoch etwas völlig anderes, etwas überraschend Schönes. Dr. Carstens hatte mir einen Grundriß mitgegeben, den ich mir während der Überfahrt angesehen hatte. Daher wußte ich, daß sich im Erdgeschoß Küche, Eßzimmer, Wohnzimmer und Bibliothek befanden, im ersten Stock Klaras Schlaf- und Arbeitszimmer sowie zwei Gästezimmer. Während ich staunend durch die unteren Räume mit ihren tiefen Decken

23

wanderte, begleitete mich das Geräusch meiner Schritte auf dem alten Parkettfußboden aus Schiffsplanken, über die schon Generationen hinweggegangen sein mußten. Das Knarren war gewöhnungsbedürftig inmitten der Stille, die mich im Haus empfing.

Der Anwalt hatte mir versprochen, daß Klaras ehemalige Haushälterin Hanni Jensen regelmäßig vorbeischauen würde, um nach dem Rechten zu sehen. Sie war offensichtlich schon hiergewesen, denn aus allen Räumen strömte mir eine wohlige Wärme entgegen. Ich ging neugierig die alte Holztreppe hoch, die in ihrer Geräuschkulisse den Holzbohlen in nichts nachstand. Heimlich anschleichen kann sich hier niemand, dachte ich beruhigt in Anbetracht der Tatsache, daß es um mich herum doch sehr einsam war. Der Blick in eines der Gästezimmer ließ meine Laune um weitere Nuancen steigen. Das Bett war bezogen, und die aufgeschlagene Decke sah so einladend aus, daß ich nicht widerstehen konnte. Auf einmal merkte ich, wie müde ich nach der langen Fahrt war. Ein paar Minuten Ruhe würden mir guttun, ich konnte auch noch später unten etwas essen.

Es war mitten in der Nacht, als ich aus einem bleiernen Schlaf aufschreckte. Ich stand etwas benommen auf, machte die Lichter im Haus aus und schlief sofort wieder ein. Um neun Uhr morgens wachte ich das nächstemal auf, nachdem ich mehr als zwölf Stunden geschlafen hatte. Ich blieb noch eine Weile im Bett liegen und sah mich in dem Zimmer um. Am Fenster stand ein kleiner Schreibtisch, der genau zu dem alten Weichholzschrank paßte, der gegenüber von meinem Bett stand. Ich räkelte mich genüßlich in dem herrlich breiten Bauernbett und strich mit den Fingern über die blau-weiß karierte Bettwäsche. Hätte ich nicht gewußt, daß dies Klaras Haus ist, wäre ich nie auf die Idee gekommen. Wer auch immer dieses Zimmer eingerichtet hatte, wollte, daß sich die Gäste hier wohl fühlten. Nun, das werde ich, dachte ich zufrieden. Als erstes brauchte ich aber ein Telefon, um meinem Mann zu sagen, wo ich war und vor allem, warum. Ich duschte schnell, zog mich an und ging die Treppe hinunter. Aus der Küche hörte ich eine kräftige weibliche Stimme.

»Guten Morgen, Frau Tilden, hoffentlich hab ich Sie nicht geweckt«, rief sie. »Dr. Carstens hat gesagt, daß Sie kommen, und er hat mich gebeten, mich ein bißchen um den Haushalt zu kümmern, natürlich nur, wenn's Ihnen recht ist.«

Ich war froh, daß sie mir den starken nordfriesischen Dialekt ersparte, das würde die Verständigung mit ihr um einiges erleichtern. Sie war mir aus der Küche entgegengekommen und sah mich wohlwollend an. Ihre Stimme hatte jünger geklungen, als sie tatsächlich aussah, sechs Jahrzehnte konnte sie durchaus schon hinter sich haben. Mein Blick verfing sich in den tiefen Furchen, die sich durch ihr Gesicht zogen, und ich fragte mich, wie man an einem Ort leben konnte, wo die Witterung solche Spuren auf der Haut hinterließ. Ihre Figur nahm ich an den Stellen als ausladend wahr, wo eine gewisse Zurückhaltung wünschenswert gewesen wäre.

»Guten Tag, Sie müssen Frau Jensen sein«, begrüßte ich sie.

»Freut mich, Sie kennenzulernen. Natürlich wäre es schön, wenn Sie hier ein wenig nach dem Rechten sehen. Allerdings bleibe ich höchstens eine Woche. Sie werden also nicht viel Arbeit mit mir haben.«

Sie schaute mich interessiert und ohne jegliche Hemmungen forschend an. Nicht von oben nach unten und wieder hinauf, wie nur eine Frau eine andere so unverwechselbar mit ihren Blicken abtasten kann. Sie sah mich an, als wäre ich ein krankes Kind, dessen Krankheit sie erst noch näher ergründen müsse, um dann das richtige Hausmittel einzusetzen.

»Sie sind die erste hier seit Frau Wilanders Tod«, stellte sie seelenruhig fest. »Sie hat mir erzählt, was sie mit dem Haus vorhat.«

»Ja, richtig, der Zufluchtsort.« Ich dachte an die Worte in Klaras Testament und schüttelte belustigt den Kopf. »Nun, das ist im Moment nicht unbedingt das, was ich suche. Ich habe bloß ein paar kleine Unstimmigkeiten zu klären, dann fahre ich sofort wieder nach Hause.« Sie sollte nur nicht auf falsche Gedanken kommen und wie Dr. Carstens ein seelsorgerisches Notstandsgebiet in mir vermuten.

»Ich müßte mal telefonieren«, wechselte ich kurzerhand das Thema. »Gibt es ein Telefon im Haus?«

»Nein, hier haben wir keines. Am besten fahren Sie zur Post, die ist gleich beim Hafen«, schlug sie hilfsbereit vor.

»Gut, aber erst muß ich frühstücken, ich habe gestern abend das Essen verschlafen und sterbe langsam vor Hunger.« Mein knurrender Magen war kaum noch zu überhören.

»Ihr Frühstück steht schon im Eßzimmer. Ich hab' Ihnen Kaffee gemacht, aber Sie können auch Tee haben, wenn Sie wollen.« Sie sah mich erwartungsvoll an.

»Nein danke, Frau Jensen, Kaffee ist sehr gut«, sagte ich.

»Wenn Sie doch noch was brauchen, rufen Sie einfach, ich bin im Garten.«

Sie zog eine grobe erdfarbene Strickjacke an und band sich

ein Kopftuch mit undefinierbarem Muster um die wirren grauen Haare. Jetzt fehlen nur noch die Gummistiefel, und die Vogelscheuche ist komplett, dachte ich und schämte mich im selben Moment dafür, da sie wirklich freundlich zu mir war. Trotzdem war ich froh, daß sie keine Anstalten machte, mir Gesellschaft zu leisten. Ich mußte mir noch in Ruhe überlegen, was ich Carl sagen würde. Während ich mich über all die leckeren Sachen hermachte, die Frau Jensen aufgetischt hatte, stellte ich mir sein Gesicht vor, wenn ich ihm von dem Brief erzählte, den ich gefunden hatte. Er würde sicher eine überzeugende Erklärung parat haben, er war nicht umsonst Anwalt.

Eine erschreckende Mehrheit meiner Freundinnen hatte mir immer wieder zu verstehen gegeben, daß solche *Eskapaden* ganz normal für Männer im gewissen Alter seien und deshalb auch mir diese Erfahrung nicht erspart bleibe. Aber obwohl mein Mann die Mitte der Vierzig bereits überschritten hatte und damit – laut eingeweihten Kreisen – in die Gefahrenzone geraten war, leistete ich mir den Luxus eines gegenteiligen Anspruchs. Altersbedingte Triebsteuerung als einzig wahre Begründung für die Pirsch in fremden Gefilden ließ ich nicht gelten. Ich würde es Carl nicht leichtmachen, sollte er ruhig schmoren. Nach dem, was ich bisher gesehen hatte, konnte ich hier ein paar schöne Tage verbringen.

Das Haus wirkte nicht so, als hätte seine Besitzerin es vor mehr als einem Jahr verlassen, eher so, als wäre sie gerade auf Reisen und würde bald zurückkommen. So unscheinbar Klara gewesen war, dieses Haus war das genaue Gegenteil und setzte damit die Reihe von Gegensätzen fort, die Klaras Leben augenscheinlich geprägt hatten. Eßzimmer, Wohnzimmer und Bibliothek gingen über Eck ineinander über, getrennt nur durch Schiebetüren mit kleinen quadratischen Glasscheiben. Die alten Bauernmöbel bildeten einen schönen Kontrast zu den modernen Sesseln und Stühlen, denen man schon von weitem ansah, daß sie bequem waren. Die Wände hatte Klara sehr sparsam, aber wirkungsvoll mit Bildern geschmückt. Trotz der niedrigen Decken wirkte alles so licht hier, und das lag nicht nur an den vielen Fenstern. Wie hatte sie das geschafft? Draußen war es düster und verregnet, und drinnen erinnerte alles an Sonne und Wärme. Klara hatte sicher einen Innenarchitekten damit beauftragt. Ich durfte nicht vergessen, Frau Jensen danach zu fragen. Aber eines nach dem anderen, ermahnte ich mich. Carl mußte inzwischen von seiner Geschäftsreise aus München zurück sein. Um diese Zeit konnte ich ihn sicher schon in seiner Anwaltskanzlei erreichen.

Ich zog meinen Mantel über und begab mich nach draußen, um Frau Jensen zu suchen. Der Garten war riesig und ging fast um das ganze Haus herum. An drei Seiten verliefen in einiger Entfernung Wassergräben, gesäumt von großen alten Bäumen. Sie schienen der einzige Schutz gegen den Wind zu sein, der immer noch unablässig blies und dem sie sich mit den Jahren gebeugt hatten. Im hinteren Teil des Gartens zwischen Blumenbeeten und Obstbäumen war ein Gewächshaus und ein Stück weiter ein alter verwitterter Holzschuppen. Dort fand ich Frau Jensen. Sie stand bis zu den Knien inmitten von undefinierbarem Grünzeug, das sie mit einem Spaten bearbeitete und ziemlich wortreich, aber für mich unverständlich beschimpfte. Den Rat, mit Pflanzen zu reden, mußte sie gründlich mißverstanden haben.

»Dieser verdammte Giersch!« fluchte sie lautstark. »Kaum hab' ich das Zeug an der einen Ecke rausgegraben, kommt es an der anderen schon wieder hoch.« Sie sah mißbilligend auf die endlose grüne Fläche, die sich vor ihr ausbreitete.

»Versuchen Sie es doch mal mit Unkrautvernichter«, sagte ich, »da sparen Sie sich eine Menge Arbeit.«

Sie sah mich an, als hätte ich ihr vorgeschlagen, den Garten Eden mit DDT auszurotten.

»Davon hielt Frau Wilander überhaupt nichts«, entgegnete sie unverhohlen empört. »Sie sagte immer: ›Hanni, wir kämpfen hier entweder mit fairen Mitteln oder überhaupt nicht.‹ Und daran halte ich mich.«

»Klara ist tot, Frau Jensen, da …«

»Ja, sie ist tot«, fiel sie mir aufgebracht ins Wort, »aber ihre Seele wird immer hierbleiben, hier in diesem Garten und in diesem Haus. Und solange ich lebe, werde ich dafür sorgen, daß sie's schön hier hat.« Damit drehte sie sich um und stieß den Spaten mit aller Kraft in den Boden.

Soviel zu fairen Mitteln, dachte ich amüsiert, aber ich wollte mich nicht weiter auf diese ganz eigene Philosophie von Fairness einlassen und ging nicht näher auf das Thema ein.

»Frau Jensen, ich fahre kurz zur Post. Vielleicht können wir heute mittag zusammen essen, und Sie erzählen mir ein wenig über die Insel«, sagte ich betont munter, denn ihrem Gesichtsausdruck nach zu urteilen, war ein Versöhnungsversuch angebracht.

»Jo«, kam ihre knappe Antwort.

Sie betrachtete das Unkraut und ließ mich links liegen. Entweder war sie so vertieft in ihre Arbeit, oder ich hatte sie ernsthaft verletzt. Selbst wenn es so war, hatte ich jetzt anderes im Kopf, als mich um eine spatenstechende Mimose zu kümmern. Das hatte auch noch bis nachher Zeit.

»Also, bis später!« rief ich ihr zu und ging ums Haus zu meinem Auto.

Den Weg zum Hafen und zur Post fand ich, ohne mich zu verfahren. Bei Tageslicht konnte man sich hier überhaupt nicht verirren, man kam immer wieder auf die Hauptstraße, die die Insel wie ein Ring durchzieht. Bei gutem Wetter muß man leicht von einem Ende zum anderen sehen können, dachte ich.

Die beiden Telefonkabinen im Postamt waren besetzt, als ich ankam, aber eine wurde kurz darauf frei. Während ich Carls Nummer im Büro wählte, stiegen Zweifel in mir auf, ob ich nicht besser meinen Mund halten und diesen dummen Brief einfach ignorieren sollte. Möglicherweise hatte ich Simones Zeilen falsch interpretiert, und dann würde sich meine ganze Aktion als vollkommen kindisch herausstellen. Schließlich hatte ich nur vom Rauch gelesen und auf ein Feuer geschlossen, wo vielleicht gar keines war. Läge ich falsch, würde ich Carl bloß wieder ein Beispiel meiner latenten Eifersucht bieten und ihn verärgern. Ach was, dachte ich rebellisch, sollte er doch verärgert sein, ich war mehr als das. Er hatte mir weh getan und meine Hoffnung zerstört, daß uns solche Situationen erspart blieben.

»Tilden«, sagte er in seiner gewohnt knappen Art.

»Hallo, Carl, ich bin's. Ich wollte mich nur kurz melden und dich wissen lassen, daß ich für ein paar Tage verreist bin«, begann ich.

»Nina«, hörte ich ihn aufatmen, »was soll denn das? Wo bist du überhaupt? Ich habe mir Sorgen gemacht, als du die ganze Nacht nicht nach Hause gekommen bist und dich auch nicht gemeldet hast. Du hättest mir doch wenigstens einen Zettel hinlegen können, daß du wegfährst. Wenn ich nicht irgendwann festgestellt hätte, daß das halbe Badezimmer leer geräumt ist, hätte ich eine Vermißtenmeldung rausgegeben«, beendete er seine ungewohnte Wortkanonade.

»Ich dachte, du fliegst erst heute morgen zurück und gehst dann direkt ins Büro. Hattest du das nicht gesagt?« setzte ich zu meiner Verteidigung an, was mich im selben Moment ärgerte. Sein vorwurfsvoller Ton würde ihm noch vergehen, wenn ich den Spieß umdrehte.

»Ja, aber mein Termin gestern nachmittag wurde abgesagt, und so bin ich schon abends zurückgeflogen. Wo bist du überhaupt?«

»Ich bin auf Pellworm in dem Haus von Klara. Ich möchte mal ein paar Tage allein sein«, erklärte ich fest.

»Das kannst du doch zu Hause von morgens bis abends.«

Ich hörte, wie er in seinen Unterlagen blätterte, und begriff, daß er mit seinen Gedanken schon wieder ganz woanders war. Er wußte jetzt, wo ich war, und damit war der Fall für ihn erledigt.

»Ich habe den Brief von Simone gefunden.« Ich hatte diesen Satz ganz ruhig und gelassen gesagt. In der darauffolgenden Pause hörte ich, wie das Rascheln der Unterlagen jäh stoppte.

»Welchen Brief?« fragte er, jetzt wieder ganz aufmerksam.

»Den Brief, den sie dir nach eurem Wochenende in Salzburg geschrieben hat. Wenn ich es recht verstehe, war das das Wochenende, an dem ihr in München diese stundenlangen Meetings mit dem besonders schwierigen Mandanten hattet,

31

der dir so auf die Nerven ging. Simone beschreibt das Wochenende allerdings etwas weniger strapaziös, dafür um so amüsanter.« Einen leicht bissigen Unterton konnte und wollte ich mir nicht verkneifen. Er sollte nur nicht denken, er hätte leichtes Spiel mit mir.

»Nina«, begann er zögernd, »ich wollte schon lange mit dir darüber reden, aber bisher hat sich noch keine Gelegenheit dazu ergeben. Ich hatte fest vor, das in den nächsten Tagen zu tun.«

Klang da tatsächlich sein schlechtes Gewissen durch? Fast war ich ein wenig enttäuscht. Irgendwie hatte ich etwas Einfallsreicheres von ihm erwartet. Nicht gerade, daß alles ein großer Irrtum sei, aber auch nicht ein so schnelles Nachgeben und Einlenken.

»Ich weiß nicht, was es über derartige Affären überhaupt viel zu reden gibt«, sagte ich, um einen sachlichen Ton bemüht, »außer daß es mich sehr verletzt und ich es für geschmacklos halte, daß es ausgerechnet eine meiner Freundinnen sein mußte. Vielleicht kannst du nachempfinden, daß das in meinen Augen nicht gerade die Wunschbesetzung für diese Rolle ist, wenn sie denn überhaupt vergeben werden mußte. Aber«, versuchte ich es möglichst locker klingen zu lassen, »das Ganze unterlag ja auch kaum meiner Regie.«

»Nina …«

»Nein, laß mich bitte ausreden«, schnitt ich ihm das Wort ab. »Ich will wirklich keine Staatsaffäre daraus machen, ich möchte dich nur bitten, die Sache, falls sie überhaupt noch läuft, zu beenden. Ich werde eine Woche hierbleiben, die Zeit sollte ja sicher reichen.« So, jetzt war es heraus, ich hatte es geschafft.

»Nina, Simone ist schwanger«, sagte er leise.

»Schwanger?« fragte ich ungläubig. »Und du solltest sie sicher trösten.« Ich konnte ein Lachen nicht unterdrücken. »Da hat sie dir aber einen schönen Bären aufgebunden. Vielleicht ist das jetzt ihre neueste Masche«, überlegte ich laut, »und das ausgerechnet dir. Entschuldige, Carl, wenn ich lache.« Fast tat er mir schon leid. Wie war Simone nur auf die Idee verfallen? »Wer soll denn überhaupt der Vater sein?«

»Ich bin der Vater.«

»Wie bitte?« fragte ich immer noch erheitert. Ich hatte den Satz gehört, aber er war noch nicht in die Tiefen meines Bewußtseins gedrungen.

»Ich bin der Vater, Nina«, sagte er mit Nachdruck.

Es war kein Irrtum und auch kein übler Scherz, ich hatte mich nicht verhört. Als ich das begriff, begann ein Wirbel von Fragen in meinem Kopf zu hämmern, doch ich brachte keine einzige davon heraus. Er sprach so leise, daß ich seine Stimme kaum hören konnte. Das Hämmern in meinem Kopf wurde immer schlimmer. Was hatte er gesagt? Ich lehnte mich gegen die Wand der Telefonkabine, um meinen Halt nicht zu verlieren.

»Nina, hast du mich verstanden?« fragte er unsicher.

Die Hoffnung auf ein erlösendes Mißverständnis ließ mich nicht los.

»Es fällt mir nicht leicht, dir das zu sagen«, fuhr er fort, »es kam auch für mich alles sehr überraschend, das kannst du mir glauben. Ich …«

»Was hat Simone jetzt vor?« unterbrach ich ihn. Mein Mund war ganz trocken und ließ die Worte hölzern klingen.

»Was meinst du damit, was soll sie vorhaben?« Er hatte mich genau verstanden.

»Sie wird ja wohl kaum Freudensprünge machen, wenn sie – ich drücke es einmal vorsichtig aus – als karrierebewußte Anwältin von ihrem verheirateten Chef, der gleichzeitig auch der Mann ihrer Freundin ist, ein Kind bekommt. Das scheint mir selbst für Simone ein ziemlicher Brocken zu sein.« Meine Stimme war immer schriller geworden und hatte sich fast überschlagen. Ich wunderte mich, daß ich die Worte zusammenhängend hatte herausbringen können.

»Sie freut sich auf das Kind, Nina.« Er schwieg einen Moment. Als ich nichts sagte, fuhr er zögernd fort. »Es gibt eine ganze Menge, worüber wir beide unbedingt reden müssen, und deshalb macht es keinen Sinn, wenn du noch länger dort oben bleibst. Komm bitte nach Hause, und laß uns versuchen, eine vernünftige Lösung zu finden.«

»Und du?« Als sich die Worte aus meinem Mund herausgeschält hatten, ahnte ich die Antwort bereits.

»Wie bitte?« fragte Carl. Er war jetzt auf der Hut und kehrte den Anwalt hervor.

»Und du, was ist mit dir? Was denkst du darüber, daß sie ein …«, ich mußte schlucken, »… Kind kriegt?«

»Nina, laß uns das bitte nicht am Telefon besprechen. Komm nach Frankfurt, und dann reden wir.« Er war mir ausgewichen.

»Du freust dich auch, ist es das?« Ich schloß die Augen und betete, daß er nein sagen würde. Wer auch immer da oben sitzt und lenkt, flehte ich in Gedanken, laß es nicht zu, zerstöre nicht diesen letzten winzigen Funken von Hoffnung.

»Ja, Nina, ich freue mich auch.« Ganz leise sagte er das, ganz präzise.

Ich mußte an eine geräuscharme Präzisionsmaschine denken, die mich fein säuberlich in Stücke zerlegte. In meinem Kopf drehte sich alles, ich mußte sofort hier raus.

»Carl, ich will mir wenigstens noch die Insel anschauen, wenn ich schon mal hier bin.« Die aufkeimende Panik setzte mir immer mehr zu. »Ich werde also sicher noch ein paar Tage bleiben. Wir können darüber reden, wenn ich zurück bin.«

Ich hörte meine eigene Stimme wie durch Watte und legte mechanisch den Hörer auf, ohne seine Antwort abzuwarten. Ich weiß nicht, wie ich es geschafft habe, heil zurück zu Klaras Haus zu kommen, ich erinnere mich nicht. Vielleicht ist tief drinnen in mir eine Art Autopilot, der die Kontrolle übernimmt, wenn ich selbst dazu nicht mehr imstande bin.

3 *Ich spürte nichts mehr, nichts außer einer Betäubung,* die sich lähmend über meinen ganzen Körper legte. Meine Gedanken wurden so diffus, daß ich sie nicht fassen konnte, Wortfetzen schwirrten durch meinen Kopf, die ich nicht begriff. Als ich das Haus betreten hatte, war ich mitten im Flur stehengeblieben. Ich hatte es mit letzter Kraft bis hierher geschafft und dann vollständig die Orientierung verloren. Ich stand mit hängenden Armen da, als Frau Jensen mich entdeckte.

»Frau Tilden, Sie sind ja schon zurück«, sagte sie überrascht.

»Das Essen ist noch nicht fertig. Sie müssen sich noch ein bißchen gedulden.«

»Ich …« Mein Erklärungsversuch blieb mir im Hals stecken.

»Geht's Ihnen nicht gut?« fragte sie besorgt. »Sie sehen blaß aus. Setzen Sie sich doch erst mal einen Moment in die Stube.« Sie nahm mich am Arm und versuchte mich vor sich her Richtung Wohnzimmer zu schieben.

»Mir ist so schlecht, wo ist die …?« Weiter kam ich nicht. Mein gesamter Mageninhalt hatte sich in Bewegung gesetzt und drängte Richtung Ausgang.

Frau Jensen machte mit mir im Schlepptau auf dem Absatz kehrt, riß die Toilettentür auf und schob mich hinein. Ich weiß nicht, wie sie das ertrug, aber sie hielt in diesem engen Raum die ganze Zeit meinen Kopf, während ich versuchte mir die Seele aus dem Leib zu kotzen. Ich spürte ihre Hand und die Kraft, die von ihr ausging. Der Boden unter meinen Füßen gab nach, und ich fiel und stürzte haltlos hinab. Ich hatte einmal geglaubt, meinem Schicksal begegnet zu sein, daß nichts mehr kommen könnte, was mich je wieder so sehr treffen würde, aber manchmal – so scheint es – reicht die Phantasie nicht für die Wirklichkeit aus. Ich war nicht vorbereitet auf das, was hier mit mir geschah.

Hanni Jensen strich mir die verschwitzten Haare aus der Stirn und wusch mein Gesicht. Dann bugsierte sie mich aus der engen Toilette, nahm mich wie ein Kind an der Hand und zog mich hinter sich her die schmale Treppe hinauf. Oben in meinem Zimmer packte sie mich ins Bett und holte noch eine zweite Daunendecke, die sie über mich breitete.

»Wenn's innen drin mal ein bißchen rundgeht, sollten wenigstens die Füße warm sein.« Sie lächelte mich in ihrer bodenständigen Art beruhigend an. »Jetzt ruhen Sie sich erst mal aus, und dann sehen wir weiter. Ich laß die Tür offen, rufen Sie einfach, wenn was ist.«

Es ist so viel, wollte ich schreien. Meine Freundin bekommt ein Kind von meinem Mann, und er freut sich. Er freut sich, Frau Jensen. Als ich diesen Satz immer und immer wieder leise vor mich hin sagte, war es plötzlich, als würde mir etwas mit großer Wucht in den Magen boxen, und der Schmerz begann. Er kroch durch alle Poren in mich hinein und zerriß mich. Ich krümmte mich zusammen, krallte meine Finger in die Arme und versuchte diesem Schmerz zu entrinnen. Nur wohin? Er war überall.

Ich weiß nicht, wie lange ich schon so dagelegen hatte, als Frau Jensen mit einem Tablett ins Zimmer kam.

»Ich kann nichts essen, wirklich nicht«, versuchte ich sie aufzuhalten.

»Wer redet hier von Essen«, sagte sie heiter. »Heute gibt's nur noch einen Becher heißen Tee. Da drinnen muß erst ein bißchen Ruhe einkehren, bevor es wieder etwas zu essen gibt.« Sie nickte in Richtung meines Magens und stellte den Becher auf meinen Nachttisch. »Wir wollen doch nichts verschwenden.« Dabei zwinkerte sie mir aufmunternd zu, und ich sah sie dankbar an.

»Ich geh jetzt, oder wär's Ihnen lieber, wenn ich die Nacht über hierbleibe?« Ihr forschender Blick tastete sich langsam über mein Gesicht.

»Nein danke, Frau Jensen, ist schon in Ordnung«, sagte ich zuversichtlicher, als mir zumute war.

Sie sah mich zweifelnd an, akzeptierte meine Antwort jedoch.

»Also tschüs denn, bis morgen früh.«

»Gute Nacht und … danke.«

Sie drehte sich im Gehen noch einmal um und lächelte mir verständnisvoll zu. Ich griff nach dem Becher mit Tee und versuchte meine eiskalten Hände daran zu wärmen. Habe ich mich geirrt, habe ich Carl nicht richtig zugehört? Vielleicht ist doch alles ein großes Mißverständnis, dachte ich voller widersinniger Hoffnung. Aber konnte man sich so irren? Auf diese Frage aus dem Reich der realistischen Möglichkeiten gab es nur eine Antwort: nein! Ich hatte mich nicht getäuscht, Carl hatte all das, was unaufhörlich in meinem Kopf wie eine Kreissäge wütete, gesagt. Nur verstand ich es nicht. Wie konnte das sein? »Ich bin der Vater. Ja, Nina, ich freue mich auch.« Mit jeder Wiederholung steigerte sich die Qual, die diese Worte über mich stülpten. Wie wenige Worte ausreichten, um eine Welt zum Einstürzen zu bringen. Ganze zehn Worte, und es war nichts mehr wie vorher. Ich hielt den Teebecher fest umklammert und starrte vor mich hin. Gab es eine Strafe für seelischen Mord? Konnte man einen Menschen vernichten und so einfach davonkommen, mit einer vernünftigen Lösung? Wie sollte die denn aussehen, und was war überhaupt Vernunft in so einer Situation? Der Tee war inzwischen kalt geworden, und ich stellte den Becher zurück auf den Nachttisch. Ich ließ mich zurücksinken und vergrub meine Hände unter der Decke, sie waren immer noch eiskalt. Draußen war es inzwischen fast dunkel geworden, und die Konturen im Zimmer fingen an sich aufzulösen. Der Schmerz, der jeden Nerv meines Körpers besetzt hatte, wurde unerträglich und hielt mich fernab jener Schwelle, an der Tränen ihn hätten lindern können.

Ich glaube, ich habe mich in meinem Leben nie einsamer, hoffnungsloser und verlassener gefühlt als in den Stunden zwischen Tag und Nacht in diesem fremden Haus. Trotzdem mußte ich irgendwann vor Erschöpfung eingeschlafen sein. Als ich plötzlich mit rasendem Herzklopfen hochschreckte, wußte ich für einen Moment nicht, wo ich war. Dann drang die Erinnerung in mein Bewußtsein und mit ihr die endlosen Fragen, die immer wieder in einer einzigen endeten: Wie hatte das passieren können? Bis vor kurzem war ich der Überzeugung gewesen, mit meinem Mann eine gute Ehe zu führen. Im Mai würden wir unseren dreizehnten Hochzeitstag haben, eine ganze Menge, wie ich fand. Jedenfalls gemessen an dem, was sich in unserem Freundeskreis so abspielte.

Vom ersten Tag unserer Ehe an hatte ich mir die größte Mühe gegeben, Carl ein schönes und harmonisches Zuhause zu bereiten. Ich hatte miterlebt, wie sehr sich meine Mutter an meinem Vater versündigt hatte, indem sie nicht ein einziges Mal seinen Wünschen auch nur die kleinste Chance eingeräumt hatte, Wirklichkeit zu werden. Das hatte ich für Carl nicht gewollt, dazu liebte ich ihn zu sehr. Er sollte froh sein zu Hause, und dafür hatte ich einiges auf mich genommen. Wieso dann also Simone? Aber die verwirrendste Frage hieß: Wieso auf einmal ein Kind? Carl hatte nie Kinder gewollt, daraus hatte er von Anfang an keinen Hehl gemacht. Ich hatte seine Entscheidung respektiert, indem ich meinen Kinderwunsch seinen gegenteiligen Wünschen untergeordnet hatte. Es war mir unsagbar schwergefallen, aber ich hatte es geschafft.

Ich erinnerte mich, daß Simone mich eines Tages danach

gefragt hatte. Das mußte ungefähr zwei Jahre her sein. Sie war auf ein Glas Wein bei uns vorbeigekommen, und Carl war noch nicht zu Hause.

»Langweilst du dich eigentlich nie, Nina?« fragte sie mich neugierig. »Ich kann mir gar nicht vorstellen, den ganzen Tag zu Hause zu sein. Und überhaupt, warum hast du eigentlich kein Kind bekommen? Du hättest doch am liebsten einen ganzen Stall davon gehabt.«

Solange ich sie kannte, hatte Simone nie um den heißen Brei herumgeredet. Sie kam immer direkt zu dem Punkt, der sie interessierte. Indiskrete Fragen gäbe es für sie nicht, hatte sie mir einmal gesagt, in ihrer Welt des Gerichtssaals seien allenfalls die Antworten indiskret.

Ich wußte noch genau, was ich ihr damals antwortete.

»Wir haben uns gegen Kinder entschieden. Wir haben so viele Interessen, die sich mit Kindern nicht vereinbaren lassen und die wir nicht aufgeben wollen.«

Ich hoffte, daß die Bitterkeit, die in mir aufstieg, nicht in meiner Stimme nachhallte. Diese und ähnliche Sätze hatte ich schon so oft gesagt, daß ich sie herunterleiern konnte, ohne mit der Wimper zu zucken. Trotzdem waren sie nie wahr geworden, nicht für mich.

»Du warst früher so vernarrt in Kinder.« Simone sah mich ungläubig an. »Du mußtest doch jedes Baby auf den Arm nehmen, dessen Mutter es nicht schnell genug vor dir in Sicherheit bringen konnte. Bei dir war ich mir absolut nicht im Zweifel, daß du mit mindestens drei Kindern am Rockschoß enden würdest.«

Sie gab sich mit meiner Antwort längst nicht so schnell zufrieden wie manch anderer vor ihr.

»Stimmt«, erwiderte ich fast erleichtert, in diesem Zusammenhang einmal die Wahrheit zu sagen. »Carl ist es, der keine Kinder möchte. Er meint, er kann mit ihnen nichts anfangen und sie würden unser gemeinsames Leben nur stören. Das mag in deinen Ohren vielleicht hart klingen«, nahm ich ihn in Schutz, bevor sie sich verbal auf ihn stürzen konnte, »aber wenn man so denkt und fühlt, ist es besser, konsequent zu sein.«

»Und hast du dich damit abgefunden?« Sie sah mich zweifelnd an.

»Simone, dir möchte ich wirklich nicht im Gerichtssaal begegnen. Du läßt nicht locker, nicht wahr?« Es war besser, das Thema hier zu beenden, bevor ich mich auf das Glatteis zubewegte, das in der Ferne bedrohlich glitzerte.

»Jedenfalls nicht so schnell«, entgegnete sie lachend.

»Aber mir zuliebe Themawechsel, okay?«

»Hör mal, du bist meine Freundin«, sagte sie vorwurfsvoll.

»Ich möchte wissen, was in dir vorgeht. Also hast du?«

»Habe ich was?«

»Komm schon, du hast die Frage nicht vergessen. Aber bitte. Hast du dich damit abgefunden?« Sie lehnte sich in ihrem Sessel zurück und zündete sich langsam eine Zigarette an, während sie mich nicht aus den Augen ließ.

»Ich habe es akzeptiert, weil ich es so richtig finde«, wich ich ihr aus.

»Das habe ich nicht gefragt.«

Sie hätte zugegebenermaßen ihren Beruf verfehlt, wenn sie mich damit hätte durchkommen lassen. Trotzdem fing ihre Penetranz an mich zu ärgern.

»Simone, es reicht jetzt«, sagte ich gereizt.

»Also hast du nicht.« Sie nickte befriedigt, als hätte sie einer Angeklagten die in ihren Augen einzig mögliche Antwort abgerungen. »Ich an deiner Stelle würde nicht wie ein Schaf dasitzen und warten, bis ich zu alt bin, um Kinder zu bekommen«, fuhr sie ungeniert fort, bevor ich überhaupt Luft holen konnte. »Mit neununddreißig ist deine Zeit schon fast abgelaufen. Ich würde ein Kind bekommen, wenn ich eines wollte. Carl wäre nicht der erste Mann, den man zu seinem Glück zwingen muß.« Dabei zwinkerte sie mir verschwörerisch zu. »Du mußt nur wissen, was du willst, und herausfinden, was du zu tun hast, um es zu bekommen. Was in diesem Fall ja nicht besonders schwer wäre.« Sie amüsierte sich sichtlich über ihren eigenen Witz, den ich eher als zweifelhaft einstufte. Ihrem Gesichtsausdruck nach zu urteilen war das alles ein herrliches Spiel.

»Simone, wenn ich dich nicht so lange kennen würde, würde ich dich für ein ausgekochtes kleines Luder halten. Es ist in Ordnung, wenn man klare Ziele hat«, hielt ich ihr vor, »aber in dem Moment, in dem die Verwirklichung dieser Ziele auch das Leben eines anderen Menschen erheblich beeinflußt, geht das nicht mehr ganz so kompromißlos. Da mußt du einen gemeinsamen Nenner finden. Ich würde Carl nie ein Kind unterjubeln, das er nicht will«, sagte ich müde. »Das fände ich mehr als unfair, und es wäre unserer Ehe sicher nicht zuträglich.«

»Entschuldige, Nina, doch du redest wie meine Großmutter. Ich sage dir, daß du dumm bist, wenn du zuviel Rücksicht nimmst. Das dankt dir niemand. Glaubst du im Ernst, daß Carl so viel Rücksicht auf dich nehmen würde? Er hat ja letztlich seine Wünsche durchgesetzt. Worin besteht denn sein Kompromiß? Ich glaube, du mußt langsam aufwachen aus deiner hehren Vorstellung von Fairneß. Deine Gegner nutzen das sonst nur aus.«

Sie wirkte zum erstenmal im Laufe unserer Unterhaltung aufgebracht, aber ich war es keinen Deut weniger.

»Und du mußt endlich mal deine Gerichtssaal-Terminologie abstreifen, wenn du abends nach Hause gehst«, fuhr ich sie an. »Hier dreht es sich um Beziehungen zwischen Menschen, in denen es weder Angeklagte noch Gegner gibt. Was ist das? Kannst du nicht mehr abschalten, oder ist das Bitterkeit, die da durchklingt?«

»Purer Realismus«, hielt sie erbost dagegen.

»Der kann sich aber kaum auf dein eigenes Leben beziehen. Du hast doch erreicht, was du wolltest. Und wenn ich mich richtig entsinne, rangieren Kinder bei dir als Karrierekiller, deren unglückseligen Opfern, nämlich den Müttern, lebenslänglich droht. Habe ich da vielleicht einen elementaren Sinneswandel verpaßt?« Das hatte ich mir nicht verkneifen können.

Anstatt mir zu antworten, klatschte sie beifällig in die Hände und fing schallend an zu lachen.

»Bravo! Die konfrontationsscheue Nina fährt endlich mal ihre Krallen aus. Ich habe doch immer geahnt, daß du welche hast.«

Ich hatte nicht nur meine Krallen ausgefahren, wie Simone es nannte, ich war wütend. Für sie schien alles so einfach zu sein, nur eine Frage des Willens. Hindernisse, die mir unüberwindlich vorkamen, existierten für sie nicht. Finde heraus, was du willst, und dann tue es. Wenn sie wüßte, was ich getan hatte.

»Dann haben wir ja jetzt beide unseren Spaß gehabt.« Ich lächelte sie angestrengt an und prostete ihr zu.

»Und schon ist sie wieder verschwunden hinter ihrer wohltemperierten Freundlichkeit.« Simone hob ebenfalls ihr Glas und sah mich spöttisch an. »Ich würde es gerne miterleben, wenn du eines Tages mal eine Kostprobe all deiner Emotionen zum besten gibst. Ich stelle sie mir durchaus spannend vor, die Nina hinter der Maske. Vor allem bin ich gespannt, wer beziehungsweise was sie hervorholt.«

Zumindest auf diese Frage gibt es jetzt eine Antwort, dachte ich verzweifelt. Ich starrte vor mich hin und schüttelte immer wieder den Kopf, so als könnte ich damit alles ungeschehen machen, als könnte ich einen bösen Traum abstreifen und mein Leben zurückhaben.

Da sich die Konturen in meinem Zimmer langsam wieder hervorhoben, mußte diese schreckliche Nacht fast zu Ende sein. Draußen hörte ich die ersten Vögel und das Muhen der Kühe vom Nachbarhof. Ich zog die Decke fester um mich und hoffte, daß die Zeit, bis Frau Jensen kam, schnell verging. In meinem Kopf kreisten nur noch Fragezeichen. Wie konnten sich die beiden Menschen in meinem Leben, bei denen Kinder bisher ausschließlich Fluchtreflexe ausgelöst hatten, jetzt gemeinsam freuen? Hier ging es doch nicht um eine Modefrage, die man heute so und morgen so beantwortete. Kinder waren etwas Elementares, ob man nun ja oder nein zu ihnen sagte. Wie hatte aus dem so überzeugenden »Keinesfalls« der beiden Vorfreude werden können? War es das erzwungene Glück, wie Simone es mir damals empfohlen hatte? Hatte sie Carl einfach vor vollendete Tatsachen gestellt, nachdem sie mir immerhin einen fast zweijährigen Vorsprung gegeben hatte, um es selbst zu tun? Aber sie hatte doch auch nie Kinder haben wollen. Und wo blieb Carl in diesem Szenario? O Gott, dachte ich niedergeschmettert, ich muß aufhören damit. Es drehte sich alles.

Trotzdem war ich in der Morgendämmerung mit der Gewißheit eingeschlafen, bald nicht mehr allein im Haus zu sein. Als die ersten Geräusche aus der Küche in mein Bewußtsein drangen, sah ich auf meine Uhr. Es war erst halb acht, und ich war dankbar, daß Frau Jensen zu den Frühaufstehern zählte. Als ich mich im Bett aufsetzte, mußte ich mit beiden Händen fest gegen meine Schläfen drücken, das Klopfen darin war unerträglich. Ich ging ganz vorsichtig unter die Dusche und ließ abwechselnd heißes und kaltes Wasser über mich fließen. Dann zog ich mich an und begab mich hinunter.

»Guten Morgen, Frau Jensen«, hauchte ich vorsichtig, um meinen Kopf nur nicht in diese unerträglichen Schwingungen zu versetzen.

Die Morgensonne schien ins Küchenfenster, und ich mußte die Augen zusammenkneifen, um Frau Jensen im Gegenlicht auszumachen. Das grelle Licht war Gift für meine Kopfschmerzen, und ich wünschte einen Moment lang, ich wäre im Bett geblieben. Sie hatte kurz aufgesehen, als ich hereingekommen war, dann aber gleich weiter in der großen Schüssel gerührt, die sie gegen ihren Bauch hielt.

»Moin, Frau Tilden«, sagte sie munter. »Ich glaube, ich frage Sie besser nicht, wie Sie geschlafen haben.« Sie sah mich mit ihrem prüfenden Blick an. »Setzen Sie sich hierher zu mir an den Tisch. Jetzt gibt's erst mal einen Kaffee und einen Saft. Das weckt zumindest ein paar gute Geister.«

45

Ihre Betonung auf *gute* ließ darauf schließen, daß mein Gesicht Bände sprach. Wenn ich so aussah, wie ich mich fühlte, wollte ich lieber nicht in einen Spiegel schauen. Ihre warme Stimme tat mir gut, und ich wünschte, ich könnte einfach ewig hier sitzen bleiben, ohne nachzudenken, umhüllt von der mütterlichen Ausstrahlung dieser Frau, die in jedem Moment zu wissen schien, was das Richtige war.

»Haben Sie Kinder, Frau Jensen?«

Sie kam mir vor wie die Inkarnation jener Frauen, die, wenn sie mindestens fünf Kinder gut auf ihren Weg gebracht haben, die erste Runde Enkelkinder kaum abwarten können. Ich spürte bei ihr jenen untrüglichen, beneidenswerten Instinkt, der – fern von Büchern und guten Ratschlägen – Balsam für die Seele eines jeden Kindes sein mußte.

Sie lachte und schüttelte den Kopf. »Gott bewahre, ich habe so schon genug zu tun.«

Dann sah sie mich an und wurde plötzlich ernst, als ob sie spürte, wie wichtig mir diese Frage war.

»Wissen Sie, ich bin jetzt schon seit meinem vierzehnten Lebensjahr in fremden Haushalten, und ich habe viele Kinder mit großgezogen. Sie sind wie meine eigenen«, sagte sie liebevoll. »Deshalb habe ich nie etwas vermißt, ich hatte immer eine Familie. Natürlich hätte ich auch gern geheiratet, aber irgendwie sollte es nicht sein.« Sie dachte einen Moment nach. »Ich hab meinen Platz gefunden. So«, wechselte sie das Thema, »geht's Ihnen nach dem Kaffee besser?«

»Ja, danke.« Mein Kopf pochte nicht mehr so stark, aber ich hatte immer noch das Gefühl, daß alles in mir in eine schmerzhafte Unordnung geraten war.

»Später kann ich Ihnen ein bißchen die Insel zeigen, wenn

Sie wollen. Heute ist ja endlich mal wieder schönes Wetter.«

Sie versuchte mich aufzumuntern, als müßte ich es nur dem Wetter nachmachen, und alles wäre wieder gut. Wenn das so einfach wäre, dachte ich traurig. Aber ich hatte eine Entscheidung getroffen, es hatte keinen Sinn hierzubleiben. Ich würde mich nicht eher beruhigen, als bis ich mit Carl gesprochen hatte. Es nützte nichts, hier den Kopf in den Sand zu stecken und in Selbstmitleid zu versinken. Er hatte schließlich nicht gesagt, daß er sich von mir trennen wolle.

»Das ist leider nicht möglich, Frau Jensen«, entgegnete ich entschuldigend. »Ich muß heute schon wieder zurück. Können Sie mir sagen, wann die nächste Fähre geht?« Ich hatte es in einem Tag hierhergeschafft, also würde ich auch heute abend wieder in Frankfurt sein können.

»In Ihrem Zustand laß ich Sie nicht fahren«, sagte sie entschieden. »Seien Sie vernünftig, Frau Tilden. Warten Sie ein, zwei Tage, bis Sie sich besser fühlen.«

»Das geht nicht. Ich kann Ihnen das jetzt nicht erklären, aber ich muß heute noch fahren«, insistierte ich. »Haben Sie einen Fährplan hier?«

Sie verließ kopfschüttelnd die Küche und kehrte mit einem kleinen Heftchen in der Hand zurück.

»Um elf geht die nächste Fähre, und dann geht erst wieder eine heute nachmittag um fünf.«

Jetzt war es kurz vor neun, das würde ich schaffen. »Okay«, sagte ich, »dann packe ich schnell meine Sachen.«

Als ich nach einer Dreiviertelstunde fertig war, kam Frau Jensen mit hinaus zu meinem Auto. Sie gab mir eine Tüte, in der, wie sie sagte, ein wenig Proviant sei. Ich solle wenigstens versuchen, etwas zu essen. Als ich gerade einsteigen wollte, fiel mir der Schlüssel ein.

»Frau Jensen, was mache ich mit dem Schlüssel? Können Sie ihn nach Hamburg schicken? Dann muß ich dort nicht extra von der Autobahn runter.« Ich hoffte, sie würde ja sagen. Sonst würde ich mindestens eine Stunde Zeit verlieren. Ich hatte es auf einmal eilig, nach Hause zu kommen.

»Behalten Sie ihn einfach, bis Sie ihn wirklich nicht mehr brauchen. Vielleicht kommen Sie ja doch noch mal hierher. Wer weiß.« Sie sah mich vielsagend an.

Aber ich wußte, ich würde nicht mehr zurückkehren, hier konnte ich nichts ausrichten. Nur hatte ich keine Zeit mehr für lange Diskussionen. Ich würde den Schlüssel von Frankfurt aus nach Hamburg schicken.

Sie streckte mir ihre Hand entgegen. »Machen Sie's gut, und passen Sie auf sich auf, Frau Tilden. Bis bald.«

Sie war unverbesserlich. Ich drückte ihre Hand und bedankte mich für ihre Hilfe. Als ich die Auffahrt hinunterfuhr, sah ich sie im Rückspiegel auf der Warft stehen und mir nachwinken.

4 *Von der Rückfahrt ist mir nichts im Gedächtnis* geblieben. Meine Gedanken waren bei Carl, und ich grübelte ununterbrochen, was schiefgelaufen war. Ich hatte doch alles getan, um unsere Ehe zu wahren, hatte seine Wünsche respektiert, war Kompromisse eingegangen und hatte nicht egoistisch versucht, meine Ziele zu verwirklichen. Was war mit seiner Liebe zu mir geschehen? Noch vor ein paar Tagen hätte ich es nicht für möglich gehalten, daß mein

Mann ein Verhältnis hat. Gut, er sah gern anderen Frauen hinterher, aber welcher Mann tat das nicht. Ich hatte es immer als harmlosen männlichen Reflex abgetan, ohne darin gleich eine Gefahr für unsere Ehe zu wittern, der ich ohne zu zögern eine sichere Basis bescheinigt hätte.

Und nun Simone. Sie hatte zusammen mit meiner jüngsten Schwester Nora Rechtswissenschaften studiert. So hatte ich sie vor mehr als fünfzehn Jahren kennengelernt. Ich mochte sie von Anfang an, mit ihr wehte ein exotischer Hauch durch mein Leben. Sie war ganz anders als ich, sie war ehrgeizig, erfolgsverwöhnt und sehr zielstrebig, wenn sie sich etwas in den Kopf gesetzt hatte. Egal, wen sie vor sich hatte oder wie sehr ihre Worte verletzten – sie nahm nie ein Blatt vor den Mund, da sie überzeugt war, daß Höflichkeit nur die Gefahr von Mißverständnissen vergrößere. Besser, man wisse, woran man sei. Carl bezeichnete sie bewundernd als absolut skrupellos und holte sie nach ihrem Studium zu sich in die Kanzlei. Ich wußte, daß er sie als Mitarbeiterin sehr schätzte, aber als Frau? Sie entsprach so gar nicht seinem Typ. Ich kannte sie nur mit streichholzkurzen Haaren, deren Farbe in all den Jahren so oft gewechselt hatte, daß niemand mehr genau sagen konnte, welche die Natur für sie vorgesehen hatte. Röcke mied sie wie der Teufel das Weihwasser, während sie Schminke als unsinnige Zeitverschwendung verpönte. Ich hatte sie nie als weibliche Konkurrenz erfahren. Einmal hatte ich mich sogar mit Carl darüber unterhalten. Ich wollte ihr zum Geburtstag einen Tag auf einer Schönheitsfarm schenken, natürlich inklusive Typberatung, und hatte ihn gefragt, was er davon halte. Es interessierte ihn jedoch nicht weiter. Er schien ihr Aussehen gar nicht zu bemerken, für ihn war nur wichtig, daß sie sein bestes Pferd im Stall war.

Das würde sie ja nun nicht bleiben können, überlegte ich, zumindest nicht in den nächsten zwei, drei Jahren. Carl würde Alimente zahlen müssen. Aber was zerbrach ich mir darüber den Kopf, das war schließlich seine Sache, ich würde mich heraushalten. Die beiden würden schon eine vernünftige Lösung finden. Das war es doch, was Carl gesagt hatte: eine *vernünftige Lösung*. Ich würde versuchen, keine Szene zu machen, schließlich hatten wir in unserer Ehe bisher noch nie eine wirkliche Krise erlebt. Da konnte ich nicht gleich beim ersten Anzeichen schlappmachen. Ich würde das durchstehen, machte ich mir Mut.

Inzwischen war ich in unsere Straße eingebogen. Von weitem sah ich, daß im Haus Licht brannte. Carl ist also zu Hause, dachte ich erleichtert. Das hieß, daß er nicht bei ihr war, denn so geschmacklos, sie mit zu uns zu bringen, würde er nicht sein. Ich stellte das Auto ab und ging hinein. Er mußte den Schlüssel in der Tür gehört haben, denn als ich öffnete, stand er schon vor mir. Abgekämpft sah er aus, stellte ich verwundert fest, aber ich machte sicher auch keinen besseren Eindruck. Nach der langen Fahrt und dem ständigen Grübeln war ich erschöpft und sehnte mich nur noch danach zu schlafen. Doch das war jetzt nicht möglich, ich mußte mit Carl reden.

Im ersten Moment waren wir beide unsicher und sprachlos, als wir uns gegenüberstanden, dann nahm Carl mich in den Arm und hielt mich fest.

»Gut, daß du gleich zurückgekommen bist«, sagte er leise. »Es ist Zeit, daß wir uns unterhalten.« Er sah mich traurig

an. Warum nur? Ich war doch hier, ich war zu ihm zurück-
gekommen, obwohl ich allen Grund gehabt hätte, es nicht
zu tun. Ob er dachte, daß ich nur gekommen war, um meine
Sachen zu holen? Es war schließlich nicht wenig, womit er
mich von einem Tag auf den anderen konfrontierte.
»Es hat sehr weh getan«, begann ich vorsichtig, »aber es wird
wieder gut, irgendwie. Gib mir einfach etwas Zeit.«
Ich nahm seine Hände in meine und schaute sie an. Carl hatte
Schreibtischhände, wie ich sie nannte. Er hatte noch nie ein
Werkzeug in der Hand gehabt oder mit seinen Händen
gearbeitet. Er mußte noch nicht einmal schreiben, nur die
Aufnahmetaste von seinem Diktaphon drücken. Sie sehen
aus wie neu, dachte ich und wunderte mich gleichzeitig,
wohin meine Gedanken in diesem so entscheidenden Moment abschweiften.
Carl zog seine Hände brüsk zurück und umfaßte meine
Oberarme so fest, daß es schmerzte.
»Sieh mich bitte an, Nina, und hör mir genau zu. Simone
erwartet ein Kind, und …«
»Das weiß ich ja nun«, unterbrach ich ihn unwillig. Es
reichte, daß es so war, ich mußte es nicht auch noch ständig
zu hören bekommen. »Zuerst dachte ich auch, daß ich nicht
damit leben könnte«, versuchte ich ihm meine Sicht der
Dinge zu erklären. »Aber ich habe viel nachgedacht, Carl,
und ich weiß jetzt, daß wir es schaffen können. Ich liebe dich,
daran vermag auch Simone nichts zu ändern. Meine einzige
Bedingung ist allerdings, daß sie nach ihrem Babyjahr nicht
wieder anfängt, bei dir zu arbeiten.« Toleranz in allen Ehren,
dachte ich, aber alles hat Grenzen.
»Nina, hör mir bitte zu. Ich …«

51

»Nein, hör du mir noch einen Augenblick zu«, bat ich ihn inständig. »Du hast gesagt, daß du dich auf das Kind freust. Es ist mir unverständlich, daß du deine Meinung so grundlegend ändern konntest, ohne mich daran teilhaben zu lassen. Du kanntest schließlich auch meine Meinung zu dem Thema. Ich darf gar nicht darüber nachdenken, sonst dreht sich mir der Magen um. Aber gut, das kannst du mir später erklären.« Er wollte mich unterbrechen, doch ich ließ es nicht zu und sprach lauter, damit er mich ausreden ließ. »Was ich meine«, fuhr ich aufgeregt fort, »ist, daß du dich ja mit Simone arrangieren kannst, wenn das Kind größer ist und du es gerne sehen möchtest. Zum Beispiel an den Wochenenden.« Carl starrte mich entgeistert an und sagte keinen Ton.

»Carl?« fragte ich unsicher.

Wahrscheinlich, beruhigte ich mich, hatte er nicht damit gerechnet, daß ich so zivilisiert mit einer Situation umgehen würde, die mir fast den Boden unter den Füßen wegriß.

»Du hast bereits alles durchdacht und geplant, habe ich recht?« fragte er schneidend. »Hast du auch schon einen Zeitplan gemacht und die entsprechenden Wochenenden angekreuzt?«

Ich mochte den sarkastischen Ton nicht, in dem er das sagte, er machte mir angst.

»Ich wollte doch nur … nur …«, fing ich an zu stottern. Er hatte mich vollkommen aus dem Konzept gebracht.

»Was?« fragte er scharf.

»Ich wollte nur, daß wir wie zivilisierte Menschen damit umgehen«, sagte ich matt.

Reiß dich zusammen, Nina, ermahnte ich mich. Mein Herz

hatte heftig zu klopfen begonnen, mein Hals zog sich unter einem stählernen Band zusammen und ließ mich kaum atmen, geschweige denn schlucken.

»Es geht hier nicht um Zivilisationsfragen, sondern um das Ende unserer Ehe, Nina.« Er sprach so langsam, als hätte er es mit einer Schwachsinnigen zu tun, die ihn sonst nicht verstehen würde.

Aber ich hatte gehört, was er sagte: *das Ende unserer Ehe.*

»Nein!« schrie ich und sah ihn verzweifelt an. Das konnte nicht sein, durfte nicht sein, nicht nachdem …

»Wach endlich auf«, fuhr er fort, als hätte er nicht bereits genug gesagt. »Mit dem, was du *damit* nennst, läßt sich nicht so einfach umgehen, jedenfalls nicht auf die Weise, wie du es dir vorstellst. Ich werde nicht zur Tagesordnung übergehen und so tun, als wäre nichts geschehen. Es gibt eine andere Frau in meinem Leben und …«

Ich hielt mir die Ohren zu und drehte mich von ihm weg. Bis vor ein paar Tagen war doch noch alles in Ordnung gewesen, wie konnte er da vom Ende unserer Ehe reden? Ich versuchte händeringend, einen Anker zu finden, um mich daran festzuklammern, einen Gedanken, den ich ihm entgegensetzen, mit dem ich ihn aufhalten konnte.

Carl packte meine Hände und zog sie von meinen Ohren fort.

»Nina, du hörst mir jetzt zu!« sagte er so laut, daß mein Kopf dröhnte. »Du bist kein Kind mehr, das die Dinge ungeschehen macht, wenn es sie nicht hört oder sieht. Werde endlich erwachsen.»

»Erwachsen?« schrie ich ihn an. »Du sagst mir, ich solle erwachsen werden? Ich bin so erwachsen, daß ich bereit bin, mich damit auseinanderzusetzen, daß mein Mann mich betrogen hat.«

»Du setzt dich nicht damit auseinander.« Seine Stimme war ganz leise geworden. »Du biegst dir die Tatsachen nur so lange zurecht, bis sie in dein Konzept passen. So machen es Kinder, die noch nicht begriffen haben, daß es neben ihrer Märchenwelt auch noch eine reale gibt.«

»Verstehe ich dich richtig? Du möchtest dich mit mir über Realitäten unterhalten?« Meine Stimme dröhnte so schrill, das ich selbst erschrak. »Vielleicht darüber, wie Simone im Bett ist?« Mir war übel, aber ich würde mich zusammenreißen. Ich würde nicht hier vor seinen Augen zu einem Häufchen Elend zusammenbrechen.

»Dieser Aspekt spielt keine Rolle, Nina«, sagte er drohend.

»So, er spielt keine Rolle«, ließ diesmal ich nicht locker.

»Dann machst du dir aber etwas vor. Warum gehen Männer denn fremd, wenn nicht wegen des sexuellen Kicks?« Langsam spürte ich wieder den Boden unter meinen Füßen.

»Ich weiß nicht, warum andere Männer fremdgehen. Ich kann dir nur sagen, warum ich es getan habe. Ich habe mich in Simone verliebt. Es ist keine Affäre für ein paar Nächte, es ist mir sehr ernst ... ich möchte mit ihr zusammenleben.«

Er hatte sich aufs Sofa gesetzt und sah mich ruhig an. Wie konnte er so dasitzen, während er meine Welt in Trümmer legte? Er zerstörte mit ein paar Worten alles, was mir wichtig war. Ich wußte nicht, ob ich noch mehr Ehrlichkeit vertragen würde. Trotzdem stellte ich die Frage, die in meinen eigenen Ohren wie ein schrecklich abgegriffenes Klischee klang.

»Was ist es? Ist sie interessanter, weil sie ganz anders ist als ich, weil sie arbeitet und so unabhängig ist, ist das der Reiz?«

54

Ich fühlte mich seiner Antwort vollkommen ausgeliefert, und ich verstand immer noch nicht, was geschehen war.

Er überlegte einen Moment und sah mich mitleidig an. »Sie ist authentisch und dadurch sehr lebendig. Du weißt selbst, wie sie ist, du kennst sie länger als ich.«

»Daran brauchst du mich nicht zu erinnern, mir ist bewußt, daß sie eine langjährige Freundin von mir ist«, sagte ich schwach und zutiefst enttäuscht. »Wobei wir doch sehr unterschiedliche Vorstellungen von Freundschaft haben. Aber du und ich, wir haben schließlich auch verschiedene Ansichten über die Ehe.« Ich lachte bitter.

»Verstehe mich nicht falsch, Nina. Ich habe nicht einfach aus einer Laune heraus die eine Frau gegen die andere ausgewechselt. Es macht mich sehr traurig, dir weh zu tun.«

Er sagte all das mit einer Ruhe, die mich aggressiv stimmte. Ich kam mir vor wie ein Kind, das er geduldig in die Geheimnisse der Algebra einweihte. Nur ging es hier nicht um die Beziehung mathematischer Größen, sondern um Menschen.

»Warum tust du es dann?« fragte ich verzweifelt. »Setzt sie dich unter Druck?«

Natürlich, das muß es sein, dachte ich mit einem letzten Funken Hoffnung. Als alleinerziehende Mutter würde Simone ihre Karriere nicht mehr so kompromißlos verfolgen können. Wenn es so war, konnte ich ihm helfen, eine Lösung zu finden. Meine Tränen ließen sich nicht mehr zurückhalten.

»Niemand setzt mich unter Druck«, sagte Carl gereizt. »Und ich tue es, Nina, weil uns die Alternative langfristig beide noch sehr viel mehr verletzen würde, ich meine dich und mich. Ich würde keinem von uns beiden einen Gefallen tun. Laß uns …«

»Ist es wegen des Kindes?« fragte ich in Panik. »Willst du deshalb zu ihr gehen? Wir könnten doch …«

»Nina, hast du mir nicht zugehört? Ich möchte mit Simone *zusammenleben*. Diese Entscheidung habe ich getroffen, lange bevor sie schwanger wurde. Das Kind wird ein Teil unserer Beziehung sein, aber nicht der entscheidende, und keinesfalls ist es der auslösende.«

In meinem Kopf drehte sich alles, und ich fiel immer weiter hinab in diesen elenden Abgrund, dem ich entkommen zu sein glaubte. Ich hatte mich Carl gegenübergesetzt und sah, daß er weitersprach, aber ich konnte nicht hören, was er sagte. Es wurde mir schwarz vor Augen, und ich verlor jeden Bezugspunkt. Als ich meine Augen wieder öffnete, kniete er vor mir und hielt mir ein Glas Whiskey an den Mund.

»Trink das bitte.«

Ich nahm das Glas in die Hand und trank es in drei Schlucken leer. Die Wärme verteilte sich sofort in meinem Körper, und ich atmete tief durch.

»Dieses Kind …«, sagte ich gequält, »ich verstehe das nicht. Du wolltest doch nie Kinder, ich erinnere mich noch genau daran.« Als wäre es gestern gewesen, daß er mir sagte, er könne sich ein Leben mit Kindern nicht vorstellen. Ich vermochte die Tränen nicht zu stoppen, die mir über die Wangen liefen und auf meine Hände tropften. »Und Simone – sie hat alle Schwangeren bemitleidet«, schluchzte ich. »Das habe ich mir doch nicht alles eingebildet. Es ist, als hätte ich ein Stück Film verpaßt, so daß ich dem Rest nicht mehr folgen kann.« Ich war vollkommen verwirrt, und meine

Stimme zitterte inzwischen so stark, daß ich mir Mühe geben mußte, klar zu sprechen.

»Wir waren beide sehr überrascht«, sagte er widerstrebend. »Aber als der erste Schreck vorbei war, kam so etwas wie Freude auf. Ich kann es dir nicht erklären. Es ist immer noch ein sehr zwiespältiges Gefühl, für uns beide. Es ist viel Unsicherheit dabei, wie sehr dieses Kind unser Leben verändern wird, und auch Angst vor der Verantwortung, der wir uns nicht entziehen können.« Carl hatte sich neben mich gesetzt und hielt meine Hand.

»Tu das nicht, Carl, bitte, tu mir das nicht an. Laß es uns noch einmal versuchen. Bitte …« Ich sah ihn flehend an. Er hielt meinem Blick stand und schüttelte ganz langsam und bestimmt den Kopf. Ich löste meine Hände aus seinen und stand auf. Mein Körper fühlte sich bleiern an, und ich mußte mir Mühe geben, damit er mir gehorchte. Es war ganz still im Raum. Draußen hörte ich die ersten Vögel, die die Dämmerung ankündigten. Ich ging zum Telefon und bestellte mir ein Taxi. Fahren konnte ich nicht mehr, der Whiskey war mir in den Kopf gestiegen.

»Wohin willst du, Nina?« Carl war ebenfalls aufgestanden und kam auf mich zu. Ich wich vor ihm zurück und hob abwehrend meine Hände.

»Laß mich bitte, ich muß weg von hier«, sagte ich hektisch.

»Wohin willst du denn um diese Zeit?«

Ja, wohin? Ich konnte zu meiner Mutter fahren, aber sie würde mich mit guten Ratschlägen zuschütten und mir nur vorhalten, daß ich mir ein Beispiel an meinen Schwestern nehmen sollte. Es fehlte nur noch, daß sie mir sagte, mit Kindern wäre das nicht passiert. Wohin also? In meiner

Hosentasche spürte ich den Schlüssel, den ich nach Hamburg hatte schicken wollen.

»In Klaras Haus. Ich fahre zurück in Klaras Haus«, sagte ich entschiedener, als mir zumute war.

Ich wußte nicht, wie es weitergehen sollte, aber ich wußte, wo ich mich verkriechen konnte. Ich ging nach oben, packte innerhalb von fünf Minuten zwei Koffer und schleppte sie langsam die Treppe hinunter. Carl kam aus dem Wohnzimmer.

»Laß mich dir bitte helfen.« Er nahm mir die Koffer aus der Hand und stellte sie vor der Haustür ab. Als im selben Augenblick das Taxi vorfuhr, bat er den Fahrer zu warten.

»Paß auf dich auf, Nina, und melde dich bitte, wenn du ein wenig zur Ruhe gekommen bist.« Er sah mich mit dem gleichen traurigen Blick an wie vor ein paar Stunden, als ich noch glaubte, es würde wieder alles gut. Aber nichts würde mehr gut werden können. Die Weichen dafür hatte ich selbst gestellt, vor langer Zeit.

»Ich habe noch eine Frage.« Ich schluckte die aufkommende Panik hinunter. »Was wäre gewesen, wenn … wenn *ich* irgendwann schwanger geworden wäre? Ich meine vor ein paar Jahren, als alles noch in Ordnung war?« Ich ließ ihn nicht aus den Augen. Ich wollte sehen, ob er zögerte, ob er nach einer Antwort suchte, die mich beruhigen sollte, aber seine Worte kamen ganz spontan.

»Dann hätten wir jetzt ein Kind, was …«, nun zögerte er doch einen Moment, fuhr aber gleich darauf unbeirrt fort, »…unsere gegenwärtige Situation nicht gerade vereinfachen würde. Ein Kind hat noch keine Ehe retten können, Nina.« Aber meine Seele, schrie es in mir. »Nein, da hast du sicher recht. Ich wollte es nur wissen.« Ich hielt den Schlüssel zu Klaras Haus wie einen Rettungsanker fest in meiner Hand. Dort würde ich mich fallenlassen können, hinabtauchen in die Tiefen, wo es keine Erinnerung mehr gab.

»Carl, ich muß gehen.« Ich verabschiedete mich nicht von ihm, sondern drehte mich einfach um und lief zum Taxi. Er blieb im beleuchteten Hauseingang stehen und sah mir nach.

»Zum Hauptbahnhof bitte«, sagte ich dem Taxifahrer, der mir die Tür aufhielt.

5 *Mein Leben war aus seiner Verankerung gesprun-* gen. Wo gestern noch Zuversicht gewesen war, diese Krise bewältigen zu können, fühlte ich heute nur eine zentnerschwere Leere. Woher hatte ich gestern noch die Gewißheit genommen, nie wieder auf Klaras Insel zurückzukehren? Es war nichts davon übriggeblieben. Ich hatte die letzten dreizehn Jahre zu Carl gehört, aber wohin gehörte ich jetzt? Was konnte ich tun? Der Boden unter meinen Füßen geriet ins Wanken, und ich bekam Angst. Aufhören! schrie es in mir. Was hatte ich denn gemacht, um in diesen Alptraum zu geraten? Denk nach, befahl ich mir. Aber je mehr ich das tat, desto schlimmer wurde meine Unsicherheit. Ich verstand Carl nicht, ich hatte doch alles getan – für ihn, für unsere Ehe. Was war mit den vielgerühmten Geheimrezepten, Respekt und Achtung voreinander zu bewahren? Galt das alles nichts mehr?

Den ersten Zug Richtung Husum ließ ich fahren, ich konnte mich nicht durchringen, einzusteigen. Was, wenn Carl es sich anders überlegte und mir nachkam? Ich stand auf diesem riesigen Bahnhof, den allmählich die ersten Pendler bevölkerten, und sah mich nervös und voller Verzweiflung um, nach seinem Gesicht in dieser gesichtslosen Menge suchend. Nach einer Stunde gab ich niedergeschlagen auf und ging langsam Richtung Bahnsteig. Er würde nicht kommen. Wozu auch? Er hatte alles gesagt, mehr, als ich verkraften konnte. Trotz alledem ließ mich die Hoffnung nicht los, daß dies nicht das Ende war, es durfte nicht sein, nicht so. Carl würde feststellen, daß er einen großen Fehler gemacht hatte, er würde Zeit brauchen, überlegte ich fieberhaft. Ich würde mich zusammenreißen und sie ihm geben. Nur wie? Die Angst entließ mich nicht aus ihrem stählernen Griff. Wie sollte ich es schaffen, geduldig abzuwarten, wenn alles auf dem Spiel stand, was mir wichtig war? Die Fragen nahmen kein Ende. Sie waren fast genauso zermürbend und niederschmetternd wie die Antworten, die Carl mir gegeben hatte.

Ich stieg in den Zug, obwohl alles in mir danach schrie umzukehren. Der Schlüssel zu Klaras Haus war die einzige Sicherheit, die mir geblieben war. Er lag beruhigend in meiner Hand, ich würde dort nicht allein sein. Vielleicht wußte Hanni Jensen einen Rat. Ich sah aus dem Fenster, aber ich nahm nichts von dem wahr, was vor meinen Augen vorbeirauschte. Langsam stieg Wut in mir hoch. Was hatte er sich dabei gedacht? Es war alles in die Brüche gegangen, woran ich fest geglaubt hatte, er hatte es zerstört, während ich ihm vertraut hatte. Konnte er sich überhaupt vorstellen, wie lange es dauern würde, eine neue Basis zu finden? Mein Herz raste, und ich mußte schlucken, um die aufsteigende

Übelkeit zu bekämpfen. Mach dir nichts vor, schalt ich mich, er hat längst eine neue Basis gefunden.

Es herrschte Krieg in mir. Die eine Stimme kämpfte für Hoffnung, und sei es nur der kleinste Funken, der überspringen und mich retten könnte. Die andere versuchte, mich aufzurütteln und wiederholte mir Wort für Wort, was Carl gesagt hatte. War das der Kampf der Realität gegen meine Märchenwelt, wie Carl es genannt hatte? Konnte denn etwas, das durcheinandergeraten war, nicht doch wieder gut werden – eines Tages? So viele Ehen steckten in einer Krise, aber es brachen doch nicht alle auseinander. Warum also gerade meine? Das war nicht gerecht. O Gott, dachte ich, ich drehe mich im Kreis.

Es waren wieder Stunden vergangen, in denen ich von meiner Umwelt keinerlei Notiz genommen hatte. Ich war in Hamburg umgestiegen und hätte es beinahe verpaßt, in Husum auszusteigen. Im Bahnhof erkundigte ich mich nach der nächsten Verbindung nach Pellworm. Zum Glück ging an diesem Tag noch eine Fähre. Da mir der Bus jedoch gerade vor der Nase weggefahren war, nahm ich kurzerhand ein Taxi. Der Chauffeur kam aus Mecklenburg-Vorpommern und war im Gegensatz zu mir sehr auf eine Unterhaltung aus, um die Fahrt kurzweiliger zu gestalten.

»Fahren Sie zum erstenmal nach Pellworm?« fragte er neugierig.

»Ja.« Ich hatte keine Lust auf große Erklärungen. Sollte er denken, ich käme als Touristin hierher, oder Badegast, wie sie es hier nannten. Wie sich dieser Ausdruck bei dieser Witterung allerdings hatte halten können, war mir ein Rätsel. Das Wetter war grauenvoll und alles andere als einladend.

»Es wird Ihnen dort gefallen«, schwärmte er. »Wir waren letztes Jahr mal drüben. Ist toll zum Fahrradfahren. Haben Sie ein schönes Quartier?«

»Ja, ich denke schon.« Ich sah aus dem Fenster. Es war mir egal, ob er mich unhöflich fand, aber ich wollte keine weiteren Fragen beantworten. Ich hatte selbst genug davon. Er hatte meinen Wink offensichtlich verstanden, denn er ließ mich für den Rest der Fahrt in Ruhe.

Der Bus muß Umwege gemacht haben, dachte ich, denn als mich das Taxi am Hafen absetzte, war er noch nicht in Sicht. Dafür konnte ich bereits die Fähre sehen. Der Taxifahrer stellte mein Gepäck neben mir ab und wünschte mir einen schönen Urlaub. Ich bedankte mich, nahm meine Koffer und ging zum Anleger. Der Bus war inzwischen angekommen und hatte unter anderem fast zwanzig Jugendliche ausgeladen, die der ruhigen, beschaulichen Szene im Nu mit Stimmgewalt ein abruptes Ende bescherten. Es war Freitagabend, sie gingen wahrscheinlich die Woche über in Husum zur Schule. Auf der Insel, so nahm ich an, gab es wohl kaum weiterführende Schulen.

Die Fähre legte an und wurde nach kurzer Zeit neu beladen. Es waren nur zwei Autos mit herübergekommen. Wochenende, dachte ich wehmütig, Zeit für die Familien. Ich griff nach meinen Koffern und suchte mir einen Platz im Aufenthaltsraum. Nachdem die Horde von Jugendlichen sich geräuschvoll um mehrere Tische geschart hatte, setzte ich mich ans andere Ende des Raums. Ich wollte meine Ruhe haben, hatte jedoch nicht damit gerechnet, daß an diesem Tag so viele Fahrgäste da sein würden. Mein Tisch war fünf Minuten später der einzige, an dem es noch freie Stühle gab. Hier schienen sich fast alle zu kennen, stellte ich mit einem Blick in die Runde fest. Außer mir gab es nur noch fünf andere, die unschwer als Fremde auszumachen waren. Um die Schiffsmotoren zu übertönen, wurden die Unterhaltungen in einer ohrenbetäubenden Lautstärke geführt, bevorzugt quer durch den Raum. Hier ist nicht an Ruhe zu denken, dachte ich, völlig mit den Nerven am Ende. Ich hätte mir am liebsten die Ohren zugehalten und nie wieder einen Ton gehört.

»Moin«, sagte jemand direkt vor mir.

Ich sah zwei Frauen vor meinem Tisch stehen und mir freundlich zunicken. Sie setzten sich auf die beiden Stühle mir gegenüber und unterhielten sich in ihrem heimischen Dialekt, von dem ich kein Wort verstand. Ich lehnte mich gerädert zurück gegen die Wand und spürte das Vibrieren der Maschinen. Es kamen nur noch ein paar Wortfetzen bei mir an, dann fielen mir vor Erschöpfung die Augen zu, und ich versank in den Bildern meiner Traumwelt.

Dort war ich schwanger und spürte ein unbeschreibliches Glücksgefühl. Ich strich über meinen Bauch und ließ meine Hände schützend darauf liegen. Plötzlich kam Carl mit einer großen Schere, riß mir die Hände vom Bauch und schnitt das Baby heraus. Ich versuchte verzweifelt, mich zu wehren, aber meine Finger hatten sich in einem Wollknäuel verfangen, aus dem ich Babysocken strickte. Aus meinem Mund kam kein einziger Ton, obwohl alles in mir schrie. Ich war sprachlos. Carl nahm das Baby, band eine große rote Schleife darum und sagte, er brauche noch ein Geschenk für Simone. Als sich die Tür hinter ihm schloß, fand ich meine Stimme wieder. Ich schrie ihm nach, es sei mein Baby, er …

Jemand schüttelte mich und redete auf mich ein. Eine der Frauen stand vor mir und beugte sich besorgt über mich.

»Beruhigen Sie sich doch, junge Frau. Wird ja alles wieder gut.«

Ich sah sie verwirrt an.

»Sie haben geschrien«, erklärte sie mir.

»Entschuldigung«, sagte ich, »es war nur ein Traum … ich hatte einen schlechten Traum. Alles in Ordnung, danke.«

Sie sahen mich beide zweifelnd an, unterhielten sich dann aber weiter. So müde ich vorher auch gewesen war, jetzt war ich hellwach. Die Bilder meines Traums waren schwer abzuschütteln, ich sah immer wieder die Schere vor mir und die rote Schleife. Ein Geschenk für Simone …

Die Fähre hatte inzwischen angelegt, die Leute sammelten betriebsam ihre Sachen zusammen und gingen die schmale Treppe hinauf. Sie drängte es, nach Hause zu kommen, mich zog alles dorthin, wo ich meinen Mann zurückgelassen hatte, der mich nicht mehr wollte. Ich gab mir einen Ruck und folgte den anderen Fahrgästen Richtung Ausgang. Wieder kam ich in der Dämmerung auf der Insel an, nur diesmal ohne Auto, mit weit mehr Gepäck und einem bleischweren Herzen. Ich fragte mich nach dem Inseltaxi durch, das sich als Kleinbus herausstellte und von Johann Matthiessen kutschiert wurde. Drei Einheimische saßen schon im Wagen, als ich einstieg. Der Fahrer wartete noch ein paar Minuten und fragte mich dann, wohin ich wolle. Ich nannte ihm die Adresse.

»Ach, zu Frau Wilander wollen Sie.« Er sagte es mit einer Selbstverständlichkeit, als würde sie noch leben und als freute er sich, daß sie Besuch bekam. »Sind Sie mit ihr verwandt?«

Er studierte im Rückspiegel mein Gesicht. »Sie sehen ihr gar nicht ähnlich, aber sie hatte ja auch keine Kinder.«

Im Wagen war es still geworden, alle schauten mich neugierig an.

»Sie war mit meinem Onkel verheiratet«, löste ich widerwillig das Rätsel und hoffte, daß damit der allgemeinen Wißbegier Genüge getan war und sie mich in Ruhe ließen.

»Ich hab Sie hier aber noch nie gesehen«, fuhr Johann Matthiessen ungeniert fort, in dem Bestreben, die Verhältnisse bis ins letzte Detail zu klären.

»Wir hatten nicht viel Kontakt nach dem Tod meines Onkels«, sagte ich zurückhaltend. Seine Neugier ärgerte mich. Was ging es ihn an, wie oft ich mit Klara zusammen war. Ich würde den Spieß einfach umdrehen, beschloß ich.

»Haben Sie sie gekannt, ich meine nicht nur vom Sehen?« Ich hatte die Frage kaum ausgesprochen, da fing er an zu lachen.

»Hier kennt jeder jeden, das werden Sie auch noch feststellen.« Meine Mitreisenden nickten einhellig zur Bestätigung.

»Feine Person. Sie war nie hochnäsig wie so manch anderer vom Festland. Ist schade um sie.«

Alle hingen ihren Gedanken nach, und es war für eine Weile still im Wagen. Johann Matthiessen setzte einen nach dem anderen vor seiner Haustür ab, wobei es auch zu abgelegenen Höfen ging. Obwohl ich keine Nerven für diese beschauliche Inselrundfahrt hatte und ihn am liebsten gebeten hätte, mich vorzuziehen und auf direktem Weg abzuliefern, traute ich mich nicht, die Reihenfolge der Fahrt so brüsk und egoistisch zu beeinflussen. Schließlich war auch ich an der Reihe. Er fuhr mit Schwung die Warft hinauf und ums Haus herum. Wie vor ein paar Tagen brannte auch heute das Licht über dem Eingang. Ich zahlte und verabschiedete mich.

Vor zwei Tagen hatte ich in dem Bewußtsein das Haus verlassen, nie wieder hierherzukommen. Hanni Jensen hatte ich für unverbesserlich gehalten, als sie zum Abschied »bis bald« gesagt hatte. Jetzt freute ich mich über ihren Zettel in der Küche. »Liebe Frau Tilden«, hatte sie geschrieben, »Ihr Bett ist noch bezogen und im Kühlschrank ist genug zu essen. Rufen Sie mich an, wenn Sie zurück sind. Dann komme ich vorbei. Grüße von Hanni Jensen«. Als PS hatte sie ihre Telefonnummer notiert. Sie hatte es geahnt.

Ich schleppte die beiden Koffer ebenso wie meinen blei-schweren Körper die Treppe hoch und räumte meine Sachen in den Schrank. Dabei bewegte ich mich im Zeitlupentempo und mußte mich zu jedem Schritt zwingen. Ich wußte noch nicht, wie lange ich bleiben würde, aber ein paar endlos lange Tage würden es diesmal bestimmt werden. Das Zimmer, in dem ich mich im Kreis drehte, war immer noch dasselbe, das ich einen Tag zuvor verlassen hatte, doch ich war nicht mehr dieselbe. Von der Zuversicht und Hoffnung, die mich nicht schnell genug nach Frankfurt hatten zurückkehren lassen, war nichts übriggeblieben. Jedes *Wenn* und jedes *Vielleicht* war von Keulen niedergestreckt worden, auf denen dick *nie wieder* stand und *vorbei*.

Die knarrenden Holzbohlen und Treppenstufen ließen jeden meiner Schritte auf dem Weg nach unten nachhallen. In der Küche machte ich mir einen Tee und ging hinüber ins Wohnzimmer, wo ich den kleinen Fernseher einschaltete. Irgendwie mußte ich mich ablenken. Das Kabelfernsehen hatte die Insel offensichtlich noch nicht erreicht, eine Satellitenschüssel gab es bei Klara nicht, und so blieb mir nur die ungewohnte Wahl zwischen drei Programmen. Auf N3 brachten sie einen alten amerikanischen Schwarzweißfilm, bei dessen Strickmuster das Happy-End von Anfang an vorprogrammiert war. Ich dachte sofort an die Märchenwelt, die Carl mir vorgeworfen hatte, aber in diesem Moment war es mir egal. Ich wollte nur vergessen und mich von der Handlung in ein Nirwana davontragen lassen, wo es keine Gefühle mehr gab, keine Trauer. Obwohl Hanni Jensen die Heizung angelassen hatte, drang unerträgliche Kälte bis in den letzten Winkel meines Körpers hinein. Ich wickelte mich fest in eine Wolldecke und sah gebannt auf den Bildschirm. Vor ein paar Tagen noch hätte ich dem Film mühelos und mit Vergnügen folgen können, jetzt liefen die Bilder an meinen Augen vorbei und erreichten mich nicht. Es war plötzlich alles sinnlos geworden, und ich hatte nie er-schreckender empfunden, wie sehr mein Leben durch Carls Existenz darin geprägt war. Die Stärke, die ich durchaus einmal empfunden hatte, war in sich zusammengefallen und hatte nur ein Häufchen Elend zurückgelassen. Woher sollte ich die Kraft nehmen, wieder aufzustehen, vor allem wozu? Die Gedanken an Carl zerrissen mir das Herz. Ich sah ihn vor mir mit seinen ordentlichen dunkelblonden Haaren, aus denen sich stets vorwitzig eine Strähne löste, um das sachli-che Bild des Anwalts Lügen zu strafen. Seine braunen Augen, in denen der Humor zu Hause war, blickten aus allen Ecken des Zimmers auf mich herab. Aber jetzt war eine Härte in ihnen, eine Konsequenz, die mich frieren ließ. Ich fühlte mich allein, gefangen in einer unsagbaren Traurigkeit und meiner Zukunft beraubt. Meine Augen waren von den unzähligen geweinten und ungeweinten Tränen geschwollen und marterten meinen Kopf. Mein Herz klopfte mit einer Entschiedenheit, als wollte es nie wieder auf ein Normalmaß zurückschalten. Ich sehnte mich nach Whiskey und Valium in ausreichenden Mengen, um mich nachhaltig zu betäuben. Gleichzeitig wußte ich, daß ich es durchstehen mußte, allein, allein, allein. Wie sollte ich je wieder die Ruhe finden zu schlafen? Gab es Menschen, die ihren Lebensinhalt verloren und trotzdem schlafen konnten? Ich hatte Angst einzuschlafen und mit der trügerischen Hoffnung aufzuwachen, alles sei bloß ein böser Traum gewesen, nur um dann diesen Schlag wieder und wieder zu spüren. Allein die Vorstellung hielt mich wach – bis ich nicht mehr klar denken konnte, bis alles zerdacht und zerfetzt war, ich die Orientierung verlor und auf dem Sofa einschlief.

Es war ein unruhiger Schlaf, in dem ein Alptraum den nächsten jagte. Einer der Träume führte mich hoch hinauf in ein Baumhaus, das zwischen die ausladenden Äste einer Tanne gebaut war. Plötzlich hörte ich ein Geräusch und sah Carl und Simone am Fuß des Baums stehen. Sie hatten jeder das Ende einer Säge in der Hand und begannen, den Stamm meines Baums anzusägen. Ich spürte, wie der Baum ins Wanken geriet, und versuchte mich festzuhalten. Aber es gab keinen Halt, der Baum stürzte und stürzte. Kurz vor dem Aufprall sah ich in die Gesichter der beiden und entdeckte voller Schrecken nur mein eigenes. Ich wachte mit einem Ruck auf und saß senkrecht auf dem Sofa. Meine Finger krallten sich in die Wolldecke, und es dauerte einen Moment, bis ich begriff, wo ich war.

Es war erst sechs Uhr morgens, aber es war nicht mehr an

Schlaf zu denken; ich spürte immer wieder den unaufhaltsamen Sturz aus meinem Traum. Ich stand auf und ging hinüber in die Küche. Im Kühlschrank fand ich Milch, die ich mir warm machte. Ich nahm einen Becher voll mit in die Bibliothek und sah mich dort um. Der Raum war rundherum bis zur Decke mit Büchern vollgestopft. Ob Klara sie alle gelesen hatte? Es fiel mir schwer, mich zu konzentrieren, aber ich zwang mich, die einzelnen Buchtitel der Reihe nach durchzugehen. Nach einer Weile stellte ich fest, daß sie nach Gebieten geordnet waren. Es gab alles: eine Unmenge Sachbücher, Kunstbände, Biographien, Klassiker und moderne Literatur. Ich zog das eine oder andere heraus, das ich schon immer hatte lesen wollen, schob es dann aber wieder zurück. Ich wunderte mich über die zahlreichen Bücher zum Thema Religion. Klara mußte sehr gläubig gewesen sein. Langweilig wird es einem hier bestimmt nicht, dachte ich, vorausgesetzt, man ist in der Verfassung, sich überhaupt auf ein Buch einlassen zu können. Ich war es keinesfalls.

In meinem Zimmer schlüpfte ich in ein paar warme Sachen und ging hinaus in den Garten. Das Gras war noch ganz feucht, und ich war froh, daß ich mich für Gummistiefel entschieden hatte. Das Gewächshaus zog mich magisch an. Ich hatte schon von draußen ein Blütenmeer durch die Glasscheiben schimmern sehen, aber nicht erkennen können, was für Blumen es waren. Als ich hineinging, erblickte ich die außergewöhnlichsten Orchideenarten. Jedenfalls nahm ich an, daß es sich bei diesen Exoten um Orchideen handelte. Ich hatte noch nie so schöne Blüten gesehen und war ganz überwältigt. Ich machte die Tür schnell hinter mir zu, damit der kalte Wind nicht hineinfegte. Das Gewächshaus war nicht groß, ungefähr drei mal vier Meter, aber es erschien mir als eine lichte Zuflucht inmitten düsterer Wolken. Irgend jemand gab sich viel Mühe, um diese Zuflucht zu bewahren.

Für ein paar wertvolle Minuten hatte mich die Schönheit dieses Augenblicks abgelenkt und aus den Tiefen meiner Verstörtheit emporgezerrt. Aber wie jeder andere, so war auch dieser Moment vergänglich. Ich lief hinaus und schlug die Tür hinter mir zu, so daß ich die Scheiben in ihrer Verankerung klirren hörte. Ich ging zu der Stelle, an der Hanni Jensen vor ein paar Tagen mit ihrem Spaten das Unkraut herausgestochen hatte. Sie war ein ganzes Stück vorangekommen, aber bei weitem nicht fertig. Ich nahm den Spaten, der noch im Boden steckte, und begann, mit all der Kraft, die noch in mir war, die Erde umzugraben. Ich würde ein Schlachtfeld hinterlassen, schoß es mir durch den Kopf, doch ich konnte nicht aufhören. In der Erde vor mir stach ich auf Simone ein, die mir alles genommen hatte, was mir etwas bedeutet hatte. Nach einer Weile kam ich ins Schwitzen und wollte gerade meine Jacke ausziehen, als ich hinter mir die Stimme von Hanni Jensen hörte.

»Das lassen Sie mal schön bleiben, da erkälten Sie sich nur. Und in fünf Minuten müssen Sie sowieso reinkommen, dann ist nämlich das Frühstück fertig.« Sie tat so, als wäre ich nie fort gewesen.

»Woher wußten Sie, daß ich zurück bin?« fragte ich sie überrascht. Ich hatte sie später anrufen wollen, aber sie war mir zuvorgekommen.

»Ich hab Johann Matthiessen beim Bäcker getroffen, und er hat mir erzählt, daß er Sie gestern abend hergefahren hat.

Ich hab' frische Brötchen mitgebracht. Sie sehen mir nicht aus, als hätten Sie seit gestern was gegessen.« Sie schüttelte mißbilligend den Kopf und ging zurück zum Haus.

Meinen Einwand, daß ich sowieso nichts hinunterbringen würde, sparte ich mir, sie würde ihn nicht akzeptieren. Ich sah ihr hinterher, wie sie zum Haus zurückging, und spürte eine widersinnige und beruhigende Freude inmitten all der Trauer. Verrückt, dachte ich verwundert, ich fühle Sturzbäche von Tränen in mir, die ich einerseits kaum zurückhalten und andererseits kaum herauspressen kann, und gleichzeitig empfinde ich wirkliche Freude, eine Frau wiederzusehen, die ich kaum kenne. Ich stieß den Spaten in die Erde und ging hinein.

»Wollen Sie in der Küche oder im Eßzimmer essen?« hörte ich sie rufen.

»In der Küche«, sagte ich entschieden.

Als ich noch zu Hause wohnte, hatte ich mit meinem Vater oft in der Küche gesessen. Dort hatten wir unsere besten Gespräche geführt, spätabends, wenn meine Mutter und meine Schwestern im Bett waren und Ruhe im Haus eingekehrt war. Bei einem dieser Gespräche hatte ich ihm auch von Carl erzählt. Ich spürte, wie sich schon wieder Tränen in meinen Augen sammelten, und wischte sie schnell weg, damit Hanni Jensen sie nicht sah. Ich ging in die Küche und half ihr beim Tischdecken. Sie schenkte uns beiden Tee ein, schmierte ein Marmeladenbrötchen und legte es mir, ohne zu fragen, auf den Teller.

»Ich …«

»Keine Widerrede«, sagte sie streng. »Sie haben hier alle Freiheiten, nur nicht die, sich selbst zugrunde zu richten.

Und das tun Sie, wenn Sie nicht essen. Also, ein Brötchen – da lasse ich nicht mit mir handeln, und wenn Sie zwei Stunden dafür brauchen. Ich habe Zeit, und Sie wohl auch, wie es aussieht.« Sie schmierte sich auch ein Brötchen und biß genüßlich hinein.

»Mit einem Hungerstreik schaden Sie sich nur selbst, und ändern tut sich nichts.« Sie ließ nicht locker.

Ich versuchte ein Lächeln, das mir jedoch gründlich entglitt, hoffte aber, daß sie wenigstens die Dankbarkeit, die ich empfand, in meinem Gesicht wiederentdecken konnte. Wenn dieses Haus der Rettungsanker war, dann war Hanni Jensen die Hand, die sich mir entgegenstreckte, als ich mich einsam und verlassen fühlte. Sie stellte keine Fragen, sie war einfach nur da. Ich wünschte, meine Mutter wäre ein einziges Mal so gewesen. Wäre ich in diesem Zustand nach Hause gefahren, hätte sie mich mit Fragen und Vorwürfen bombardiert und mich für ihren nächsten Migräneanfall verantwortlich gemacht. Hier gab es weder das eine noch das andere. Ob Klara das gemeint hatte, als sie dieses Haus einen Zufluchtsort nannte?

Ich biß in mein Brötchen und kaute mechanisch. Weder würde ich vom Fleisch fallen, noch würde ich untergehen, machte ich mir selbst Mut. Auch wenn alle Anzeichen dagegen sprachen, mußte es doch einen Weg zurück zu Carl geben. Das konnte es nicht gewesen sein, flehte ich innerlich, das durfte es einfach nicht gewesen sein.

»Sie können mir nachher sagen, was Sie gerne essen würden, wenn Sie denn Hunger hätten«, erklärte sie mit einer Betonung, die jeden Widerspruch im Keim erstickte. »Dann kann ich Montag einkaufen, bevor ich herkomme. Für morgen koche ich Ihnen was vor – da hab' ich nämlich frei. Werden Sie den einen Tag allein klarkommen?« Sie sah mich skeptisch an.

»Natürlich, Frau Jensen, das ist wirklich kein Problem«, antwortete ich mit erstickter Stimme und kam mir dabei vor wie ein Kind, das im Wald singt.

»Sonst rufen Sie mich einfach an oder kommen bei mir vorbei. Ich zeig Ihnen nachher auf dem Plan den Weg.«

»Nein, das brauchen Sie wirklich nicht. Ich werde Sie an Ihrem freien Tag nicht stören!« Irgendwie würde ich ihn alleine durchstehen, mußte ich ihn alleine durchstehen, es würde nicht der einzige bleiben.

Ihr zweifelnder Blick sprach Bände, aber sie ließ mich in Ruhe und ging nicht weiter auf das Thema ein. Auch wenn ich noch so sehr versucht hatte, zuversichtlich zu klingen, so verbrachte ich den Tag doch in ihrer sicheren, wärmenden Nähe. Ich sah ihr beim Kochen zu, schnippelte Gemüse oder Kräuter, wenn sie mich ließ, und hörte mir Geschichten von der Insel an. Der Nachbarhof sei gerade verkauft worden, erzählte sie. Die alte Bäuerin, die ihn mit ihren zweiundachtzig Jahren noch selbst bewirtschaftet hatte, war im Stall umgefallen und gestorben. Die Kinder lebten alle auf dem Festland und hatten kein Interesse, den Hof weiterzuführen. Jetzt war ein Künstlerehepaar dort eingezogen.

»Er malt, und sie töpfert. Demnächst soll's sogar eine Ausstellung geben. Man kann aber auch einfach so hingehen und gucken. Wenn Sie also Lust haben … Obwohl – bei Ihnen in der Stadt gibt's das sicher öfter. Da ist es vielleicht gar nicht so interessant für Sie.«

»Im Moment bin ich nicht so recht in der Stimmung, unter

Menschen zu gehen«, sagte ich ehrlich. »Ich denke, ich bin hier ganz gut aufgehoben.«

»Ja, das sind Sie«, erwiderte sie mit Nachdruck. »So hat sie's gewollt.« Sie sah traurig aus.

»Sie vermissen Frau Wilander, nicht wahr?« Ich war selbst erstaunt über meine Frage, weil ich mir eher hätte vorstellen können, daß Klara Hanni Jensen vermißt hätte, aber umgekehrt?

»Ja. Es war zu früh, viel zu früh.« Sie wischte sich über die Augen, so wie vorhin ich. Im Gegensatz zu mir versuchte sie jedoch nicht, ihre Tränen zu verbergen. »Ihr Herz hat einfach nicht mehr mitgemacht. Es hat von einem Moment auf den anderen aufgehört zu schlagen. Sie saß oben an ihrem Schreibtisch. Ich war hier in der Küche und habe gekocht, ich habe nichts gemerkt. Erst als sie nicht zum Essen kam, bin ich hochgegangen und habe sie gefunden.«

Sie setzte sich mir gegenüber an den Küchentisch, zerrupfte das durchnäßte Tempotaschentuch zwischen ihren Fingern und schüttelte unablässig den Kopf.

»Ich hab gleich den Doktor gerufen, aber er konnte nichts mehr machen, sie war tot.« Hanni schwieg und starrte vor sich auf den Küchentisch. »Und wissen Sie, was sie immer zu mir gesagt hat? ›Das Leben geht weiter, Hanni, egal was geschieht, wir gehen weiter, auch wenn uns die Menschen, die uns am meisten am Herzen liegen, irgendwann nicht mehr begleiten können.‹ Sie meinte damit Ihren Onkel … und Anne, ihre Schwester. Ich glaube, es ist kein Tag vergangen, an dem sie nicht an die beiden gedacht hat.«

Ich wußte nicht, daß Klara eine Schwester gehabt hatte, aber was wußte ich überhaupt über sie? So gut wie nichts, gestand

74

ich mir ein. Es war ein merkwürdiges Gefühl, jetzt in ihrem Haus zu sein und es wie selbstverständlich zu durchwandern. »Was ist eigentlich mit Klaras persönlichen Sachen geschehen?« fragte ich. Zwar hatte ich damals ihre Beerdigung organisiert, aber an diese Dinge hatte ich überhaupt nicht gedacht.

»Ihre Kleider habe ich weggegeben, dahin verteilt, wo sie jemand brauchen konnte. Schmuck hatte sie keinen, sie hat nur die beiden Eheringe getragen, den von Ihrem Onkel und ihren eigenen. Damit wurde sie auch beerdigt. Ich habe es nicht über mich gebracht, ihr die Ringe vom Finger zu ziehen. Wozu auch? Alles andere ist hier im Haus geblieben. Ich fand es richtig so.« Sie stand wieder auf und ging zurück an den Herd. Ich hätte sie gerne getröstet, aber ich wußte nicht, was ich sagen sollte.

»Ich habe Klara eigentlich gar nicht gekannt«, erklärte ich mit einem überraschenden Gefühl des Bedauerns, das mich zum erstenmal beschlich und gleichzeitig verwirrte.

»Ich weiß, Frau Tilden, kaum jemand von Ihrer Familie hat sie richtig gekannt. Sie hat ja selbst auch nicht gerade die Menschen gesucht. Man mußte sie finden, so wie Ihr Onkel.« Sie lächelte mich an. »Sie hat mir viel von ihm erzählt. ›Der hätte selbst Ihnen gefallen, Hanni‹, hat sie immer gesagt. Sie meinte, ich sei zu wählerisch. Na ja, vielleicht hatte sie recht.«

Sie wischte sich die Hände an der Schürze ab und fing an, den Einkaufszettel zu schreiben. Ich war nicht sehr hilfreich dabei, weil mir nichts einfiel, auf das ich Appetit haben könnte.

»Dann lassen Sie sich eben überraschen, ich werde Ihnen das

Essen schon schmackhaft machen«, sagte sie ungerührt, während sie kritisch an mir hinuntersah. »Sie sind sowieso viel zu dünn, nichts zum Zusetzen. Grad jetzt müssen Sie essen. Aber das wird schon, passen Sie mal auf.«

Wenn ich nur auch so zuversichtlich wäre, dachte ich sehnsüchtig. Wird Carl sich melden? Wie lange sollte ich warten, um dann noch einmal mit ihm zu sprechen? Ich wollte nicht an ihm zerren, obwohl in mir die Verzweiflung an jedem einzelnen Nerv zerrte und mir den Atem raubte.

»Wie bitte?« Ich hatte nicht zugehört, was Frau Jensen gesagt hatte.

»Ich meinte nur, daß das Grübeln nichts bringt. Sie zermartern sich ja noch vollkommen. Die Dinge werden sich finden, mit ein bißchen Abstand …«

Mir liefen schon wieder die Tränen übers Gesicht. Diesmal tat ich nichts, um sie zu verbergen.

»Das ist gut so, erst mal raus damit«, fuhr sie voller Wärme fort. »Das sind nicht die ersten Tränen, die in diesem Haus fließen, und es werden nicht die letzten sein. Sie werden einen Weg finden, glauben Sie mir. Nehmen Sie sich die Zeit, so wie sie's gewollt hat.«

»Klaras Zufluchtsort – wissen Sie noch, als ich ankam, sagte ich, das sei nicht das, was ich suche. Wie man sich irren kann«, flüsterte ich bitter durch meine Tränen hindurch.

»Sie haben sich nicht geirrt, Sie sind hergekommen, das ist das einzige, was zählt, egal, was Sie gesagt haben. Manchmal ist unsere Seele eben schlauer, als wir glauben.«

6 *Die Tage vergingen, ohne daß ich auch nur einen* Schritt weiterkam. Meine Gedanken kreisten um mögliche Hoffnungsschimmer, die ich übersehen haben könnte. Ich war wie gelähmt und unfähig, mich auf etwas anderes als auf Carl zu konzentrieren. Mein Appetit hatte mich ebenso verlassen wie der Glaube, daß mein Herz je wieder zur Ruhe kommen würde; es klopfte unablässig. Jedesmal, wenn ich eine Lösung gefunden zu haben glaubte, hörte ich Carls Stimme, die zu mir sagte: »Ich möchte mit Simone zusammenleben.« Es war nichts übriggeblieben von dem Stolz, den ich früher einmal hatte. Ich dachte nur darüber nach, was ich tun könnte, um Carl zurückzugewinnen. Wir hatten so vieles gemeinsam gehabt und waren einmal wirklich glücklich gewesen. Auf dieser Basis mußte sich ein Weg zurück finden lassen, es konnte doch nicht alles verlorengegangen sein.

Mein Körper hatte sich während der letzten Tage nicht aus seiner Erstarrung gelöst. Ich vermochte mich nicht gegen die Schmerzen zu wehren, mit denen ich aufwachte und wieder einschlief, wenn überhaupt an Schlaf zu denken war. Meist lag ich im Dunkeln und grübelte in die tiefschwarze Nacht, die mir keine Antworten geben konnte. Im Gegenteil, nachts waren die Geister, die mich heimsuchten, erschreckender denn je, so daß es eine Erlösung war, wenn die Dämmerung anbrach.

Hanni Jensen ließ mich vollkommen in Ruhe. Sie war da, wenn ich sie brauchte, und sie hatte feine Sensoren, herauszufinden, wann genau das war. Sie hatte sehr schnell akzeptiert, daß ich keinen Schritt vor die Haustür oder das Gartentor setzen wollte. Ich zeigte weder an irgend etwas

Interesse, noch verspürte ich einen Antrieb, mich aus meiner Lethargie herauszukämpfen. Ja, im Gegenteil, ich wußte nicht, woher ich je wieder die Energie nehmen sollte, meinen Tagesablauf selbst in die Hand zu nehmen. Zum erstenmal in meinem Leben gingen die Tage dahin, und ich ließ es kraftlos geschehen. Es gab keinen Plan, weil ich vergessen hatte, wie man einen machte, ich starrte vor mich hin, ohne etwas zu sehen. Wenn ich nicht unruhig durch die Räume wanderte, sah ich Hanni Jensen beim Kochen zu oder ging ins Gewächshaus zu den Orchideen. Ich tat nichts, außer zu hoffen und zu warten, daß Carl käme, um mich zu retten.

»Kommt eigentlich manchmal Post hierher?« fragte ich Frau Jensen.

»Nach Frau Wilanders Tod nicht mehr. Die Sachen, die das Haus betreffen, gehen direkt zu Dr. Carstens.«

»Und wenn *mir* jemand schreiben würde?« fragte ich vorsichtig. Vielleicht lag längst ein Brief für mich im Kasten, und sie hatte nur nicht nachgesehen.

»Es ist nichts da. Ich seh jeden Tag nach, eine alte Gewohnheit. Warten Sie denn auf Post?« Sie hatte aufgehört, die Kartoffeln zu schälen und blickte mich aufmerksam an.

»Na ja, nicht direkt«, versuchte ich mich herauszuwinden, »ich dachte nur, falls … falls mein Mann mich erreichen will …« Ich stotterte wie ein schüchterner Pennäler und verabscheute mich dafür. Wo waren meine Stärke, meine Souveränität geblieben? Ich erinnerte mich nicht mehr, wann ich zuletzt etwas davon gespürt hatte.

»Wenn jemand Sie hier erreichen will«, sagte sie forsch, »dann wird es ihm auch gelingen, nur keine Bange. Das ging früher schon ohne Telefon, und das geht auch heute noch. Weiß Ihr Mann denn, daß Sie hier sind?«

»Ja.« Er wußte es seit drei Wochen und hatte sich nicht gerührt.

»Na, dann ...« Sie schälte weiter die Kartoffeln und schob mir die Karotten samt Messer zum Kleinschneiden herüber.

»Gehen Sie deshalb nicht aus dem Haus? Damit Sie Ihren Mann nicht verpassen?« Sie hatte eine seltsame Art, ihre Fragen zu stellen, ohne jedes vorgefertigte Urteil, das mich in die Enge getrieben hätte.

»Das mag sein«, gab ich offen zu. Sie hatte recht, ich befand mich in einer Warteposition, und ich wollte mich um keinen Preis fortbewegen.

»Frau Tilden, ein Brief kann Sie hier gar nicht verpassen, und wer Sie sehen will, wird gerne mal eine Stunde auf Sie warten«, beruhigte sie mich. »So, die Karotten kommen in die Salatschüssel.«

Sie setzte die Kartoffeln auf und sagte, sie könne mich jetzt hier in der Küche nicht mehr brauchen. Ich ging hinaus in den Garten. In den letzten Tagen war es wärmer geworden, der Mai hatte sich durchgesetzt, aber es blies noch ein scharfer Wind. Ich spazierte zum Gewächshaus, das mich immer wieder in seinen Bann zog, sofern mich in diesen Tagen überhaupt etwas erreichen oder bewegen konnte. Hanni Jensen hatte mir erzählt, daß Klara es hatte aufstellen lassen, gleich nachdem sie auf die Insel gekommen war. Ich hatte angenommen, es sei ihr Lieblingsort gewesen, ihre kleine Flucht aus der rauhen Witterung in ein tropisches Blütenmeer, aber so war es nicht.

»Frau Wilander hat es als Geschenk bauen lassen für ihre

Schwester Anne, deren Lieblingsblumen Orchideen waren. Sie ist sehr jung gestorben, hatte aber wohl immer von so einem Gewächshaus geträumt. Frau Wilander selbst konnte damit nicht viel anfangen, sie hat die Wiesen hier geliebt. Aber sie hat so lange über Orchideen nachgelesen, bis sie alles über deren Pflege wußte. In der Bibliothek stehen die ganzen Bücher.«

Nach Klaras Tod hatte auch Hanni Jensen diese Bücher gelesen, um den Traum der einen Toten und den Liebesdienst einer anderen am Leben zu erhalten. Schon seit unserem ersten Zusammenstoß im Garten wußte ich, wie sehr Hanni Jensen Klaras Wünsche über deren Tod hinaus respektierte. Mir fielen die Worte meines Vaters wieder ein, der ebenfalls mit sehr viel Achtung von ihr gesprochen hatte. Nur mir kam keine einzige Gelegenheit in den Sinn, bei der ich Klara als etwas anderes als ernst und düster empfunden hatte. Ihr Haus war es glücklicherweise nicht. Ich fühlte mich dort geborgen, und dafür dankte ich ihr im stillen. Nachdem die Sicherheit und Geborgenheit, die Carl mir gegeben hatte, verloren war und ich mich so unendlich verlassen und verirrt fühlte, existierte hier ein Ort, der mich auffing. Wo hätte ich ihn sonst finden sollen? Hier gab es keine inquisitorischen Fragen, die ich nicht beantworten konnte, keine gerunzelten Brauen, um mich in Aktivitäten zu zwingen, zu denen ich nicht fähig war. Hier gab es nur Ruhe.

Am nächsten Tag wurde meine heilsame Geborgenheit allerdings auf eine harte Probe gestellt. Hanni Jensen erzählte mir beim Frühstück begeistert, daß wir bald Besuch bekämen.

»Charlotte, die Frau von Ihrem Cousin Johannes, hat mich

gestern angerufen. Sie kommt nächste Woche für ein paar Tage hierher.«

»Was will *die* denn hier?« brach es entsetzt aus mir heraus. Jede andere, nur nicht Charlotte, dieses kraftstrotzende, lächelnde Mutterwunder. »Klara hat doch in ihrem Testament extra geschrieben, daß das hier kein Ferienhaus ist. Womöglich bringt sie auch noch ihre vier Lieblinge mit«, argwöhnte ich am Rande der Panik. »Sagen Sie ihr, daß es nicht geht, daß sie noch ein paar Wochen warten soll, daß das Haus renoviert wird oder unter Wasser steht, egal ... nur sagen Sie ihr ab.« Meine Stimme hatte sich überschlagen und in hysterische Höhen emporgeschwungen.

Hanni Jensen lachte lauthals los, und ich sah sie entgeistert an.

»Das mit dem Wasser – wie stellen Sie sich das vor? Um das Haus hier auf der Warft unter Wasser zu setzen, bedürfte es schon einer mächtigen Sturmflut und mindestens eines gebrochenen Deiches. Und das wollen wir doch beim besten Willen nicht hoffen. Das wäre ein bißchen viel, nur um den Besuch einer ungeliebten, angeheirateten Cousine zu verhindern.« Sie sah mich liebevoll-spöttisch an. »Aber Spaß beiseite«, fuhr sie ernst fort, »ich weiß nicht, was Charlotte hier will, doch es klang weder nach Ferien, noch hat sie etwas von den Kindern gesagt.«

»Jemand wie Charlotte hat keine Probleme, sie ist das perfekte Muttertier, das in seiner Berufung voll und ganz aufgeht. Und immer einen lockeren Spruch auf den Lippen«, sagte ich gehässig, »egal, wen sie damit gerade trifft. So was braucht keine Zuflucht.«

Meine Stimme war überraschend ausbaufähig, was die schrillen Töne darin anging. Sie taten meinen eigenen Ohren weh, aber ich konnte mich nicht beherrschen. Ich wollte nicht, daß sie meine Ruhe hier störte, mir jeden Tag strahlend von den Fortschritten ihrer Kinder und ihrem ewig währenden Mutterglück vorschwärmte. Ich konnte die Welt nicht ertragen, die sie verkörperte und die sie unweigerlich hier hineintragen würde.

»Jetzt beruhigen Sie sich erst mal. Sie war auch nicht gerade begeistert, als sie hörte, daß *Sie* hier sind.«

»Das wird ja immer schöner«, keifte ich, »was bildet die sich eigentlich ein?« Schließlich war ich diejenige gewesen, die sich immer um Freundlichkeit bemüht hatte. Charlotte hatte sich keinen Deut darum geschert.

»Ich weiß nicht, was Sie beide miteinander oder vielmehr gegeneinander haben, aber das Haus ist groß genug, um sich aus dem Weg zu gehen.«

Hanni Jensen versuchte, ihre Gelassenheit und ihre unverwüstliche Zuversicht gegen meinen vulkanartigen Ausbruch ins Feld zu führen und mich mit ihrer beruhigenden Art auf den Boden zurückzuholen, was ihr auch teilweise gelang.

»Bitte, Frau Jensen, können Sie sie nicht doch anrufen und überreden, noch ein wenig zu warten?« Ich sah sie flehend an und hoffte, sie hätte ein Einsehen.

»Hätten *Sie* warten können, als es *Sie* hierherzog, als es vielleicht keinen anderen Ort für *Sie* gab?« Ihrem vielsagenden Blick ließ sie zur Sicherheit noch ein bestätigendes Nicken folgen. »Sehen Sie. Und genausowenig kann Charlotte warten. Sie wird ihre Gründe haben. Jeder, der hierherkommt, hat die.«

»Wie wollen Sie das wissen, Sie kennen sie doch gar nicht.

Ich sage Ihnen, jemand wie Charlotte weiß nicht mal, wie sich die Wörter Sorgen oder Probleme überhaupt schreiben. Gäbe es Preise für Miß Sauberwelt und Miß Nicht-auf-den-Mund-gefallen, dann läge sie überall an der Spitze.« Ich machte mir Luft und ließ mich durch Hanni Jensens erstaunten Blick nicht bremsen. »Ich kann sie nicht ausstehen«, erklärte ich voller Inbrunst, wobei ich jedes Wort betont langsam durch meine gefletschten Zähne entweichen ließ.

»So, jetzt ist es aber gut«, gebot sie mir unmißverständlich Einhalt. »Ich glaube, Sie gehen da ganz schön hart mit ihr ins Gericht. So, wie ich sie kennengelernt habe, tun Sie ihr unrecht.«

»Was? Wieso haben Sie sie kennengelernt?« fragte ich ungläubig.

»Sie war ein paarmal hier und hat Frau Wilander besucht.«

»Sie war hier bei Klara?« Ich mußte mit meinen Fragen vergleichsweise dämlich auf sie wirken, aber es war mir egal. Sonst erzählte meine Mutter doch auch jeden Familienklatsch, aber dieser war ihr wohl entgangen. Was hatte denn die düstere Klara mit dieser Supermutter verbunden, und umgekehrt?

»Ja«, beantwortete Hanni Jensen seelenruhig meine Frage. »Sie war öfter mal für eine Woche hier, die beiden haben sich gut verstanden. Charlotte war sehr traurig, als Frau Wilander starb. So«, sie klatschte entschieden in die Hände, »jetzt vergessen Sie das Ganze mal für die nächsten Tage. Es wird sich schon beizeiten eine Lösung finden lassen.«

Damit stand sie vom Frühstückstisch auf und begann abzuräumen. Für sie war das Thema vorerst erledigt, aber sie betraf es ja auch nicht. Und überhaupt – alle redeten ständig davon, Lösungen zu finden. Carl hatte für sich auch eine gefunden, nur für mich löste seine Entscheidung überhaupt nichts. Im Gegenteil, was für ihn eine Lösung war, stellte mich vor den Abgrund meiner bisherigen Existenz. Und nun redete auch Hanni Jensen von *Lösungen*. Wer fragte denn mich? Ich hatte das Gefühl, ständig vor vollendete Tatsachen gestellt zu werden, ohne auch nur annähernd am Entscheidungsprozeß beteiligt zu werden. Ich wurde wütend und lief Frau Jensen in die Küche hinterher.

»Wenn Charlotte hierherkommt, dann reise ich ab«, sagte ich vehement.

Frau Jensen räumte in aller Ruhe weiter das Geschirr in die Spülmaschine.

»Daran kann Sie keiner hindern.« Sie wirkte vollkommen unbeeindruckt von meinem Gefühlsausbruch. »Aber warum versuchen Sie's nicht erst mal miteinander? Wenn Sie feststellen, daß es dann wirklich nicht geht, können Sie immer noch abreisen. Schließlich verdient jeder eine Chance.«

Das hatte ich auch geglaubt, als ich versucht hatte, meine Ehe zu retten. Ich hatte um diese Chance gebettelt, sie aber bisher nicht bekommen. Warum sollte ich es gerade Charlotte leichtmachen? Sie hatte doch alles: ihren Mann, vier Kinder und ein vollkommen problemloses Leben. Wahrscheinlich kam sie nur hierher, weil eines der Kinder eine schlechte Note in der Schule gekriegt hatte und sie sich von dem Schock erholen mußte. Oder womöglich wollte sie ein fünftes Kind in diese Welt setzen, und es hatte nicht gleich beim ersten Anlauf geklappt.

Mein Impuls, abzureisen, verflog jedoch ziemlich schnell. Wohin sollte ich denn? Es gab keine Alternative. Ich würde sie einfach ignorieren, nahm ich mir vor. Hanni Jensen hatte recht, das Haus war groß genug, um sich aus dem Weg zu gehen. Außerdem würde Charlotte sicher nicht lange bleiben, sie hielt es ja gar nicht aus ohne ihre Brut. Es wunderte mich sowieso, daß sie mehrmals für eine Woche hiergewesen sein sollte. So wie ich sie kannte, existierten in ihrem Kosmos ausschließlich ihre Kinder und Johannes, mein Cousin – die Bilderbuchfamilie eben. Wie Klara in dieses Szenario gepaßt hatte, konnte ich mir nicht vorstellen. Schluß damit!, fegte ich diese Gedanken fort. Sie war noch gar nicht hier, und ich war bereits bis an die Schmerzgrenze genervt. Ich würde Hanni Jensens Rat befolgen und *das Ganze*, wie sie es nannte, für die nächsten Tage vergessen.

Schließlich hatte ich genug Sorgen. Es waren bereits drei Wochen vergangen, und es hatte sich nichts geändert. Tagsüber versuchte ich, die Gedanken an Carl und Simone, vor allem an das Kind, zu verdrängen. Nachts quälten mich üble Alpträume. Den bisher schlimmsten hatte ich in der vorletzten Nacht gehabt. Der Traum spielte in einer Cafeteria. In der Warteschlange entlang der Theke standen ausschließlich Frauen, unter ihnen auch Simone. An der Essenausgabe bekam jede von ihnen ein Baby auf den Arm. Ich selbst stand in einem Nebenraum, der durch eine Gittertür von der Cafeteria getrennt war. Ich rüttelte an den Stäben und schrie, aber niemand hörte mich und niemand kam, um das Vorhängeschloß der Gittertür zu öffnen. Als die *Babyausgabe* beendet und die Cafeteria menschenleer war, sah ich mich verzweifelt in meinem kleinen Raum um. Plötzlich entdeckte ich hinter mir auf dem Boden einen großen Bartschlüssel. Er paßte genau in das Vorhängeschloß, ich öffnete es, stieß die

Gittertür erleichtert auf und rannte zur Theke, hinter der noch eine Frau aufräumte. Ich kam außer Atem bei ihr an und bat sie um ein Baby. Sie sagte kein Wort, sah mich nur regungslos an und hielt mir ein Schild vor die Nase, auf dem stand: Geschlossen! Dann drehte sie sich um und ging fort.

Ich konnte diesen Traum in den folgenden Tagen nicht abschütteln. Immer wieder spürte ich das Glücksgefühl, als das Schloß aufsprang, als mich alle Hoffnungen zur Theke trieben und mir nur ein einziger Gedanke durch den Kopf schoß: Jetzt hast du es doch noch geschafft. Und dann das Schild. Es schnitt mir mit der ganzen Wucht seiner Endgültigkeit tief ins Herz. Wie sollte ich diesen Träumen entkommen, wann würden sie aufhören, mich zu verfolgen?

Ich begann, Simone zu verwünschen und Carl mit ihr. Ich hoffte, sie würde das Baby verlieren, Fehlgeburten waren schließlich an der Tagesordnung. Ich malte mir aus, daß Carl voller Reue zu mir zurückkam und sagte, er habe sich geirrt. Und dann würde ich *ihn* flehen lassen, betteln, ihm noch eine Chance zu geben. Aber er sollte zappeln, sollte einmal selbst spüren, wie entsetzlich weh das tat.

Es war mir klar, daß diese Tagträume nur meine ebenso trügerischen wie zweifelhaften Hoffnungen widerspiegelten, es gäbe einen Weg zurück. Aber sie retteten mich für Momente über meine Verzweiflung hinweg, so lange, bis ich Carls feste Stimme wieder hörte, die mir unumstößlich seine Entscheidung klarmachte. Ich haßte ihn dafür, daß er mich ohne Vorwarnung hatte fallenlassen. Und ich schämte mich, schämte mich dafür, daß ich nur an Rache denken konnte. Und dafür, daß ich Carls Kind den Tod wünschte. Ich war sehr weit hinabgestiegen in diesen Abgrund, und ich fragte mich, ob ich jemals wieder den Weg zurück nach oben finden würde.

7 *Die Tage bis zu Charlottes Ankunft waren wie im* Fluge vergangen. Ich hatte in dem täglichen Einerlei zwischen Bibliothek, Küche und Gewächshaus mein Zeitgefühl verloren. Einzig die Sonntage registrierte ich bewußt, da dann Hanni Jensen frei hatte, mir ihr Zuspruch fehlte und ich eine verzweifelte Einsamkeit spürte, was ein vollkommen neues Gefühl für mich war. Früher hatte ich die Zeit, bis Carl nach Hause kam, genossen. Jetzt war die Zeit, die ich für mich hatte, plötzlich unbegrenzt, endlos, und ich hatte keine Idee, was ich damit anfangen sollte. Wenn Hanni Jensen da war, gab sie mir kleine Aufgaben im Haus oder im Garten. War ich damit fertig, landete ich wieder völlig antriebsarm in meinem Ohrensessel oder am Küchentisch und sah ihr einfach nur zu. Ich ließ mich gehen, und sie ließ es kommentarlos zu.

Hin und wieder fragte ich sie nach Post, bekam aber jedesmal die gleiche Antwort, es sei nichts da. An manchen Tagen ergaben sich meine Hoffnungen kampflos den Tatsachen. Wieder an anderen Tagen haderte ich mit dem, was mit mir geschah, und zerbrach mir den Kopf auf der Suche nach einem Ausweg.

In diese Zerrissenheit hinein platzte Charlotte. Als ich am Morgen ihrer Ankunft die Treppe hinunterkam, begriff ich, daß sie die Routine, die mir so viel Geborgenheit gab, gründlich stören würde. Hanni Jensen hatte fürs Frühstück im Eßzimmer gedeckt anstatt wie sonst in der Küche.

»Die Küche ist doch ein bißchen klein für uns drei.« Sie hatte mein Gesicht richtig gedeutet und gleich eine Erklärung parat.

»Wieso kommt sie eigentlich heute früh an?« fragte ich in dem bissigen Ton, den ich für Charlotte reserviert hatte. Sie wohnte in Wiesbaden, was bis nach Pellworm nicht weiter war als von Frankfurt aus. Man konnte die Strecke leicht in einem Tag schaffen.

»Sie sagte, daß sie in Husum würde übernachten müssen, da sie von München aus hierherkommt.«

München, dachte ich, auch gut. Dann hat sie ihre Kinder wahrscheinlich erst bei ihren Eltern abgeliefert.

»Und außerdem, Frau Tilden«, fuhr Hanni Jensen fort, »was ich noch sagen wollte …« Sie sah mich so fest an, daß ich ihrem Blick nicht ausweichen konnte. »Wenn Charlotte hier ist, sollten Sie beide nicht gleich wie die Kampfhennen aufeinander losgehen. Denken Sie dran: Wer hierherkommt, hat seine Gründe, und das sollte jeder in diesem Haus respektieren.«

So eindringlich hatte sie mich noch nie zurechtgewiesen. Ich war derart verdattert, daß mir keine Entgegnung einfiel und ich einfach nur nickte. Sie betrachtete unterdessen den Frühstückstisch und sagte: »So, jetzt fehlen bloß noch die Eier, aber die mach' ich erst, wenn sie da ist.«

Als hätte Charlotte auf ein Startzeichen gewartet, ging genau in diesem Moment die Haustür auf.

»Hanni?« hörte ich sie rufen.

Hanni Jensen strahlte, als sie Charlottes Stimme hörte, und

lief in den Flur. Ich sah, wie die beiden sich umarmten, und war überrascht über die offensichtliche Vertrautheit.

»Wie schön, Sie zu sehen, Deern.« Hanni nahm Charlottes Gesicht in ihre Hände und beäugte sie. »Müde sehen Sie aus und viel zu dünn. Aber das kriegen wir hier schon wieder hin. Jetzt kommen Sie erst mal rein. Frau Tilden ist im Eßzimmer, sie wird Ihnen Gesellschaft leisten, bis ich die Eier fertig habe. Dann gibt's Frühstück«, sagte sie fröhlich.

Jetzt ist sie total übergeschnappt, dachte ich aufgebracht. Sie weiß nur zu genau, daß ich alles darum gegeben hätte, Charlottes Besuch zu verhindern. Und nun bietet sie mich wie warme Semmeln als deren Gesellschafterin an. Da kann sie lange warten.

»Hallo, Nina.«

Charlotte war auf mich zugekommen und direkt vor mir stehengeblieben. Ihre blonden Locken waren vom Wind noch ganz durchgepustet und standen ihr vom Kopf ab. Sie war vollkommen ungeschminkt und sah blaß aus, mit dunklen Ringen unter den Augen.

»Wie es dir geht«, sagte sie schroff, »brauche ich dich wohl nicht zu fragen, du schaust nicht viel besser aus als ich.« Sie hängte ihren Rucksack über einen der Stühle und lehnte sich dagegen, während sie mich nicht aus den Augen ließ. »Ich denke, du bist genauso begeistert, mich zu sehen, wie ich umgekehrt. Versuchen wir es einfach mit friedlicher Koexistenz, du läßt mich in Ruhe und ich dich. Keine Fragen und kein Small talk. Okay?«

Ich fühlte mich überrumpelt und war zum zweitenmal an diesem Tag sprachlos. Ich preßte ein knappes »Okay« heraus, ging in die Küche und fragte Hanni Jensen, ob noch was zu helfen sei.

»Alles fertig. Jetzt kann's losgehen«, sagte sie betont fröhlich.

Das Frühstück wurde nur dank Hanni Jensen, der Dritten in dieser angespannten Runde, nicht zum völligen Desaster. Die beiden unterhielten sich über Neuigkeiten auf der Insel, und ich war erstaunt, wieviel Charlotte wußte, wen sie alles kannte. Ich konnte nichts einordnen, keine Todesfälle oder Geburtstage, keine goldene Hochzeit und keine Anekdote am Rande. Ich wußte noch nicht einmal, wo Klaras Grab war, auf das Hanni Jensen Akeleien gepflanzt hatte, wie sie erzählte.

»Wenn Sie hinfahren, nehmen Sie noch die Mimosensamen mit, die ich letzten Herbst gesammelt habe. Vielleicht werden die was. Es ist zwar schon recht spät zum Einsäen, aber Frau Wilander hatte sie auch immer so gern.«

Hanni Jensen hatte Tränen in den Augen, und Charlotte drückte ihre Hand.

»Mach ich«, sagte sie. »Ich werde heute nachmittag hinfahren. Sind die Fahrräder noch in Ordnung? Es hat sie bestimmt lange niemand mehr benutzt.«

»Alles in Ordnung«, erwiderte Hanni Jensen strahlend. »Als Sie angerufen haben, hab' ich gleich nachgesehen. Sie brauchen nur ein bißchen Luft.«

Ich kam mir vor wie ein Zuschauer bei einem Freundschafts-Tennis-Match. Während ich von der einen zur anderen blickte, fühlte ich mich vom Spiel ausgeschlossen und zum Publikum degradiert. Sie unterhielten sich, als wäre ich gar nicht anwesend.

Als wir alle fertig waren, stand Charlotte vom Tisch auf und verkündete, sie werde jetzt ihre Sachen auspacken und dann frische Luft schnappen. Sie hatte sich zwei Brötchen geschmiert und Hanni Jensen vorgewarnt, daß sie erst am Abend zurück sein werde. Wir sollten mit dem Mittagessen also nicht auf sie warten. Ich atmete auf, ging in die Bibliothek und machte die Tür laut hinter mir zu. Frische Luft schnappen, dachte ich mißmutig, könnte sie schließlich auch zu Hause oder in ein paar Wochen, wenn ich wieder fort wäre. Warum ausgerechnet jetzt und hier? Ich fühlte mich vom Schicksal verfolgt. Als würde alles andere nicht schon reichen, mußte ich auch noch Tag für Tag diesem Monster an Fruchtbarkeit über den Weg laufen. Ich hätte mir durchaus angenehmere Familienmitglieder zur Gesellschaft vorstellen können. Am liebsten wäre ich jedoch allein mit Hanni Jensen hier geblieben.

Das Mittagessen fand wieder in unserer bewährten Zweisamkeit in der Küche statt. Hanni Jensen hatte mich aus meiner selbstgewählten Isolation befreit und unverdrossen fröhlich an den Tisch gerufen. Wahrscheinlich dachte sie, der Funke würde irgendwann überspringen und mir eine freundlichere Miene aufs Gesicht zaubern. Aber so schnell gab ich nicht auf.

»Hat sie gesagt, wann sie wieder abfährt?« fragte ich spitz. Charlotte weckte meine niedersten Instinkte.

»Ist der Groll denn immer noch so groß?« Sie sah mich gutmütig mitleidig an. »Nein, sie hat nichts gesagt. Aber es kann nicht lange sein, sie muß ja zurück zu den Kindern. Also ruhig Blut, das wird schon. Mit ein bißchen gutem Willen werden Sie sich über diese Zeit schon drüberretten.«

»Das müssen Sie Charlotte sagen und nicht mir. Fanden Sie *die* Begrüßung etwa freundlich?« Diese Ungerechtigkeit brachte mich in Rage.

Hanni Jensen zwinkerte mir zu. »Wenn Sie ehrlich sind, hat sie doch nur das ausgesprochen, was Sie gedacht haben. Und außerdem, Sie sind beide angeschlagen. Da kann schon mal das eine oder andere böse Wort fallen. Das sollte man nicht gleich auf die Goldwaage legen, keine von Ihnen beiden. So, und jetzt Schluß damit. Der Tag ist viel zu schön für so griesgrämige Gedanken. Am besten, Sie lüften Ihren Kopf auch ein bißchen, Sie waren überhaupt noch nicht draußen. Also, Abmarsch.« Sie katapultierte mich aus der Küche Richtung Garten und ignorierte standhaft mein Gezeter.

»Heute ist es warm genug, daß Sie sich eine Liege rausstellen können. Die Sonne wird Ihnen guttun.«

Ich ging widerwillig zum Schuppen, holte mir eine Holzliege und schleppte sie in den Windschatten des Hauses. Hanni Jensen brachte mir eine Decke und wickelte mich fest darin ein. Es war wirklich ein schöner Tag, der Wind war schwächer als sonst, und ich spürte die Kraft der Sonne auf meinem Gesicht. In der Ferne hörte ich einen Traktor, bei dessen Brummen mir die Augen zufielen. Ich blieb eine Ewigkeit bewegungslos liegen. Hin und wieder wurde ich wach, sah den Hummeln zu, die in den Resten der Rhododendronblüten nach Nektar suchten, und schlief wieder ein. Es war ein traumloser Schlaf, aus dem ich entspannt aufwachte.

Ich hatte das Gartentor gehört und sah Charlotte zurückkommen. Sie ging langsam den gepflasterten Weg aufs Haus zu, die Arme fest um ihren Körper geschlungen. Ihr Gesicht wirkte entblößt, aber ich konnte den Ausdruck nicht deuten.

Im ersten Augenblick hatte ich gemeint, die tiefe Verzweiflung, die auch in mir wütete, wiederzuerkennen, aber diesen Gedanken schob ich als unsinnig gleich wieder beiseite. Sie hob ihren Kopf und schaute mich an. Ich wappnete mich innerlich gegen einen ihrer brüsken Kommentare, aber sie ging wortlos an mir vorbei ins Haus.

Inzwischen war es kühl geworden, doch ich mochte ihr nicht gleich folgen. Sie hatte mir unmißverständlich klargemacht, daß sie in Ruhe gelassen werden wollte. Trotzdem ging mir ihr Gesichtsausdruck nicht aus dem Kopf. Ich hatte sie bei unseren Familienfesten immer nur lächelnd gesehen, unverwüstlich inmitten des Chaos, das ihre vier Kinder regelmäßig anrichteten. Sie wurde nie laut, sie tröstete seelenruhig über aufgeschürfte Knie und Beulen hinweg, schlichtete Eigentumsunstimmigkeiten über Bagger und Barbies und wurde für all das von den stolzen Blicken ihres Mannes begleitet. Ich hatte von Johannes nie etwas anderes gehört, als »Ist sie nicht wundervoll?«, wobei seine Art zu fragen jede Antwort erübrigte.

Nach einer Weile folgte ich Charlotte ins Haus, wo ich vom Flur aus Hanni Jensen mit ihr reden hörte.

»... war ein so feiner Mensch. Ich komm' da nicht drüber weg.«

Sie saßen am Küchentisch und wirkten sehr bedrückt. Charlottes Besuch an Klaras Grab hat wohl bei beiden die Trauer wieder aufkeimen lassen, dachte ich. Da ich mich als Störenfried fühlte, ging ich direkt hinauf in mein Zimmer. Ich hatte eine ganze Weile dort gelegen und ins Leere gedöst, als Charlotte an meine Tür klopfte und fragte, ob sie einen Moment hereinkommen könne.

93

»Hanni hat gesagt, ich hätte dich heute morgen verletzt«, begann sie zögernd. »Das wollte ich nicht, tut mir leid. Ich wollte nur unsere Lage klarstellen und verhindern, daß du dich in Freundlichkeiten ergehst, wenn dir gar nicht danach ist. Okay?«

Sie sah mich aufmunternd mit einem entschuldigenden Lächeln an und streckte mir ihre Hand entgegen. Ich wußte nicht, wie mir geschah, schlug aber ebenso verdattert wie spontan ein.

»Was hast du gemeint mit ›sich in Freundlichkeiten ergehen‹?«

»Na, genau das, was ich gesagt habe. Ich habe dich nie anders kennengelernt. Immer freundlich lächeln, auch wenn deine Mutter vor allen anderen auf deiner Seele rumgetrampelt ist. Mir hat das regelmäßig den Magen umgedreht, und das wollte ich hier vermeiden, weiter nichts. Klaras Haus ist ein besonderer Ort, bei ihr wußtest du in jedem Fall, woran du bist. Sie hat immer gesagt, was sie dachte und fühlte. Und wer hierherkommt, sollte die Freiheit genießen, das auch zu tun. Und jetzt laß uns runtergehen«, sagte sie versöhnlich, »Hanni wartet schon.«

Ich lief ihr nach wie ein Schaf und setzte mich an den Tisch, der an diesem Abend eine weit harmonischere Runde beherbergte als noch am Morgen. Gerechterweise muß ich sagen, daß das nicht mein Verdienst war. Charlotte erzählte, wo sie überall gewesen war, sie erzählte von den wunderschönen Rapsfeldern und dem Grab, das Klara sicher auch gefalle. Wie Hanni so sprach auch sie von den Toten, als säßen ihre Seelen tatsächlich oben auf der Wolke und schauten uns zu.

94

In den nächsten Tagen verflüchtigte sich mein innerer Widerstand gegenüber Charlotte. Wir sahen uns höchstens dreimal am Tag zu den Mahlzeiten, dazwischen trieb sie sich draußen herum. Die Abende, wenn Hanni Jensen fort war, verbrachte ich im Wohnzimmer vor dem Fernseher oder in der Bibliothek. Ich hatte dort angefangen, Klaras Bücher zu ordnen. Zwar gab es ein System, aber meines erschien mir sinnvoller. Zum Lesen der Bücher war ich zu unkonzentriert. Ich hatte es versucht, doch nach einer Weile festgestellt, daß mich kein einziges Wort wirklich erreichte. Meine Gedanken waren bei Carl, Simone und dem Kind.

Charlotte verschwand nach jedem Abendessen sofort nach oben. Erst hatte ich angenommen, sie begebe sich in ihr Zimmer. Als ich aber eines Abends hochging, um mir einen Pulli zu holen, bemerkte ich Licht in Klaras Arbeitszimmer. Die Tür war nur angelehnt. Ich schob sie vorsichtig auf und sah mich in dem Raum um. Bis zu diesem Tag hatte ich noch nie einen Blick hineingeworfen, es hatte mich nicht interessiert. Wie die Bibliothek, so war auch dieses Zimmer voller Bücher und hatte nur Platz für die Fenster gelassen. In der einen Ecke stand ein massiver alter Schreibtisch, schräg gegenüber zwei gemütliche Sessel. In einem davon saß Charlotte. Sie hielt mit gekreuzten Armen ein dunkles, in Leder gebundenes Buch vor ihre Brust und schaute mich entgeistert an. Sie hatte mich erst bemerkt, als ich direkt vor ihr stand.

»Hab' ich dich gestört?« fragte ich entschuldigend. Ich wollte sie nicht gleich wieder verärgern.

»Was?« Sie starrte mich an, als käme sie von weit her und würde mich nicht erkennen.

»Entschuldige, ich habe Licht gesehen, und da …« Hoffentlich wird mir das Stammeln in Charlottes Gegenwart nicht zur zweiten Natur, dachte ich verdrossen.

»Schon gut, ich war nur gerade in Gedanken.« Sie legte das Buch auf ihre Oberschenkel und strich mit den Fingern darüber.

»Was liest du da?« fragte ich in dem Versuch, ein unverfängliches Thema zu finden.

»Eines von Klaras Tagebüchern.«

Sie sah mich mit einem Lächeln an, das wohl eher ihrer Erinnerung an Klara galt als mir.

»Wobei das Wort Tagebuch mißverständlich ist«, fuhr sie fort. »Klara hat diese Bücher nicht unter einem zeitlichen Aspekt geschrieben, für sie waren die Menschen das Maß. Sie hat über jeden Menschen, der ihr etwas bedeutet hat, so ein Buch geschrieben.«

»Und von welchem Menschen handelt das Buch, das du gerade liest?«

»Von Anne, ihrer Schwester. Dort drüben auf dem Schreibtisch steht übrigens ein Bild von ihr.«

Ich ging um den Schreibtisch herum und betrachtete das große Schwarzweißfoto, auf dem zwei junge Mädchen zu sehen waren, Zwillinge offensichtlich.

»Anne war Klaras Zwillingsschwester«, sagte Charlotte, als hätte es noch einer Erklärung bedurft.

Die beiden glichen sich wie ein Ei dem anderen. Ich hätte das Foto nie mit der Klara in Verbindung gebracht, die ich kennengelernt hatte. Nur bei genauem Hinsehen ließen sich ihre Gesichtszüge wiedererkennen.

»Sie waren sehr hübsch«, stellte ich überrascht fest.

Dem Kleidungsstil nach zu urteilen, mußte das Foto Ende der fünfziger Jahre aufgenommen worden sein.

»Ja, das waren sie. Es gibt übrigens noch mehr Bilder, ich kann sie dir bei Gelegenheit raussuchen, wenn es dich interessiert. Und jetzt laß mich bitte noch einen Moment allein.«

»Ja ... natürlich«, stotterte ich irritiert. »Schlaf gut.«

Im Hinausgehen hörte ich ihr leises »Danke, du auch«.

Wieder unten, setzte ich mich in meinen angestammten Ohrensessel in der Bibliothek und fragte mich, was Charlotte in dieses Haus geführt hatte. Trotz all der Dinge, die sie im Gegensatz zu mir unternahm, wirkte sie sehr traurig. Klaras Tod, überlegte ich, ist zu lange her, um sie erst jetzt hierherzuführen und in Trauer zu stürzen. Und von ihren Kindern und Johannes hat sie auf Hanni Jensens Nachfrage hin ganz gelöst erzählt. Ihre Ehe steht also offenbar nicht auf der Kippe. Was ist es? Sie wirkte auf mich trotz ihrer Traurigkeit so unverwüstlich, daß ich mir keinen Grund vorstellen konnte. Meine zugegebenermaßen boshafte Vermutung, daß sie sich von dem Schock einer schlechten Note eines der Kinder erholen müßte, hatte ich schnell revidiert. Sie war erst wenige Tage hier, aber in dieser kurzen Zeit hatte ich sie nach und nach von einer ganz anderen Seite kennengelernt. Ihre Temperamentsausbrüche zeigten nur die eine Seite ihrer Persönlichkeit, doch es gab auch die stille, in sich gekehrte Charlotte. Aber in welcher Stimmung auch immer sie gerade war, wenn sie etwas sagte, dann traf es den Nagel auf den Kopf. Hin und wieder war ich dabei allerdings versucht, meinen Kopf einzuziehen. Ich würde mich an ihre unverblümte Ehrlichkeit erst noch gewöhnen müssen. Mit diesem Gedanken schlief ich im Sessel ein.

97

Drei Nächte lang hatten mich meine Alpträume in Ruhe gelassen, und ich war in eine bleierne, traumlose Tiefe hinabgesunken. In dieser Nacht suchten sie mich wieder heim. Ich lag auf einem Operationstisch und öffnete meine Bauchdecke mit einem Reißverschluß. Aus meinem Bauch nahm ich einen winzigen Embryo und legte ihn einer Schwester, die neben mir stand, in die Hände. Sie schloß ihre Finger schützend um das kleine Wesen, dessen Herz ich in meiner Hand gespürt hatte. Etwas irritierte mich, und ich suchte den Blick der Schwester, in der ich mit Entsetzen Simone erkannte, die mich ungerührt ansah und mit meinem Kind hinausging. Ich wollte ihr nachlaufen, aber die OP-Tür war nur von außen zu öffnen. Ich trommelte mit aller Macht dagegen und schrie so laut ich konnte.

»Nina, wach auf! Hörst du mich? Wach auf!«

Ich öffnete meine Augen und sah Charlotte über mich gebeugt.

»Es ist alles in Ordnung, du hast nur geträumt«, versuchte sie mich zu beruhigen.

Es mußte mitten in der Nacht sein, aber Charlotte war vollständig angezogen.

»Warst du noch nicht im Bett?« fragte ich sie erstaunt und setzte mich auf.

»Doch, ich schon«, antwortete sie lächelnd. »Du dagegen hast es vorgezogen, die Nacht im Schutz der Bücher zu verbringen. Es ist schon Morgen«, klärte sie mich auf. »Ich bin nur sehr früh aufgestanden, weil ich vor dem Frühstück noch ein bißchen laufen will. Geht's dir jetzt besser?« fragte sie ungewohnt besorgt.

Ich nickte. »Ja, danke.«

Sie sah mich zweifelnd an. »Bist du sicher? Du siehst ganz entsetzt aus.«

»Hast du noch nie einen Alptraum gehabt?« stellte ich die Gegenfrage.

»Na klar, aber ich kann mich nicht erinnern, wann ich zuletzt so bestialisch geschrien hätte.«

Sie richtete sich auf, sah mich noch immer zweifelnd an, entschied dann aber, daß sie mich durchaus allein lassen konnte.

»Wir sehen uns später.«

Beim Frühstück ging sie nicht mehr auf meine nächtlichen Schreckensvisionen ein, und ich war ihr dankbar dafür. Hanni Jensen schien unsere *friedliche Koexistenz*, wie Charlotte es genannt hatte, zu gefallen. Sie wirkte nicht mehr so angestrengt darum bemüht, während der Mahlzeiten für gutes Wetter zwischen uns beiden zu sorgen. Es hatte sich bestätigt, was sie mir prophezeit hatte: Das Haus war groß genug, um sich aus dem Weg zu gehen, wobei keine von uns das bewußt tat. Unser Tagesprogramm war so verschieden, daß wir uns tatsächlich meist nur beim Essen sahen.

Nach dem Frühstück war ich in den Garten gegangen und hatte mich auf meine Liege gelegt. Es war wärmer geworden in den vergangenen Tagen, so daß ich gerade überlegte, mir kurze Hosen anzuziehen, als Hanni Jensen zu mir rauskam. Sie hatte einen Brief in der Hand, mit dem sie in meine Richtung wedelte.

»Sie haben nicht umsonst gewartet.«

Sie strahlte mich an, und ich merkte, daß sie sich für mich freute. Sie drückte mir den Brief in die Hand und ließ mich allein. Ich mußte gar nicht auf den Absender sehen, ich hatte

Carls Handschrift sofort erkannt. Mein Herz klopfte bis zum Hals. Ja, ich hatte nicht umsonst gewartet, all die Tage, die Wochen, in denen ich mich nicht vom Fleck gerührt hatte. Es konnte kein langer Brief sein, dazu war er zu leicht. Eine, vielleicht zwei Seiten.

Ich hielt ihn wie einen Schatz in der Hand. In diesem Moment hegte ich keinen Groll mehr gegen Carl, auch keine Haßgefühle. Ich war einfach nur froh, daß er mich befreite, daß dieser Spuk ein Ende hatte. Als ich den Brief gerade öffnen wollte, überschwemmten mich Zweifel. Was, wenn ich mich irrte, fragte ich mich ängstlich. Ich mußte diese nagenden Zweifel hinunterschlucken. Es gab tausend mögliche Gründe für diesen Brief, erlösende ebenso wie beängstigende. Aber hielten sich die Chancen wirklich die Waage? Konnte es den Umschwung in Carls Gefühlen, den ich so sehr herbeisehnte, wirklich geben? Manchmal war, was er gesagt hatte, in meiner Erinnerung ebenso verblaßt, wie die Alpträume, die mich verfolgten. In anderen Momenten war wieder alles präsent.

Meine Vorfreude, den Brief zu öffnen, verflog mit jeder Sekunde, in der ich mich der Wirklichkeit stellte. Ich atmete tief durch und riß den Umschlag auf. Er hatte nicht viel geschrieben, eine Seite nur.

»Liebe Nina, die vergangenen Wochen haben Dich, so hoffe ich, ein wenig zur Ruhe kommen lassen. Die Gedanken an Dich tun mir sehr weh, auch wenn Du das momentan sicher nicht für möglich hältst. Besonders bedauere ich, daß ich nicht früher den Mut gefunden habe, ehrlich zu Dir zu sein. Die Entscheidung, mich von Dir zu trennen, ist mir nicht leichtgefallen, und ich fühle mich nach wie vor hin und her gerissen. Trotzdem weiß ich, daß es richtig so ist. So weh ich Dir damit auch tue, es ist eine Entscheidung des Herzens und kein falsch verstandenes Verantwortungsgefühl. Würde ich zu letzterem neigen, hätte mich meine Verantwortung Dir gegenüber anders entscheiden lassen.

Ich habe mit Simone zusammen ein Haus gefunden, so daß Dir Dein Zuhause in jedem Fall erhalten bleibt. Wenn Du zurückkommst, wirst Du feststellen, daß alles soweit unverändert ist. Ich weiß, wie sehr ich Dich verletze. Trotzdem bin ich sicher, daß ich den richtigen Weg eingeschlagen habe. Ich hoffe, daß Du mir das eines Tages wirst verzeihen können.

Ich bin mir bewußt, wie wenig das Angebot von Freundschaft zählt, wenn es um Liebe geht, trotzdem sage ich es: Ich werde für Dich da sein, wenn Du mich brauchst – als Dein Freund.«

Ich lehnte mich zurück und sah in den Himmel. Keines meiner Gebete war erhört worden. Es war nichts geblieben von der unsinnigen, tröstlichen Hoffnung, die ich mir bis zu diesem Moment hatte bewahren können. Es war vorbei. Unmißverständlich, unwiderruflich und grausam. Was sollte ich mit meinen Gefühlen anfangen, wie sollte ich sie abstellen? Carl hatte sich als mein Mann verabschiedet und mir dafür seine Freundschaft angeboten. Ich dagegen wollte immer noch seine Liebe, nichts sonst.

8 *Ich fühlte mich leer und betäubt, als säße ich unter* einer Käseglocke, die alles Lebendige von mir abhielt. Was um mich herum vor sich ging, sah ich wie einen Film ablaufen, der mich nicht betraf und auch nicht interessierte. Ich sah Charlotte auf mich zukommen, nach meinem Arm greifen und mich hinter sich herzerren. Ich folgte ihr apathisch durchs Gartentor auf die andere Seite des Hauses. Dort blieb sie stehen, stellte sich dicht hinter mich, so daß ich mich gegen sie lehnen konnte, und hielt meine Oberarme von hinten fest im Griff.

»Was siehst du?« fragte sie energisch.

Ich wußte nicht, was sie meinte.

»Nichts«, antwortete ich kraftlos.

Sie griff fester zu und tat mir weh. Ich versuchte, mich aus ihrem Griff zu winden, aber sie war eindeutig stärker als ich.

»Was siehst du?« wiederholte sie ihre Frage.

Ich blickte mich um und wußte immer noch nicht, wonach sie fragte.

»Ich sehe Land, weiter nichts. Was soll das? Laß mich los, verdammt noch mal.«

»Erst wenn du mir sagst, daß du etwas Ähnliches siehst wie ich«, entgegnete sie ungerührt.

»Okay, sehe ich. Bist du jetzt zufrieden?« Ich wurde langsam böse.

»Was siehst du? Beschreib es mir!«

»Charlotte, wir sind hier weder in irgendeiner blöden Quizsendung, noch bin ich eines deiner Kinder. Mir reicht's.«

Sie machte mich wütend. Ich drehte mich mit einem Ruck frei und schrie sie an: »Laß mich in Ruhe, hörst du?«

Ich wollte zurück in den Garten, aber sie umschlang mich

wieder mit ihren Eisenarmen und drehte mich in dieselbe Blickrichtung wie zuvor.

»Also?« insistierte sie.

Das kann doch nur ein Mißverständnis sein, dachte ich ungläubig, das passiert nicht mir. Ich fragte mich, warum Hanni Jensen mir nicht zu Hilfe kam. Sie mußte mein Geschrei doch gehört haben. Aber wahrscheinlich wußte sie nicht, wie gewalttätig Charlotte zu werden vermochte.

»Ich sehe Felder und Wiesen«, machte ich einen erneuten Versuch, sie zu besänftigen und endlich abzuschütteln.

»Wie schauen die aus? Beschreibe sie!« sagte sie unnachgiebig.

Das durfte doch alles nicht wahr sein! Wenn ihr ihre Kinder fehlten, sollte sie das sagen und nicht mich als Ersatzdroge mißbrauchen.

»Charlotte, bist du über Nacht blind geworden? Wenn nicht, dann …«

»Ich bin nicht blind geworden«, unterbrach sie mich, »aber du. Los, beschreibe sie.«

Ihr Befehlston ging mir langsam an die Substanz.

»Die Wiesen sind grün, die Felder gelb«, begann ich entnervt herunterzuleiern, was sie hören wollte.

»Die Rapsfelder, wie findest du sie? Sag spontan, was dir einfällt – nicht nachdenken.«

»Schön.« Ich atmete tief durch. Charlotte hatte mich inzwischen losgelassen. »Ich finde sie schön«, stellte ich zu meiner eigenen Überraschung leise fest.

»Eben.«

Ich drehte mich zu ihr um und sah sie gerade noch um die Hausecke verschwinden. Mein Blick wanderte zurück zu den

Rapsfeldern und Wiesen, und ich ließ ihn in eine Ferne schweifen, die er in all den Wochen hier noch nicht erreicht hatte. Was ich sah, war wunderschön. Die Rapsfelder wechselten sich mit Kornfeldern und Wiesen ab, über die der Wind sanft hinwegstrich. Ich hielt mein Gesicht in den Wind und ließ ihn die Tränen auf meiner Haut kühlen.

Nach einer Weile legte ich mich ins Gras und sah in den fast wolkenlosen Himmel. Ich mußte die Augen zusammenkneifen, weil die Sonne mich blendete. Durch die Sonnenstrahlen hindurch sausten Schwalben über mich hinweg. Ich hörte unzählige Insekten um mich herum summen, und ich spürte das Gras kühl und weich zwischen meinen Fingern. Mein Körper schmiegte sich an den Boden und ließ sich getrost von ihm tragen.

»Das Essen ist fertig.«

Hanni Jensens Stimme schreckte mich auf. Für ein paar Minuten war ich der Traurigkeit entkommen. Charlotte hatte kurzerhand den Deckel von meiner Käseglocke hochgehoben und mich darunter hervorgezerrt. Seit ich auf der Insel war, hatte ich mich eingeigelt und kaum etwas um mich herum wahrgenommen. Ich hatte gegrübelt und den Blick ausschließlich nach innen gerichtet. Es bedurfte Charlottes, um mir zu zeigen, daß nicht alles zerstört war, daß es Dinge gab, die Bestand hatten. Der Anblick dieser Landschaft schenkte mir ein so intensives Glücksgefühl, wie ich es schon lange nicht mehr gespürt hatte. Es hatte alle meine Sinne berührt.

Beim Hineingehen nahm ich Carls Brief von der Liege, wo ich ihn bei Charlottes Überfall gelassen hatte, faltete ihn zusammen und steckte ihn in meine Hosentasche.

Die beiden saßen schon am Tisch und warteten auf mich. Charlotte war wie immer, sie tat, als wäre nichts geschehen. Und doch war eine Menge geschehen. Als könnte sie meine Gedanken lesen, lächelte sie mich über ihren Teller hinweg an, und ich lächelte zurück. Hanni Jensen sah zwischen uns beiden hin und her und widmete sich dann zufrieden den Klößen auf ihrem Teller.

»Nina und ich machen heute nachmittag eine Fahrradtour«, eröffnete uns Charlotte aufgekratzt. »Es wird Zeit, daß sie die Insel kennenlernt.«

Sie sah mich dabei mit einem Blick an, der keinen Widerspruch duldete und der Hanni Jensen alle Ehre machte.

»Prima«, sagte diese und schaute uns zufrieden an.

Ich saß einfach nur da, freute mich und verspürte zum erstenmal seit langem wieder Appetit. Nach dem Essen halfen wir Hanni Jensen noch schnell das Geschirr hinaustragen und fuhren dann los.

Die letzten Wochen hatten meiner Kondition den Garaus gemacht. In meiner Vorfreude hatte ich uns beschwingt über die Straßen fegen sehen. Tatsächlich konnte ich kaum einen Kilometer weit gegen den Wind anfahren, ohne daß wir eine Pause einlegen mußten. Nach drei solchen Unterbrechungen kamen wir zur Alten Kirche, in deren Backsteinturm sich, wie mir Charlotte erklärte, die Menschen früher vor der Sturmflut geflüchtet hatten. Der Turm war allerdings nur noch teilweise erhalten, die Verbindung zum weißen Kirchenschiff, in dem eine Arp-Schnitger-Orgel zum größten Schatz zählte, unterbrochen. Gegen die Wand der Kirche lehnten alte verwitterte Grabplatten. Es war friedlich hier und still. Charlotte war zu den Gräbern vorausgegangen, und ich folgte ihr. Als sie stehenblieb, wußte ich, wo wir waren. Ich las auf dem Stein: Klara Wilander – 1945–1996. Um den Grabstein herum wiegte sich ein Blütenmeer im Wind, Hanni Jensens Akeleien. Charlotte kniete sich hin, zupfte Unkraut zwischen den Blumen heraus und steckte die Mimosensamen in die Erde.

»Sie wollte immer, daß sie eines Tages mit Ferdinand zusammen in einem Grab liegt. Ich habe Dr. Carstens damit beauftragt. Wenn alles klappt, wird dein Onkel in den nächsten Wochen von München hierher überführt werden«, sagte Charlotte leise.

Ich stand hinter ihr und hatte nicht gemerkt, daß sie weinte, bis ich sah, daß sie sich über die Augen wischte. Ich hätte sie gern getröstet, aber ich traute mich nicht, sie anzurühren, aus Angst, zurückgewiesen zu werden. Als sie aufstand, dachte ich, sie wolle zurück zu den Fahrrädern, aber sie ging zu einer Bank in der Nähe und setzte sich hin. Sie hielt immer noch das Unkraut in den Händen. Ich setzte mich neben sie.

»Hast du dich eigentlich mal gefragt, warum Klara dieses Testament gemacht hat?« Sie sah mich forschend an.

Hatte ich, aber nur für einen kurzen Moment nach der Testamentseröffnung.

»Wahrscheinlich«, dachte ich laut, »wollte sie das Haus erhalten und verhindern, daß wir es als Erbengemeinschaft schleunigst unter den Hammer bringen. Sie hatte schließlich keine Kinder, die mit dem Haus Erinnerungen verbunden hätten. Keiner von uns hatte eine nähere Beziehung zu ihr. Außer dir natürlich«, schickte ich schnell hinterher.

»Sie wünschte es zu erhalten, das stimmt, aber nicht aus

Sentimentalität. Sie hätte nie jemanden gezwungen, das Haus nur deshalb nicht zu verkaufen, weil es ihr so viel bedeutet hat. Es ging ihr nicht um sich, sondern um uns.« Charlotte stockte einen Moment, bevor sie weitersprach. »Sie hat es ganz bewußt einen Zufluchtsort genannt. Sie wollte uns, wie sie mir einmal sagte, einen Ort der Ruhe hinterlassen, um im Zweifel ungehindert die richtige Entscheidung treffen zu können.« Charlotte sah hinüber zum Grab. »Sie wollte einen Ort schaffen, an dem man in Ruhe nachdenken kann – ohne Zwänge und Verpflichtungen. Einen Ort, wohin man fliehen kann, wenn man nicht weiterweiß, wo es keine Fragen gibt und auch keine Ratschläge.« Aus Charlottes Erzählung konnte ich heraushören, wie sehr Klara sie beeindruckt haben mußte. Sie redete von ihr mit ehrfürchtigem Respekt, aber auch mit sehr viel Zuneigung. Ähnlich wie mein Vater, erinnerte ich mich.

»Was hast du bei der Testamentseröffnung eigentlich gedacht?« Sie sah mich stirnrunzelnd an. Ich wußte, sie kannte meine Antwort.

»Ich habe mich gefragt, wozu wir einen Zufluchtsort brauchen.« Das war gerade ein Jahr her und eher die dezente Wiedergabe dessen, was mir damals durch den Kopf gegangen war.

»Und jetzt bist du hier – und ich auch«, stellte sie trocken fest.

»War es wegen Onkel Ferdinand?« fragte ich. »Ich meine, hat sie hier nach seinem Tod eine Zuflucht gefunden?«

So wie sie ihren Mann immer angesehen hatte, mußte sein Tod für sie ein schwerer Schlag gewesen sein.

»Nein.« Charlotte strich sich ihre Locken aus dem Gesicht.

»Ohne ihn gab es für sie keinen Grund mehr, in München zu bleiben. Sie hat das Meer geliebt, den Wind und den Frieden hier. Sie hat vor vielen Jahren auf Pellworm Urlaub gemacht, und seitdem war ihr die Insel nicht mehr aus dem Kopf gegangen. Es ist anders hier als auf Sylt oder Amrum. Kein Schickimicki, wenn du weißt, was ich meine. Viele lassen sich abschrecken, weil es hier keinen Sandstrand gibt, aber dafür wirst du von der Ursprünglichkeit der Insel voll entschädigt.« Sie sah sich um, breitete ihre Arme aus und sagte leise: »Ist es nicht wunderschön hier?«

Ich bin nicht unbedingt ein Friedhofsfan, doch wenn ich einmal davon absah, wo wir gerade waren, mußte ich ihr recht geben. Allerdings wußte ich immer noch nicht, warum Klara diese seltsame Verfügung getroffen hatte.

»Warum dann?« hakte ich neugierig nach.

Charlotte sah mich für einen Augenblick irritiert an, fand aber gleich darauf ihren Faden wieder.

»Wegen Anne.« Sie hielt kurz inne, als müßte sie die Geschichte in ihrem Kopf strukturieren, und begann zu erzählen. »Klara und ihre Schwester wuchsen, jedenfalls nach außen hin, als vom Leben bevorzugte Kinder auf, wie es so schön heißt. Ihr Vater war stinkreich, er leitete in dritter Generation eines dieser feinen Bremer Kaufmannshäuser. Seiner Frau zuliebe, die ihn vollkommen unter der Knute hatte, war er vor seiner Hochzeit zum katholischen Glauben übergetreten. Klara konnte nicht sagen, ob sich seine Überzeugungen jemals mit den Dogmen dieser Kirche deckten, sie wußte nur, daß sie sich auf jeden Fall und immer nach außen hin mit denen seiner Frau deckten. Vielleicht wäre vieles anders gekommen, wenn er nur ein bißchen Mut aufgebracht hätte, seiner Frau entgegenzutreten, aber das hat er nicht.«

Charlotte atmete tief durch und fuhr fort.

»Anne wurde am Neujahrsmorgen 1967 auf dem Nachhauseweg von einer Party von drei Männern überfallen und stundenlang brutal vergewaltigt. Während Klara für ihr Studium nach München gegangen war, wohnte Anne damals noch zu Hause. Und dahin schleppte sie sich, nachdem die Typen sie hatten laufenlassen. Anstatt die Polizei zu benachrichtigen und Anne ins Krankenhaus zu bringen, versuchte ihre Mutter, *diese unselige Sache*, wie sie es nannte, zu vertuschen. Sie steckte sie ins Bett und erzählte Klara, als sie anrief, um Anne ein frohes neues Jahr zu wünschen, ihre Schwester habe eine Frauengeschichte, sie könne im Moment nicht mit ihr reden. Anne zwang sie das Versprechen ab, ihren Mund zu halten. Sie machte ihr unmißverständlich klar, daß *Das* allein die gerechte Strafe Gottes für ihren liederlichen Lebenswandel sei. Der wiederum hatte nur darin bestanden, daß Anne es gewagt hatte, im Alter von zweiundzwanzig Jahren bis morgens um fünf Uhr auf einer Silvesterparty zu tanzen.«

Charlotte hatte aufgehört zu erzählen, da zwei ältere Frauen an uns vorbeigingen. Wir hörten ein knappes »Moin« aus ihrer Richtung und grüßten zurück. Charlotte versuchte, leise weiterzureden, aber ich spürte, wie schwer es ihr fiel, ihre Wut im Zaum zu halten.

»Anne war noch Jungfrau, als diese Männer sie erwischten. Sie hatte sich nicht etwa in katholischer Tradition für einen späteren Ehemann aufsparen wollen, sie hatte höllische Angst vor jeglicher körperlichen Berührung, da ihre Mutter sehr erfolgreich darin gewesen war, ihr Sex als den sicheren Weg in die Verdammnis darzustellen. Was bei diesen Vergewaltigungen in ihr vorgegangen sein muß, kann man nur ahnen. Sie war, wie Klara mir erzählte, sehr sensibel und verlor durch dieses Erlebnis fast ihren Verstand. Sie soll tagelang ihre Haut geschrubbt haben, bis sie nur noch offene Wunden hatte.«

Charlotte ballte aufgewühlt ihre Hände zu Fäusten und schlug damit auf die Holzplanken der Bank. Mir selbst wurde eiskalt, je mehr ich von dieser unglaublichen Grausamkeit erfuhr. Ich strich fest über meine Arme, die von einer Gänsehaut überzogen wurden.

»Als sie zu Hause nicht mehr ansprechbar war, brachte ihre Mutter sie in die Klinik eines befreundeten Nervenarztes. Sie blieb dort fast zwei Monate und wurde die ganze Zeit über lediglich ruhiggestellt. Klara ließ man übrigens nicht zu ihr. Sie versuchte alles, um ihre Schwester besuchen zu können, aber sie rannte gegen verschlossene Türen. Sie wußte nicht, was Anne zugestoßen war, sie ahnte nur, daß es etwas Schreckliches sein mußte. Ihre Eltern sagten ihr kein Wort, gaben ihr keine Erklärung. Sie forderten sie nur immer wieder auf, für ihre Schwester um göttliche Vergebung zu bitten.« Charlotte lachte bitter auf. »Diese bigotte Gesellschaft!« Sie erhob sich und lief vor mir auf und ab. »Als Anne aus der Klinik kam, teilte man ihr mit, daß sie schwanger sei. Ich glaube, es war nur Klara zu verdanken, daß Annes Geist sich nach dieser Eröffnung nicht gleich wieder zurückgezogen hat. Sie ließ sie keine Minute aus den Augen und versprach ihr, daß sie helfen werde, eine Lösung zu finden. Sie flehte ihre Eltern um Geld für eine Abtreibung an, aber

110

als die das Wort nur hörten, redeten sie tagelang nur noch von Teufelswerk und ewiger Verdammnis. Sie schlugen ihr vor, irgendwo weit weg in den Bergen ein Haus zu mieten samt Betreuerin, wo sie in aller Abgeschiedenheit und ohne Aufsehen dieses Kind bekommen solle. Nicht etwa, um es dann zur Adoption freizugeben, nein, sie sollte es behalten, da es ja Gottes Wille sei und eine wohlverdiente Strafe. Sie sollte es nur nicht in ihrer Nähe großziehen, da sie mit dieser Schande nichts zu tun haben wollten. Klara ging daraufhin zu ihrem Patenonkel und bat ihn um Geld. Sie weihte ihn in Annes Situation ein und war sich sicher, daß er helfen würde. Er warf sie mit den Worten aus dem Haus, daß sie es nicht wagen solle, noch einmal mit solch einem Anliegen zu ihm zu kommen. Während Klara verzweifelt überlegte, an wen sie sich noch wenden könnten, lief Anne die Zeit für eine Abtreibung davon.«

Ich hatte alles um mich herum vergessen. Was ich hörte, war wie der Inhalt eines Dramas, in dem der Zuschauer das Ende bereits ahnt und trotzdem immer noch hofft, daß es entgegen allen Vorzeichen eine Wende gibt. Aber die gab es nicht. Charlotte setzte sich wieder neben mich.

»Anne schrieb einen Abschiedsbrief an Klara, stieg auf den Dachboden ihres Elternhauses und erhängte sich dort. Klara fand sie eine Stunde später, nachdem sie in einer schlimmen Ahnung das gesamte Haus auf den Kopf gestellt hatte. Den Anblick ihrer Schwester sollte sie nie vergessen. Ihre Eltern nahmen die Nachricht zur *Kenntnis*. Dann fuhren sie in ihrem Alltag fort, als wäre nichts geschehen. Klara nahm zuerst an, sie seien wie gelähmt vom Tod ihrer Tochter und wären endlich aufgewacht und erschüttert. Aber sie waren einfach nicht berührt, jedenfalls nicht in der Weise, wie Klara es angenommen hatte. Durch ihren Selbstmord hatte Anne eine Todsünde begangen, und sie hatten sie für immer aus dem Familienverbund und ihren Köpfen ausgeschlossen. Sie hatten ein Beerdigungsunternehmen mit den Formalitäten beauftragt und einen Grabplatz fernab des Familiengrabs gekauft. Das waren ihre letzten Handlungen für ihre Tochter Anne. Zur Beerdigung gingen sie nicht. Klara stand ganz allein am Grab ihrer Schwester, ihre Eltern hatten niemanden benachrichtigt. Es war ein einsamer Abschied, und es war gleichsam Klaras Abschied von ihrem Elternhaus. Sie ist nie wieder nach Hause gegangen und hat auch ihre Eltern nie wieder gesehen. Sie starben beide fünf Jahre später bei einem Autounfall.«

Charlotte lehnte sich zurück und streckte ihre Beine aus. Ich war erschüttert von dieser Geschichte, und ich schämte mich, daß ich Klara so vorschnell meinen Stempel aufgedrückt hatte. Wie hatte sie es nur geschafft, damit fertig zu werden? Ich stellte mir die Ohnmachtsgefühle vor, die verzweifelte Hoffnung auf Hilfe, das Anrennen gegen Betonwände, die brutale Erkenntnis, im Stich gelassen worden zu sein. Im Stich gelassen von Eltern, denen zu vertrauen das natürlichste von der Welt gewesen wäre. In meine Gedanken schob sich das Bild von Klara, so wie ich sie kennengelernt hatte. Ich sah sie wieder vor mir – ernst, zurückhaltend, in sich gekehrt.

»Wie hat sie es geschafft?« fragte ich.

»Zuerst gar nicht, jedenfalls nicht wirklich«, antwortete Charlotte. Bis zum Tod ihrer Eltern war Klara erstarrt, sie funktionierte nur noch, hatte so gut wie keine Außenkontakte, außer durch ihre Arbeit. Sie hat sehr erfolgreich Bücher übersetzt, so konnte sie für sich bleiben und mußte nicht viel unter Menschen gehen. Es war, als hätte sie sich zusammen mit ihrer Schwester begraben. Sie hatte alles Fühlen aus ihrem Leben verbannt. Als ihre Eltern dann starben, setzte eine Art befreiendes Rebellieren in ihr ein mit unglaublichen Aggressionen sich selbst und ihrer Umwelt gegenüber. Sie muß zu jener Zeit kaum zu ertragen gewesen sein. Als sie plötzlich nicht mehr schlafen konnte, ging sie zu ihrer Hausärztin, um sich Schlaftabletten zu besorgen. Ich weiß nicht, was diese Frau ihr gesagt hat, aber sie überredete Klara, einen Therapeuten aufzusuchen. Ich denke, daß Klara damals spürte, daß sie es ohne Hilfe nicht mehr schaffen würde. Sie war achtundzwanzig Jahre alt, isoliert und unfähig, Emotionen zuzulassen. Außer diesen Aggressionen, die sie später selbst als ihren rettenden Weg aus der vollständigen Isolation bezeichnete. Sie ging sechs Jahre lang zu diesem Therapeuten und fing nach und nach ganz zaghaft an zu leben. In einem der Tagebücher steht: ›Ich streifte die eisernen Klammern dieses lebensfeindlichen Elternhauses ab und lernte, meiner anerzogenen Vorstellung von einer Hölle und einem strafenden Gott, der alles sieht, entgegenzutreten und eine eigene, sehr menschliche Vorstellung von Gut und Böse zu entwickeln.‹«

Charlotte versuchte, ihre Haare zu bändigen, die ihr der Wind immer wieder ins Gesicht wehte.

»Schließlich«, fuhr sie fort, »mußte Klara akzeptieren, daß sie Anne nicht hätte retten können. Und daß sie leben durfte, obwohl Anne tot war, die sie so sehr geliebt hatte. Klara hat das viele Geld, das sie von ihren Eltern erbte, nie angerührt.

Solange sie lebte, hat sie alle möglichen Frauenhäuser und Vergewaltigungsopfer finanziell damit unterstützt. Und sie hat ihr Testament gemacht. Sie war überzeugt, daß ihre Schwester noch leben würde, wenn sie nur einen Zufluchtsort gehabt hätte, wenn sie hätte zur Ruhe kommen und nachdenken können. Und wenn sie das nötige Geld für diese Abtreibung gehabt hätte. Dann hätte es für sie einen anderen Ausweg gegeben.«

Was für eine Tragik, überlegte ich erschüttert, und was für ein verschwendetes Leben. Wie einfach wäre es gewesen, Klaras Schwester zu helfen. Mit ein paar verweigerten Tausendern und menschenunwürdigen Dogmen war über ihr Leben entschieden worden. Charlottes Stimme brach in meine Gedanken hinein.

»Klara war nicht naiv, sie hat nicht angenommen, daß Anne dadurch wie Phönix aus der Asche ungebrochen wieder auf die Füße gekommen wäre. Sie wußte, daß in Anne etwas Unwiederbringliches, Elementares zerstört war, aber sie glaubte fest daran, daß ihre Schwester zu einem lebenswerten Leben hätte finden können. Mit viel Zeit und viel Verständnis. Deshalb dieses Testament.«

Wir mußten beide tief durchatmen, um unserer Gefühle Herr zu werden. Was waren das für Menschen, fragte ich mich, die weder die Vergewaltigung noch der Tod der eigenen Tochter aus ihrer verstockten Borniertheit riß, aus ihrem Hochmut, das Wissen um die göttlichen Fügungen gepachtet zu haben? Was für eine Vorstellung hatten sie denn nur von Gott? Und was für ein Gott sollte das sein, der eine unbeschwert durchtanzte Nacht mit schlimmster Gewalt sühnte?

Es war kühl geworden, die Sonne war hinter dem Kirchturm verschwunden und hatte uns im Schatten zurückgelassen. Charlotte stand auf.

»Das ist Annes Geschichte – und Klaras.«

Sie warf das Unkraut von Klaras Grab auf einen Komposthaufen und wischte sich die Hände an ihrer Jeans ab. Dort, wo ich die skurrile Laune einer *grauen Maus* vermutet hatte, hatte Charlotte mir ein Schicksal eröffnet, das mich tief in meiner Seele berührte.

»Hat Klara all das aufgeschrieben?« fragte ich. »Kennst du die ganze Geschichte aus ihren Tagebüchern?«

»Nein, ich habe jetzt erst angefangen, in den Büchern zu lesen. Sie hat es mir selbst einmal alles erzählt, als ich hier war. Es ist eine grausame Geschichte.« Sie zögerte einen Augenblick und sah mich an. »Ich weiß, was du jetzt vielleicht denkst, aber deshalb habe ich sie dir nicht erzählt. Man kann und darf Schicksale nicht vergleichen. Das eine wird nicht leichter erträglich, weil das andere möglicherweise weit schlimmer ist. Egal, was dich oder mich hierhergeführt hat«, sagte sie eindringlich, »es ist etwas sehr Trauriges, etwas, womit wir in unserem Alltag nicht fertig werden. Klara hat uns hier die Möglichkeit hinterlassen, uns wieder zurechtzufinden. Ich wollte dir durch diese Geschichte nur Klara selbst ein bißchen näherbringen. Wer sie nicht kannte, konnte schnell einen falschen Eindruck von ihr bekommen.«

Auf dem Rückweg über den Friedhof blieben wir noch einmal an Klaras Grab stehen. Ich fror schrecklich, und Charlotte bot mir einen Pulli aus ihrem Rucksack an. Ich zog ihn dankbar über.

115

»Wenn ich Klara nur auf den Familienfesten gesehen hätte, wäre ich ihr, glaube ich, genau wie du aus dem Weg gegangen. Sie haßte Menschenansammlungen, und sie ist nur Ferdinand zuliebe mitgekommmen. Deshalb hat sie auch immer so abweisend gewirkt. Hättest du sie nur einmal alleine erlebt«, schwärmte sie mir vor, »dann wäre dir ein ganz anderer Mensch begegnet. Klara fand innen statt und nicht außen, verstehst du? Sie war unglaublich warmherzig und tolerant, du konntest ihr alles erzählen, und sie hat nichts verurteilt. Sie war der klügste Mensch, den ich kenne. Ich wünschte mir so sehr, sie wäre noch hier.«

Charlotte weinte und ballte wieder ihre Hände zu Fäusten. Ich wußte nicht, wie ich sie trösten sollte. Ich wußte für mich selbst keinen Rat, wie sollte ich da anderen helfen. So legte ich einfach meine Finger um ihre Faust und hielt sie so lange fest, bis ich spürte, daß sie nachgab und sich entspannte.

»Wie hast du Klara eigentlich kennengelernt?« fragte ich sie. Wir gingen Richtung Friedhofstor und kamen an ein paar Touristen vorbei, die sich die Grabplatten an der Kirchenwand genauer ansahen. Eine der Frauen beäugte uns mißtrauisch. Wir folgten ihrem Blick und stellten beide gleichzeitig fest, daß wir uns noch immer an den Händen hielten.

»Soviel zum Augenschein und den falschen Interpretationen.« Charlottes Augen blitzten durch die Tränen hindurch, die ich noch in ihren Augenwinkeln sah.

Wir holten unsere Fahrräder, die wir vor drei Stunden gegen den Zaun gelehnt hatten, und machten uns auf den Rückweg.

»Ich habe sie vor über zehn Jahren durch meine Arbeit für

die Zeitung kennengelernt. Ich schrieb einen Bericht über Frauenhäuser, und so stieß ich auf Klara. Sie hatte gerade ein neues Projekt finanziert, und ich machte ein Interview mit ihr. Darüber kamen wir ins Gespräch. Es hat sich dann nach und nach eine sehr schöne Freundschaft daraus entwickelt. Wir haben uns oft geschrieben.«

Der Heimweg war zum Glück nicht ganz so anstrengend, da wir den Wind im Rücken hatten. Wir fuhren in einem gemütlichen Tempo nebeneinander her. Die Kühe wurden von den Wiesen zum Melken auf die Höfe getrieben. Sie begleiteten uns mit ihrem lauten Gemuhe.

»Du hast sie oft hier besucht, nicht wahr? Hanni Jensen hat es mir erzählt.«

Inzwischen waren wir abgebogen und hatten den Wind wieder gegen uns. Ich mußte kräftig treten, um mit Charlottes Tempo mithalten zu können.

»Für deine Kinder muß es hier doch herrlich gewesen sein«, überlegte ich laut, »kaum Autos und ohne Ende Platz zum Spielen.« Ich stellte mir die vier vor, sah sie über die Gräben springen und Schafe jagen.

»Ich habe sie nie mit hierhergebracht«, sagte sie in einem Ton, den ich nicht einordnen konnte.

Ich spürte wieder Charlottes Traurigkeit, die sich wie ein Schatten über ihr Gesicht legte.

»Wegen Klara?« fragte ich vorsichtig. Das wäre zumindest nachvollziehbar gewesen.

»Nein, es war meinetwegen. Die Zeit hier war ganz allein meine Zeit«, sagte Charlotte trotzig und trat so kräftig in die Pedale, als wollte sie gegen eine Erinnerung antreten. Es tat mir leid, daß ich gefragt hatte. Es gelang mir kaum, hinter ihr herzukommen. Als ich sie endlich eingeholt hatte, sagte ich ihr außer Atem, daß ich wirklich nicht hatte neugierig sein wollen.

»Ist schon in Ordnung«, entgegnete sie kurz angebunden. Für den Rest des Wegs blieb Charlotte in sich gekehrt. Wir fuhren die Warft zum Haus hinauf und stellten die Fahrräder wieder in die Garage. Hanni Jensen hatte uns kommen sehen und wartete am Gartentor auf uns.

»Na, war's schön?« fragte sie lebhaft und redete gleich weiter, ohne unsere Antwort abzuwarten. »Jetzt habt ihr endlich mal beide ein bißchen Farbe im Gesicht. Drinnen gibt's ein Stück Käsekuchen.«

Bei ihren mütterlichen Anwandlungen hätte es mich nicht gewundert, wenn sie uns vorher noch zum Händewaschen verdonnert hätte.

»Kaffee und Tee sind in fünf Minuten fertig«, schickte sie fröhlich hinterher.

»Ich muß mich nur schnell umziehen«, sagte ich, »ich bin ganz verschwitzt.«

Ich nahm zwei Stufen auf einmal und sah noch im Augenwinkel, wie Hanni Jensen Charlotte tröstend die Hände ums Gesicht legte, sie dann in ihre Arme zog und festhielt. Als ich wieder hinunterkam, saßen beide am Tisch und unterhielten sich über die Blumen auf Klaras Grab.

»Es hat lange gedauert, bis ich meinen lieben Mitmenschen hier klarmachen konnte, daß sie's so hätte haben wollen«, sagte Hanni Jensen gerade. »Sie meinten, ich lasse das Grab verkommen mit dem *Gestrüpp* darauf und hätte keine Achtung vor der Toten.«

An ihrer Stimme konnte ich erkennen, wie sehr sie dieser

Vorwurf immer noch aufbrachte. Sie vibrierte und war viel lauter als sonst.

»Dabei hab ich es genauso gemacht wie in ihrem Garten«, erklärte sie uns. »Nur ist es nicht akkurat und vierkant. Es sieht ein bißchen anders aus als die anderen Gräber, das gebe ich ja zu, aber sie war schließlich auch ein bißchen anders als die anderen.«

Sie sah uns beide der Reihe nach an und versuchte in unseren Reaktionen zu ergründen, ob wenigstens wir sie verstanden. Charlotte lächelte sie an und sagte, wie schön das Grab ihrer Meinung nach aussehe, und ich konnte ihr nur beipflichten. Als das geklärt war, räumten wir gemeinsam den Tisch ab und brachten das Geschirr in die Küche. Charlotte ging nach oben, und ich legte mich im Wohnzimmer aufs Sofa und ließ mich von den Geräuschen, die Hanni Jensen in der Küche machte, einlullen. Ich war so müde von der ungewohnten Anstrengung, konnte aber trotzdem nicht schlafen. Während ich vor mich hin döste, wechselten sich die Bilder von Klaras Geschichte mit meinen eigenen ab. Sie hatte gleich zweimal Menschen auf tragische Weise verloren, die sie geliebt hatte. Und es war immer viel zu früh gewesen, so wie ihr eigener Tod.

Ich fragte mich, was schwerer zu ertragen war – einen über alles geliebten Menschen durch dessen Tod zu verlieren, gegen den man absolut machtlos war, der sich jedoch ehrlich betrauern ließ, oder durch dessen freien Willen, gegen den man zwar ebenso machtlos war, der aber trotzdem das Tor der Hoffnung einen winzigen Spalt offenließ. Ich hätte es nicht sagen können. Nach Carls Brief war von meiner Hoffnung allerdings nichts übriggeblieben. Ich hatte ihn aus meiner Hosentasche gezogen und noch einmal gelesen. Obwohl sich mir jedes Wort eingeprägt hatte, starrte ich darauf, als könnte ich zwischen den Zeilen etwas entdecken, was mir bislang verborgen geblieben war. Aber es geschah kein Wunder. Ich faltete ihn zusammen und brachte ihn nach oben in mein Zimmer, wo ich ihn in meine Nachttischschublade legte.

Charlottes Pullover, den sie mir auf dem Friedhof geliehen hatte, hing noch über meinem Stuhl. Ich nahm ihn und ging hinüber in Klaras Arbeitszimmer, wo ich Charlotte vermutete. Als ich sie dort nicht fand, klopfte ich an ihre Zimmertür und ging hinein, nachdem ich drinnen ihr leises »Ja?« gehört hatte. Sie lag ausgestreckt auf ihrem Bett und hatte die Arme hinter dem Kopf verschränkt.

»Ich wollte dich nicht stören, hast du geschlafen?« fragte ich behutsam.

»Nein«, kam ihre einsilbige Antwort.

»Ich wollte dir nur schnell deinen Pulli zurückgeben.«

Ich ging ein Stück ins Zimmer hinein und legte ihn auf die Ecke des Betts. Beim Hinausgehen streifte mein Blick ihren Nachttisch, und ich stutzte.

»Charlotte, was ist denn *das*?« platzte ich laut heraus. »Das sieht ja aus wie eine Urne.«

Wenn mein Vater nicht feuerbestattet worden wäre und ich nicht mit meiner Mutter zusammen die Urne hätte aussuchen müssen, hätte ich gar nicht gewußt, was für ein Ding da auf dem Tisch neben Charlottes Bett stand.

»Das sieht nicht nur so aus, es ist eine Urne«, bestätigte sie seelenruhig meine Vermutung.

Sie hatte ihren Kopf gedreht und schaute die Urne, die nur

wenige Zentimeter von ihren Augen entfernt war, gedankenverloren an.

»Stand die schon immer hier? Ich meine, stand sie hier, als
du kamst?« Ich war völlig entgeistert. Wer hatte denn so
morbide Anwandlungen und stellte eine Urne ins Schlaf-
zimmer?

»Nein, ich habe sie mitgebracht.« Charlotte sagte das vollkommen ruhig. »Und um deine nächste Frage gleich vor-
wegzunehmen: Darin befindet sich die Asche meines Lieb-
habers.«

9 *Meine Welt stand kopf – nichts war mehr, wie es*
schien. Mir fiel wieder Carls Märchenwelt ein, und
ich fragte mich, ob ich tatsächlich mehr dort gelebt hatte
als in der Realität. Nachdem sich meine eigene Ehe über
Nacht in einen Scherbenhaufen verwandelt hatte, ich Klara
innerlich für meine grenzenlosen Vorurteile um Verzeihung
bat, schlief nun Charlotte neben der Asche ihres Liebha-
bers. Daß sie das nicht einfach so im Scherz dahingesagt
hatte, wußte ich nach den gemeinsamen Tagen mit ihr sehr
genau.

Ich hatte sie erst hier ein wenig näher kennengelernt. Als ich
wünschte, sie würde dieses Haus nicht betreten, jedenfalls
nicht gleichzeitig mit mir, hatte ich noch diese gegen alle
Mißgeschicke des Lebens anlächelnde Mutter und Ehefrau
vor Augen. Ich hatte Charlotte nie anders erlebt. Wenn ich
jedoch ehrlich war, dann hatten wir uns bei früheren Gele-
genheiten auch nie eingehender unterhalten. Ein kurzes

Hallo bei der Begrüßung und ein paar belanglose Sätze waren alles gewesen. Danach folgte nur gegenseitiges Beobachten, manchmal direkt, oft aus den Augenwinkeln. Was ich sah, deckte sich mit dem, was Johannes uns wortreich zu verstehen gab, nämlich daß er sich keine bessere Mutter für seine Kinder, keine liebevollere Ehefrau vorstellen könne. Charlotte war auch diejenige, die vor den gnadenlosen Augen meiner Mutter Hochachtung verdiente – nach meinen Schwestern natürlich. »Ist sie nicht eine wundervolle, patente Person«, schwärmte sie mir regelmäßig vor. Wobei patent ihre Umschreibung für fruchtbar war. Es war unerträglich. Charlotte war mir vorgekommen wie eine Heilige, und ich hatte sie nicht ausstehen können.

Ihr unmißverständlicher Hinweis auf einen Liebhaber hatte mich mehr als irritiert. Ich sagte »ach so« und »bis später dann« und verschwand in die sicheren Gefilde der Bibliothek. Dort ließ ich mich in meinen Lieblingssessel fallen und dachte über diesen Tag nach. Es war so viel geschehen, daß mir der Kopf schwirrte. Klaras und Annes Geschichte machte mir immer noch schwer zu schaffen. Ich dachte an die grauenvolle Angst und Verzweiflung der einen und die unbändige Trauer und Machtlosigkeit der anderen. Ich verstand zum erstenmal die Gewichtung, die in Klaras Büchern zum Ausdruck kam. Sie hatte sich viel mit den Dingen beschäftigt, die ihrer Schwester und ihr widerfahren waren: mit Gewaltverbrechen, Religion und psychischem Mißbrauch. Aus ihrer Geschichte heraus verstand ich endlich, was sich hier Buchrücken an Buchrücken vor meinen Augen aufreihte. Es waren viele psychologische Bücher dabei, keine oberflächlichen Reißer, sondern fundierte Ratgeber. Sie hatte sich aus ihrer Vergangenheit freigekämpft und sicher zeit ihres Lebens schwer darunter gelitten, daß es für Anne zu spät gewesen war. Ich verstand den Sinn des Gewächshauses mit seinen wunderschönen Orchideen, und ich verstand den Sinn dieses Hauses, das mich aufgenommen hatte, als ich nicht wußte, wohin.

Ich fühlte mich aufgehoben zwischen diesen Büchern, die Klara geholfen hatten, ihren Weg zu finden. Ich ließ meinen Blick über die einzelnen Reihen der Regale schweifen und dachte an Carls Brief. Er hatte mir unmißverständlich klargemacht, daß auch ich einen neuen Weg würde finden müssen. Ich kam mir entsetzlich verlassen und verraten vor. Bisher war er ein so selbstverständlicher Teil meines Lebens gewesen, daß es mir immer noch unvorstellbar erschien, über eine Zukunft ohne ihn nachzudenken.

Ich erinnerte mich, wie wir uns kennengelernt hatten. Ich war siebenundzwanzig Jahre alt und gerade dabei, mir als Möbeldesignerin einen Namen zu machen. Ich hatte ein Jahr zuvor in Frankfurt einen kleinen Laden eröffnet, der genug Stellfläche bot, um ein paar meiner Stücke auszustellen. Ich hatte Glück, denn im Hinterhof gab es einen Lagerraum, den ich zur Werkstatt umfunktionierte. Schon als Kind hatte ich mir eigene Möbel für mein Puppenhaus gebaut und geschnitzt. Bei jedem Stück Holz, das ich entdeckte, überlegte ich, was sich daraus machen ließ. So gab es für mich überhaupt keinen Zweifel daran, was ich einmal werden wollte: Schreinerin natürlich.

Für meine Eltern war dieser Wunsch anfangs gewöhnungsbedürftig. Sie fanden, das sei kein Beruf für eine Frau. Meine Mutter malte mir die Geräuschkulisse, die in einem solchen

Betrieb herrschte, als schaurige Vision aus, die allein mein Gehör schädigen würde. Sie hoffte, daß sich diese Flausen, wie sie es nannte, wieder verwachsen würden, aber ich setzte mich durch. Mein Vater, der Schöngeist, hätte es lieber gesehen, wenn ich mich mit dem Inhalt von Bücherregalen beschäftigt hätte, anstatt sie zu bauen, aber er war zu tolerant, um meine Vorstellungen in eine andere Richtung zu lenken.

Ich werde nie den Tag vergessen, an dem ich meinen ersten selbst entworfenen und selbst gebauten Schrank verkaufte – weit unter Wert. Ich war so erstaunt, daß ihn tatsächlich jemand haben wollte, daß ich einfach fünfhundert Mark sagte, als der Kunde nach dem Preis fragte. Er hat ihn noch am selben Tag abgeholt, wahrscheinlich, damit ich nicht zu mir kommen und es mir anders überlegen konnte. Danach brachte mein Vater ein bißchen Struktur in meine Preisgestaltung. Er meinte, er unterstütze mich zwar gerne auch weiterhin, aber nicht meine Kunden, so weit gehe seine soziale Ader nicht. So fing ich an, so viel Geld zu verdienen, daß ich auf eigenen Beinen stehen konnte. Meine Familie hatte es mir nicht zugetraut, aber ich hatte es geschafft, und ich war sehr stolz damals.

Dann ... ja, dann lernte ich Carl kennen. Ich sah ihn genau vor mir, wie er eines Tages in meinen Laden kam und zwei Schränke für seine Kanzlei in Auftrag gab. Damals war er vierunddreißig und hatte sich gerade als Anwalt niedergelassen. Ich hätte nicht sagen können, ob er mein Typ war, da ich gar keine bestimmte Vorstellung davon hatte, wie der eigentlich aussehen sollte, aber ich verliebte mich in ihn. Ich hatte das Empfinden, daß alles, was ich bis dahin erlebt hatte,

124

nur Vorgeplänkel war gegenüber den Gefühlen, die Carl in mir auslöste.

Ich gab ihm einen festen Termin, an dem die Schränke fertig sein sollten. Als er dann kam, um sie zu begutachten, erzählte ich ihm eine wilde Geschichte, warum ich noch nicht soweit sei, und vertröstete ihn auf die nächste Woche. Dasselbe machte ich noch zweimal, bis ich es mit meinem beruflichen Gewissen nicht mehr vereinbaren konnte und ihm die fertigen Schränke präsentierte.

Als ich keinen Vorwand mehr hatte, ihn in mein Geschäft zu locken, lud er mich zum Glück zum Essen ein. Ich konnte immer noch meine Erleichterung spüren, als ich endlich feststellte, daß er genauso empfand wie ich. Wir gingen drei Monate miteinander aus, bis er mir einen Heiratsantrag machte und ich spontan ja sagte. Meine Mutter war begeistert, Carl war für sie der willkommene Schwiegersohn, gut erzogen und so galant, wie sie meinte. Mein Vater war wie immer zurückhaltend. Er fand, ich solle doch noch ein wenig warten. Inzwischen müsse man ja nicht mehr gleich heiraten. Das sei zu seiner Zeit so gewesen, aber heute … Ich müsse nicht, ich wolle, hielt ich ihm entgegen, und ihm blieb nichts anderes übrig, als das zu akzeptieren. Also heirateten wir an einem wunderschönen strahlend blauen Maitag vor dreizehn Jahren.

Was war nur geschehen? Ich war nicht abergläubisch und glaubte weder an ein verflixtes siebentes Jahr noch an die dreizehn als Unglückszahl. Wir waren uns so nah gekommen, und ich war so fest davon überzeugt gewesen, uns dieses Glück bewahren zu können. Ich hatte die Krisen in anderen Ehen beobachtet, besonders das Desaster in der Ehe

125

meiner Eltern, und ich hatte alles getan, um die Fehler zu vermeiden, die mir dort mehr als deutlich vor Augen geführt wurden. Ich hatte …

Hanni Jensen stand plötzlich neben mir und tippte mir auf die Schulter. Ich zuckte zusammen und sah sie erschrocken an.

»Sie waren ja ganz weit weg, Frau Tilden. Ich habe geklopft, aber Sie haben mich wohl gar nicht gehört.« Sie sah mich wieder mit ihrem prüfenden Blick an. »Es war so ruhig hier, und da wollte ich mal nachschauen, ob alles in Ordnung ist.«

Ich sah mit einem mißglückten Lächeln zu ihr hoch. »Ich glaube langsam, Frau Jensen, wenn man hierherkommt, ist gar nichts mehr in Ordnung.«

Sie setzte sich mir gegenüber in den anderen Sessel. »So schlimm?« fragte sie mitfühlend.

»Ja, so schlimm. Ich denke nach und denke nach und drehe mich immer nur im Kreis. Ich weiß nichts mehr, nicht, warum, und nicht, wie weiter.« Ich schaute sie hilfesuchend an.

Sie schüttelte entschlossen den Kopf. »Nur nicht aufgeben, Deern, das kommt schon alles mit der Zeit, aber das Grübeln ist nicht gut.«

Ihre warmherzige Ausstrahlung und ihre Fürsorge taten mir wohl. Sie lösten zwar nichts, aber sie waren Balsam für meine Wunden, die noch genauso schmerzten wie am ersten Tag.

»Frau Wilander hat mir einmal gesagt«, fuhr sie fort, »es sei alles in uns, wir müßten es nur zulassen. Das Geheimnis sei, unseren Gedanken freien Lauf zu lassen, sie nicht in eine bestimmte Richtung drängen zu wollen. Jeder Mensch kenne die Antworten, nur manchmal könne er sie nicht so recht entschlüsseln.«

»Das trifft dann wohl auch auf mich zu«, sagte ich in einem Anflug von Galgenhumor.

»Das wird schon, Frau Tilden.«

Um ihre Zuversicht konnte ich sie nur beneiden.

»Wenn ich Ihnen hier schon die Ohren vollheule, könnten Sie mich dann bitte Nina nennen?« fragte ich sie.

»Gern, wenn Sie mich Hanni nennen und den Tisch decken«, antwortete sie grinsend. »Das Essen ist nämlich schon seit einer halben Stunde fertig.«

»Abgemacht.« Ich lachte, und wir standen beide gleichzeitig auf.

Charlotte war in der Küche und schnupperte unter die Kochtopfdeckel. Sie hatte den Tisch längst gedeckt, da sie, wie sie sagte, einen unmenschlichen Hunger habe. Ich vermochte die Urne im ersten Stock nicht zu vergessen und fragte mich, wie man dabei überhaupt Hunger haben konnte, aber Charlotte ging zur Tagesordnung über, als wäre es das Normalste von der Welt. Sie erzählte, daß sie morgen einen Tagesausflug zur Hallig Hooge plane, und fragte, ob ich nicht mitkommen wolle. Zwar hatte ich mich heute schon weit aus meinem Exil herausgewagt und es auch genossen, aber gleich einen ganzen Tag? Ich brauchte meine Rückzugsmöglichkeiten, wenn die Gedanken an Carl und das Kind mich überschwemmten und die Panik aufstieg.

»Lieber nicht, ich bin nicht gerade in der richtigen Verfassung«, sagte ich in dem Versuch, mich auszuklinken.

»Wer redet hier von der richtigen Verfassung?« platzte Charlotte vorwurfsvoll heraus. »Wenn es nach meiner Verfassung ginge, würde ich mich so lange im Keller einmauern lassen, bis sich die Welt rückwärts dreht und ich einige Dinge ungeschehen machen könnte.« Sie sah mich herausfordernd an. »Aber da das nicht passieren wird, ich meine das mit der Drehrichtung der Welt, kann ich genausogut rausgehen. Also, was ist jetzt?«

Ich sah hilfesuchend zu Hanni, aber sie blickte mich ebenso erwartungsvoll an wie Charlotte.

»Wir waren doch heute schon den ganzen Nachmittag unterwegs«, sagte ich schwach.

»Eben, das sollte dich eigentlich auf den Geschmack gebracht haben.«

Ob es etwas gab, das Charlotte nicht gelang? Sie hatte eine bezwingende Art, ihre Absichten durchzusetzen. Wobei ich mich fragte, was sie mit der Urne vorhatte.

»Überleg es dir«, unterbrach sie meine Erinnerung an die Asche über uns. »Ich gehe jetzt hoch, gute Nacht.«

Hanni tätschelte ihre Hand und sagte, sie solle alles stehenlassen, sie räume ab. Sie blieb noch einen Augenblick mit mir sitzen, nachdem Charlotte schon weg war.

»Gehen Sie nur mit, Nina, das wird Ihnen guttun. Die Halligfahrt wird Sie mal auf andere Gedanken bringen.« Sie lächelte mich aufmunternd an.

»Okay, dann mache ich jetzt aber auch, daß ich ins Bett komme. Der Tag hat mich ganz schön geschafft.« Ich stand vom Tisch auf und spürte meine Oberschenkel. »Morgen werde ich bestimmt Muskelkater vom Fahrradfahren haben.«

»Ich glaube, da gibt es Schlimmeres«, entgegnete Hanni mit

einem vielsagenden Blick und fuhr fort, die Teller überein-
ander zu schichten.

»Hanni …?« Ich wußte nicht, wie ich anfangen sollte.

»Ja?

»Mmh … waren Sie eigentlich schon einmal in Charlottes
Zimmer, seitdem sie hier ist?«

»Ja, heute. Ich hab ihr Bett frisch bezogen. Warum?«

Ich folgte ihr in die Küche. »Haben Sie zufällig gesehen, was
da auf ihrem Nachttisch steht?«

»Jo.«

Inzwischen wußte ich, daß das Hannis Art war zu signalisieren, daß sie nicht weiter auf das Thema eingehen wollte.
Trotzdem ließ es mir keine Ruhe.

»Finden Sie es normal, eine Urne mit hierherzubringen?«
fragte ich sie direkt.

»Ach Deern, was ist schon normal?« Sie wiegte traurig ihren
Kopf hin und her. »Ich denke, sie weiß, was sie tut.« Sie
richtete sich auf, als wollte sie unliebsame Gedanken abschütteln. »Außerdem weiß ich, was *Sie* jetzt tun, Nina – ab ins
Bett mit Ihnen!«

Ich sagte ihr widerwillig gute Nacht und ging nach oben. Ich
hätte mich gerne noch mit Hanni unterhalten, aber sie hatte
mir unmißverständlich klargemacht, daß sie sich auf dieses
Thema nicht weiter einlassen wollte. Kaum lag ich in meinem
Bett, suchten mich die Bilder heim, die mich seit Wochen
unablässig verfolgten: Carl und Simone – mit ihrem dicken
Bauch. Zum Glück fielen mir nach kurzer Zeit vor Erschöpfung die Augen zu.

Plötzlich spürte ich, daß jemand auf meiner Bettkante saß.
Ich öffnete die Augen und sah Simone vor mir. Ich lag in

129

einem Krankenhausbett. Eine Schwester kam, sagte etwas in einer fremden Sprache, die ich nicht verstand, und ging wieder hinaus. Ich fragte Simone, was sie gesagt habe. Und sie antwortete mir: »Du hattest deine Chance.« Dann ging auch sie und ließ mich in diesem klinisch weißen Zimmer allein zurück.

Ich spürte, daß mich jemand an der Schulter berührte.

»Geh weg!« murmelte ich. »Laß mich allein!«

»Das tue ich, wenn du endlich aufstehst«, hörte ich Charlottes vorwurfsvolle Stimme. »Es ist nicht mehr viel Zeit, wenn wir das Schiff nach Hooge noch erreichen wollen.«

Ich schlug meine Augen auf und war froh, sie zu sehen. Der Traum der letzten Nacht lastete noch schwer auf mir.

»Bin gleich fertig«, sagte ich und quälte mich aus dem Bett. Im Hinausgehen bat ich sie, mir unten ein Brötchen zu schmieren.

»Hanni hat bereits alles für uns vorbereitet. Wir werden also nicht verhungern. Ich hole die Fahrräder schon mal raus.«

Ich zog die Gardinen auf und sah, daß draußen ein herrlicher Tag begonnen hatte. Es war keine einzige Wolke am Himmel zu sehen. Trotzdem nahm ich noch eine Jacke mit, auf dem Wasser würde es wahrscheinlich kühler sein. Eine Viertelstunde später war ich unten, verabschiedete mich von Hanni und lief hinaus zu Charlotte. Sie wartete an der Garage mit beiden Rädern, auf deren Gepäckträger sie für unsere Sachen Körbe montiert hatte.

»Dann kann's ja losgehen.« Sie schob mir mein Rad entgegen und rollte mit ihrem los.

Glücklicherweise war es relativ windstill, so daß wir die

130

Strecke bis zur Hooger Fähre in zwanzig Minuten schafften, ohne daß wir total verschwitzt dort ankamen. Außer uns hatten sich noch ein paar andere Frühaufsteher aufgemacht. Charlotte hatte mir erklärt, daß wir die Fahrräder mit hinüber nehmen könnten. Wir schoben sie über die schmale, wankende Gangway des kleinen Schiffs und suchten uns einen Platz im Heck.

Der Bootsmann wartete noch fünf Minuten auf weitere Fahrgäste, löste die Leinen und schipperte los. Die Sonne spiegelte sich im Wasser und blendete so stark, daß ich meine Sonnenbrille aufsetzen mußte. Ich machte es Charlotte nach, streckte alle viere von mir und lehnte mich gegen die Bordwand.

»Weißt du, was ich gerne tun würde?« sagte sie. Sie hatte die Augen geschlossen und hielt ihr Gesicht in die Sonne.

»Was?«

»Für einen Tag vergessen, warum wir hierher auf die Insel gekommen sind. Einfach einen Tag Urlaub machen von allen Erinnerungen und allen Fragezeichen.« Ihre Stimme klang sehnsüchtig. Sie setzte sich auf und sah mich an. »Wie ist es? Machst du mit?«

Was für eine Frage. Ich hätte viel darum gegeben, eine Zeitlang die Gedanken und Träume abzuschütteln, die mich Tag und Nacht verfolgten.

»Ich weiß gar nicht mehr, wie das geht«, sagte ich niedergeschlagen. »Vor ein paar Wochen habe ich noch geglaubt, mein Leben sei in Ordnung, und inzwischen frage ich mich, woran ich überhaupt noch glauben soll.«

»An diesen Tag, an nichts weiter, nur daran, daß er schön wird … bitte.«

Charlotte hatte mich angesteckt, sie streckte mir ihre Hand entgegen, und ich schlug ein.

»Einverstanden.«

Wir merkten jedoch beide, wie schwer es war. In unserer Nähe saß ein Ehepaar mit drei Kindern, die vom Krabbelalter über den Kindergarten bis zur ersten Klasse alles abdeckten. Ich beobachtete sie und beneidete die Mutter, die dem kleinsten Kind ein Bilderbuch zeigte und mit ihm lachte.

»Wie gut, daß meine aus dem Alter raus sind«, sagte Charlotte voller Inbrunst. Dann sah sie meinen wehmütigen Blick. »Das ist alles eine Frage der Perspektive. Ich leihe dir gerne mal eines von meinen aus, am besten gleich alle vier, dann bist du kuriert. So, und jetzt sieh in eine andere Richtung und denke an unseren Pakt: Heute haben wir frei. Oh, schau mal!« rief sie aufgeregt.

Sie war aufgesprungen und hatte ihre Hand ausgestreckt. Rechts vor uns war eine Sandbank, auf der Seehunde in der Sonne lagen. Alle außer uns hatten Fotoapparate dabei und versuchten, das friedliche Bild einzufangen.

Wir setzten uns wieder hin, lehnten uns zurück und überließen uns dem leichten Schaukeln des Bootes, bis wir nach einer Dreiviertelstunde auf Hooge anlegten. Wir brachten unsere Fahrräder an Land und radelten los. Es war wirklich ein wundervoller Tag, und ich hielt unseren Pakt ein. Jeden noch so kleinen Gedanken an das, was hinter mir lag und noch so ungewiß vor mir, verscheuchte ich. Charlotte hatte recht – das war unser Tag, und wir würden ihn genießen.

Wir fuhren einmal ganz um die Hallig herum, und ich ließ mich gefangennehmen von diesen einmaligen Eindrücken. Es war eine kleine Welt für sich, in die wir für ein paar

Stunden eintauchten. Wir fuhren die einzelnen Warften ab und landeten schließlich auf der größten, der Hanswarft, die mit ihren vielen Häusern wie ein Miniaturdorf wirkte.

»Wenn schon Ferien, dann auch richtig«, sagte Charlotte und lud mich in die Teestube ein. Es war warm genug, so daß wir uns draußen hinsetzten.

»Du mußt unbedingt den russischen Tee probieren.« Sie bestellte uns eine große Kanne und noch jedem ein Stück Kuchen dazu.

»Wie oft warst du eigentlich schon hier?« rutschte es mir raus. Ich hätte mich dafür ohrfeigen können, denn sofort legte sich diese unendliche Traurigkeit wieder über Charlottes Gesicht.

»Dreimal, und immer in dieser Jahreszeit. Da ist es am schönsten. Wir ... ich ...« Sie schluckte.

»Es tut mir leid, Charlotte. Bitte ... das war eine ganz blöde Frage.«

»Ist schon okay.« Sie sah in den Himmel und versuchte ihre Fassung zu bewahren. »Eric, so hieß er, war genauso gerne hier wie ich. Manchmal haben wir hier übernachtet und sind erst am nächsten Tag zurückgefahren. Ich hätte uns für einen Ferientag vielleicht doch eher einen anderen Ort auswählen sollen als diesen.« Sie versuchte sich an einem Lächeln, was ihr aber nicht so recht gelingen wollte.

»Mach dir nichts daraus«, beruhigte ich sie. »Ich fand uns bisher schon ganz gut, und jetzt wechseln wir das Thema.« Ich drückte ihre Hand und gab mir Mühe, sie auf andere Gedanken zu bringen. Dabei merkte ich, wie schwer es war, ein unverfängliches Thema zu finden, das weder die Vergangenheit betraf noch die Zukunft und schon gar nicht unsere gegenwärtigen Gefühle. So ging ich dazu über, zu spekulieren, was für ein Leben die Leute, die um uns herumsaßen, wohl führten. Ich ließ meiner Phantasie freien Lauf.

»Der da drüben, siehst du den, dessen Arme wie festgenagelt links und rechts von seinem Teller liegen und der sich immer ganz unruhig umsieht? Der ist bestimmt aus einer kinderreichen Familie, wo jeder ständig sein Essen verteidigen mußte. Wenn du ihm zu nahe kommst, sticht er wahrscheinlich mit seiner Gabel zu.«

Ich hatte es kaum gesagt, da griff er nach seiner Gabel und hielt sie in seiner zur Faust geballten Hand. Charlotte und ich sahen uns an und lachten so laut, daß die Gespräche an den anderen Tischen augenblicklich verstummten und die Leute zu uns herübersahen. Die maßregelnden Blicke ignorierten wir einfach und machten uns hungrig über unseren Kuchen her, der inzwischen samt Tee gekommen war.

Als wir fertig waren, erschien die Kellnerin und fragte uns, ob wir noch einen Wunsch hätten.

»Nicht nur einen«, antwortete ich ihr aus tiefster Seele, »aber Sie können leider keinen davon erfüllen.«

»Schade, hätte ich gern gemacht.« Sie lächelte uns herzlich zu und ging mit ihrem Tablett zurück in die Teestube.

Charlotte und ich machten uns auf den Rückweg. Wir hatten nicht auf die Zeit geachtet und kamen als letzte beim Boot an. Da der Wind inzwischen aufgefrischt hatte und es kühler geworden war, zogen wir uns die Jacken über. Das Wasser war kabbeliger als auf dem Hinweg, so daß bei manchen Wellen die Gischt über uns hinwegfegte. Die anderen Fahrgäste hatten sich unter die schützende Plane verzogen, aber wir hielten unsere Gesichter in den Wind und genossen das

Prickeln der Salzwasserspritzer auf der Haut. Wir kamen vollkommen durchgefroren auf Pellworm an und traten kräftig in die Fahrradpedale, damit uns wieder warm wurde. Als wir die Warft zu Klaras Haus hinauffuhren, sah Charlotte mich von der Seite an und sagte: »Danke.«

»Wofür?« fragte ich erstaunt.

»Dafür, daß du mitgekommen bist. Allein hätte ich es nicht geschafft.«

10 *Zwei Tage später eröffnete uns Hanni beim* Frühstück, daß Onkel Ferdinand auf dem Weg sei. Dr. Carstens habe sie am vergangenen Abend angerufen und ihr mitgeteilt, mit welchem Schiff der Sarg eintreffe.

»Ich hab' schon den Pastor angerufen, er wird zum Anleger kommen. Morgen vormittag ist die Beisetzung. Dann sind sie wieder zusammen«, sagte sie in die Stille hinein, die sich am Tisch breitgemacht hatte.

»Wann ist die Fähre hier?« fragte Charlotte.

»Um Viertel nach sieben«, antwortete Hanni.

Charlotte sah mich an. »Kommst du mit, Nina?«

»Natürlich.« Was für eine Frage. Ich hatte Onkel Ferdinand sehr gern gehabt und begonnen, mein Herz auch für Klara zu öffnen, ganz zu schweigen von Charlotte, die ich nicht alleine gehen lassen würde.

»Dann gehen wir am besten zu Fuß hin und fahren mit dem Pastor später zur Leichenhalle«, überlegte Charlotte laut. »Und Blumen nehmen wir aus dem Garten mit.«

Ich hätte sie am liebsten gefragt, ob wir nicht auch gleich die

135

Urne mitnehmen sollten. Irgendwann mußte sie schließlich auch unter die Erde, aber ich wagte nicht, daran zu rühren. Ich fragte mich nur insgeheim, wie sie das aushielt. Mir reichte schon die Vorstellung, um mir schlaflose Nächte zu bereiten, ihr schien die makabre Note des Ganzen nichts anhaben zu können.

Als wir gerade mit dem Frühstück fertig waren, hörten wir aus dem Flur eine Männerstimme rufen.

»Frau Jensen?«

Hanni ging nachschauen und kam mit einem Mann zurück, den sie uns als Jasper Hinrichsen, den Pastor der Insel, vorstellte. Er war ungefähr Mitte Vierzig, hatte ein jungenhaftes Gesicht, das von pechschwarzen, unbändigen Haaren umrahmt wurde, und sah sehr weltlich aus.

»Moin-Moin«, sagte er in unsere Richtung. »Schön, daß ich Sie beide hier antreffe. Ich wollte gerne noch ein paar Worte mit Ihnen sprechen, bevor Ihr Onkel heute hier eintrifft.«

»Das ist sehr nett von Ihnen«, erwiderte Charlotte ungewohnt sanft, »wir wären sonst heute noch bei Ihnen vorbeigekommen.«

Davon wußte ich zwar nichts, aber ich hatte mich inzwischen daran gewöhnt, von Charlotte ganz selbstverständlich in bereits gefaßte Pläne einbezogen zu werden. Vielleicht konnte man als Mutter nur so überleben. Würde sie mit ihren Kindern den Tagesablauf demokratisch planen, kämen sie wahrscheinlich nie aus dem Haus.

»Von Frau Wilander weiß ich ja schon eine Menge über ihren Mann«, sagte der Pastor in meine Gedanken hinein. »Wir haben viele Gespräche hier im Haus geführt, nebenan in der Bibliothek.«

Seine Bewunderung für Klara war nicht zu überhören. Noch einer, dachte ich beschämt.

»Ich hatte anfangs als Kirchenmann keinen leichten Stand bei ihr«, berichtete er schmunzelnd. »Wir haben heftige und zum Teil sehr kontroverse Diskussionen geführt. Sie war eine kluge Frau.«

Hanni nickte, als hätte es von irgendeiner Seite noch einer Zustimmung bedurft, und ich dachte an die theologischen Bücher, die Klara sicher nicht zu einem leichten Gesprächspartner gemacht hatten.

»Ich habe ihre tiefe Abneigung gegenüber der Kirche oder besser gegenüber den Menschen, die für sie diese Kirche repräsentiert haben, verstanden. Aber ich vermochte ihr dennoch ein wenig von dem nahezubringen, was Kirche *auch* sein kann – fernab von menschenverachtenden Dogmen.« Er schwieg einen Moment. »Ich werde nie den Tag vergessen«, fuhr er dann fort, »an dem sie sich mit mir auf dem Friedhof verabredete, auf einen Grabplatz zeigte und erklärte ›Da will ich liegen, wenn es soweit ist. Und Sie dürfen die Grabrede halten, wenn Ihnen der Sinn danach steht.‹ Ich war sehr stolz damals«, sagte er ehrlich, »und es war eine Ehre für mich.«

Wir waren alle drei ganz still und sahen ihn gebannt an.

»Nicht weil ich der Kirche ein Schäfchen zurückgewonnen hatte, sondern weil sie ein besonderer Mensch war, sehr gütig, trotz all der Schicksalsschläge, die sie in die Knie gezwungen haben. Es ist keine Bitterkeit übriggeblieben, sondern eine große Warmherzigkeit und gleichzeitig …«, er lachte, »… eine kompromißlose Konsequenz. Sie hat es den Menschen nicht gerade einfach gemacht.«

Davon hätte ich ein Lied singen können, aber ich schwieg besser. Meine Einschätzung von Klara hatte nichts mit der Frau gemein, die ich hier nach und nach kennenlernte und über die sich die drei am Tisch so einhellig unterhielten.

»Das stimmt«, pflichtete dafür Charlotte bei. »Wenn sie sich etwas in den Kopf gesetzt hatte, ist sie keinen Millimeter davon abgerückt. Das konnte schon sehr anstrengend sein, doch ich habe viel daraus gelernt. Sie hat keine Schönfärberei geduldet, sondern die Dinge immer beim Namen genannt.«

Das wiederum erinnerte mich an Charlotte, und ich mußte in mich hineinlächeln. Ob ihr klar war, wie ähnlich sie Klara in dieser Hinsicht war?

»Wenn es Ihnen recht ist«, fuhr Jasper Hinrichsen fort, »würde ich gerne morgen für Ihren Onkel eine kleine Grabpredigt halten.« Er sah uns fragend an.

»Ja«, sagten Charlotte und ich wie aus einem Munde.

»Das ist gut so.« Hanni nickte bekräftigend.

»Dann sehen wir uns heute abend beim Anleger.« Der Pastor stand auf, gab uns allen die Hand und verabschiedete sich.

Den Tag verbrachten wir mit kurzen Unterbrechungen im Garten. Hanni hatte beschlossen, daß der Giersch jetzt lange genug eine gerechte Chance gehabt hatte, sich ungehindert auszubreiten, nun seien wieder Gegenmaßnahmen angebracht. Als ich uns drei so im Garten betrachtete, mußte ich insgeheim schmunzeln. Charlotte und ich sahen in unseren Gummistiefeln, Shorts und weiten T-Shirts nicht anders aus als Hanni, nur ein bißchen jünger. Wir hatten uns ebenfalls zu kleinen *Vogelscheuchen* entwickelt und achteten überhaupt nicht mehr auf unsere Kleidung. Wir lebten einfach in den Tag hinein.

Es hatte lange gedauert, bis mir auffiel, daß es im Haus nur die üblichen Badezimmerspiegel gab, jedoch keinen einzigen Spiegel, in dem man sich einmal ganz hätte betrachten können. Es war Klara nicht wichtig gewesen. Ich hatte schon in den ersten Tagen hier aufgehört, mich zu schminken. Nicht etwa, weil ich einer plötzlichen Metamorphose anheimgefallen war, sondern weil es sich nicht lohnte. Mir liefen so oft die Tränen über das Gesicht, daß es zu mühsam wurde. Jetzt weinte ich zwar weniger, aber ich vermißte es nicht.

In den letzten zwei Tagen hatte ich kaum an Carl gedacht. Es hatte sogar Stunden gegeben, in denen ich fast unbeschwert hatte lachen können. Dann traf mich zwar die Erinnerung wie ein plötzlicher Schlag, aber ich konnte besser mit ihr leben. Sie drängte mich nicht zurück unter meine Glocke. Ich war in einem Zustand, in dem ich die Dinge geschehen ließ und nicht an morgen dachte. Wenn es ein Verdrängen war, dann war es ein heilsames. Die zermürbenden Fragen, auf die es keine Antworten gab, ruhten, und ich begann ganz langsam, mich aus dieser tiefen Verzweiflung herauszulösen.

Ich war mir bewußt darüber, daß dies hier mein ganz persönlicher Schutzbunker war, den ich irgendwann wieder würde verlassen müssen. Aber dank Klara gab es niemanden, der diesen Zeitpunkt benannte. Mein Zufluchtsort war zeitlos.

In den ersten Tagen mit Charlotte hatte ich wie Hanni angenommen, daß sie bald wieder abreisen würde. Aber auch sie hatte sich Zeit geschaffen. Wie sie mir erzählte, hatte sie zu Hause eine Kinderfrau engagiert, die die Kinder nach zwei

Wochen von ihren Eltern wieder nach Wiesbaden holen würde, damit sie nicht gleich über längere Zeit von beiden Eltern getrennt seien. Diese Kinderfrau bleibe so lange, bis sie zurückkomme. Johannes hatte sie gebeten, sie ganz in Ruhe zu lassen. Er sollte sie weder anrufen noch ihr schreiben, sie hatte sich von ihm absolute Funkstille erbeten.

»Findet dein Mann das nicht, gelinde gesagt, komisch?« fragte ich erstaunt.

»Nein«, überlegte sie laut, »ich glaube nicht. Er vertraut mir bedingungslos. Dabei habe ich so viel gelogen, da kam es auf eine Lüge mehr oder weniger auch nicht an. Ich habe ihm etwas von Hormonen erzählt und depressiver Verstimmung, von Mutterstreß und dringendem Erholungsbedarf. Er war so verständnisvoll, daß ich mich richtig schlecht gefühlt habe. Johannes ist so berechenbar und so anständig«, sagte sie erschöpft, »er käme nie auf die Idee, unsere Verabredung zu unterlaufen und hier einfach aufzukreuzen.«

Was in Anbetracht der Urne auch ein seltsames Zusammentreffen würde, dachte ich.

Wir waren uns beide klar darüber, welchen Luxus wir uns dank Klaras Testament hier erlauben durften. Wir konnten unsere Wunden beweinen, uns fallenlassen, ohne darüber nachdenken zu müssen, ob wir nicht zuviel Zeit hier verbrachten. Ich hatte keinen Job, in den ich zurückkehren mußte, um ihn auch morgen noch zu haben, Charlotte war in der glücklichen Lage, nicht lange über den Einsatz eines Kindermädchens nachdenken zu müssen. Ich dachte daran, wie es Menschen ergehen mußte, die trotz aller Schicksalsschläge noch Tag für Tag um ihren Lebensunterhalt zu kämpfen hatten. Und ich konnte mir zum erstenmal vorstellen, wie es zu schweren Erschöpfungen kam. Wenn alles zuviel wurde, jeder weitere Schritt zu einer unvorstellbaren Anstrengung ausartete und irgendwann gar nichts mehr ging und das ganze Leben aus den Fugen geriet.

Das Geld, das Klara hinterlassen hatte, würde all denen von uns helfen, einen Zwischenstopp einzulegen, die für ihren Lebensunterhalt selbst sorgen mußten. Charlotte und ich würden nichts von dem Geld anrühren. Es sollte denjenigen den Weg hierher erleichtern, die es wirklich brauchten. Klara hatte nur einmal in ihrem Leben wirklich über Geld nachdenken müssen, nämlich als es ihre Schwester das Leben kostete, weil es niemand herausrücken wollte. Aber, wie Charlotte sagte, hatte sie durch ihre Arbeit in den Frauenhäusern auch immer wieder erfahren, wie gut es das Leben mit ihr in dieser Hinsicht gemeint hatte.

Ehe wir es uns versahen, war es Zeit aufzubrechen. Wir würden gut eine Stunde bis zum Fähranleger laufen müssen. Deshalb machten wir uns um vier Uhr auf den Weg. Charlotte kannte einen Trampelpfad, der querfeldein durch die Wiesen direkt zur Ortsmitte führte. Wir kamen am alten Hafen vorbei, der sich mit seinen Fischkuttern und Segelbooten sehr malerisch vor unseren Augen ausbreitete, ganz anders als der moderne Fähranleger, der nicht unbedingt zum Träumen einlud. Als wir dort ankamen, wurde gerade die Brücke heruntergelassen, um die Fähre zu entladen. Der Pastor wartete schon auf uns. Ich konnte den Leichenwagen zwischen den anderen Autos erkennen, er fuhr als dritter von der Fähre herunter. Jasper Hinrichsen ging zu dem Wagen und sagte dem Mann, daß er ihm bis zur Kirche vorfahren werde.

Die Fahrt verlief schweigsam. Zu Beginn hatte der Pastor uns gesagt, daß die Beisetzung um zehn Uhr am nächsten Tag sein werde, dann hingen wir alle unseren Gedanken nach. Ich sah mich hin und wieder nach dem dezent-grauen Wagen mit dem Münchner Kennzeichen um, der uns in angemessenem Abstand folgte. Auch wenn Onkel Ferdinand jetzt bereits seit mehreren Jahren tot war und ich an seiner Beerdigung teilgenommen hatte, so machte mich der Gedanke an ihn in dem Wagen hinter uns doch traurig. Dies um so mehr, als ich inzwischen ermessen konnte, wieviel die beiden einander bedeutet hatten. Warum hatte die Zeit, die ihnen gemeinsam vergönnt gewesen war, nicht ein bißchen länger sein können?

Die Sargträger warteten schon vor der Kirche auf uns und brachten den Sarg in einen Nebenraum, wo er die Nacht über bleiben würde. Wir hatten ein paar Blumen aus dem Garten mitgebracht, die wir auf den Sarg legten. Klaras Grab würde erst ganz früh am nächsten Morgen geöffnet werden. Der Pastor versprach uns, dafür zu sorgen, daß die Totengräber den Akelei-Teppich auf Klaras Grab erhalten würden. Dann brachte er uns zum Haus zurück.

Am nächsten Morgen begleitete Hanni uns zum Friedhof. Da sie selbst kein Auto hatte und immer mit dem Fahrrad kam, hatte sie Johann Matthiessen bestellt. Er fuhr uns zur Alten Kirche und würde uns eine Stunde später dort auch wieder abholen.

Hanni kannte jeden einzelnen der Sargträger und Totengräber, und mir wurde wieder einmal klar, wie klein und vertraut die Gemeinschaft war, in der sie hier lebte. Von den rund tausend Einwohnern der Insel kannte jeder jeden, was ich von den tausend Menschen, die in Frankfurt um mich herum wohnten, nicht gerade behaupten konnte.

Jasper Hinrichsen hielt eine sehr schöne Predigt, die sowohl Onkel Ferdinand gerecht wurde, als auch der Beziehung der beiden, wie mir Charlotte und Hanni später bestätigten. Aus einem Impuls heraus hatte ich in Annes Gewächshaus zwei wunderschöne Orchideenstengel abgeschnitten und mit hierhergenommen. Als wir vor dem offenen Grab standen, ließ ich sie auf Onkel Ferdinands Sarg fallen, der jetzt über Klaras ruhte. Es war ein beruhigendes Gefühl, hier zu stehen. Es war, als hätten sich die Dinge gefügt und eine Ordnung wiederhergestellt, die mir das »Ruhet in Frieden« des Pastors als etwas Selbstverständliches erscheinen ließ.

Nach einer Stunde kam, wie verabredet, Johann Matthiessen, um uns abzuholen. Hanni bat ihn jedoch, noch eine Viertelstunde zu warten. Sie hatte den Friedhofsgärtner entdeckt und besprach mit ihm, wie der Akelei-Teppich zu pflegen sei, bis das Grab sich gesetzt habe. Er war ganz zuversichtlich, daß sich der Ursprungszustand würde wiederherstellen lassen, und klopfte ihr beruhigend auf die Schulter. Sie solle sich keine Sorgen machen, er regle das schon. Was wiederum Hanni nicht leichtfiel. Wie ich sie inzwischen kennengelernt hatte, warf sie gern selbst ein Auge auf die Dinge, die ihr am Herzen lagen.

»Ich mache mir aber Sorgen«, sagte sie uns später im Auto. »Der hätte doch auch viel lieber, daß ich Efeu pflanze und eine Vase mit roten Nelken dazwischen stelle. Aber Akeleien, wer tut denn so was?« Sie ahmte seine Stimme perfekt nach, und wir konnten zum erstenmal an diesem Tag befreit lachen.

Charlotte tätschelte Hanni den Arm. »Akeleien sehen nur so zart und zerbrechlich aus, aber sie sind stark, sie säen sich überall aus.« Dann lachte sie verschmitzt. »Die werden sich noch wundern, wo die überall wieder auftauchen – bei dem Wind.«

Den Rest des Tages verbrachten wir faul auf unseren Liegestühlen. Ich ließ meinen Blick durch den Garten schweifen, der sich, seit ich hier war, sehr verändert hatte. Aus allen Beeten waren Blüten hochgeschossen und hatten einen herrlichen Bauerngarten entstehen lassen. Ich ging immer noch gern ins Gewächshaus, nur nicht mehr tagsüber, wenn die Sonne es in eine Sauna verwandelte. Außerdem hatte sich mein Radius dank Charlotte erheblich erweitert. Sie hatte meinen Blick für die Landschaft geschärft und für den Himmel über uns. Sie machte mich auf die Nolde-Himmel aufmerksam, die sich frühmorgens oder abends zeigten. Ich kannte die Bilder von Nolde, aber mir war nicht bewußt gewesen, daß er so nahe an der Wirklichkeit gemalt hatte. Wenn die Sonne ihr erstes oder letztes Licht in den Wolken verteilte und der Wind das Bild ständig verwandelte, standen wir bewegungslos auf der Warft und verfolgten dieses atemberaubende Schauspiel.

An diesem Abend gab es keine Wolken, es würde eine sternenklare Nacht werden. Als ich um halb zwölf gerade ins Bett gehen wollte, stand Charlotte plötzlich in der Tür zur Bibliothek und sagte, ich solle mir eine warme Jacke überziehen und mit hinauskommen. Ich hatte mich an ihre spontanen Überfälle gewöhnt und folgte ihr einfach. Sie ging mit einer Taschenlampe vor mir her bis zu einer Stelle, wo die Warft abschüssig wurde. Sie legte eine Decke ins Gras,

144

setzte sich darauf und klopfte mit der Hand einladend auf den Platz neben ihr. Dann schaltete sie die Taschenlampe aus.

»Ich kenne keinen Ort, wo du besser Sterne gucken kannst. Dadurch, daß es hier keine Straßenlaternen und keine hell erleuchteten Geschäfte gibt, ist es richtig dunkel.«

Wir lagen auf der Decke und sahen in den glitzernden Himmel.

»Das ist so wundervoll, da wird alles andere ganz klein«, sagte sie andächtig.

Außer dem großen Wagen kannte ich keine einzige Sternformation, Charlotte dagegen etliche.

»Woher weißt du das alles?« fragte ich sie überrascht.

»Wenn du Kinder hast, mußt du gewappnet sein. Nicht nur für die ganzen Warum-Fragen, sondern auch für die Was-ist-das- und Wie-heißt-das-Fragen. Und wenn *du* keine Antworten hast, suchen sie sie sich woanders«, stöhnte sie.

»Was an sich ja nicht so schlimm wäre.«

»Wenn es um Sternbilder geht, sicher nicht«, sagte sie. »Aber wenn du bei den einen Fragen nicht kompetent bist, dann bist du es bei den anderen in ihren Augen auch nicht. Und auf manche Fragen antworte ich schon lieber selbst.«

»Zum Beispiel?«

»Zum Beispiel …« Charlotte dachte nach. »Zum Beispiel, ob der liebe Gott wirklich *alles* sieht, warum er nicht alle Menschen einfach gesund macht, warum die Eltern von Schulfreunden sich trennen, oder auch ganz simpel, warum bei uns zu Hause nur eine halbe Stunde Fernsehen erlaubt ist und ob es dem Fisch weh tut, wenn man ihn ißt.«

«Und weißt du immer eine Antwort?« Ich dachte an all

145

meine Fragezeichen, auf die ich keine Antworten finden konnte.

»Nein, nicht immer. Aber ich kann ihnen eine mögliche Antwort anbieten, bevor ein anderer ihnen ignoranten Mist erzählt«, erwiderte sie engagiert. »Manchmal sage ich auch einfach, daß ich selbst keine Antwort weiß. Die Hauptsache ist, du gibst dir Mühe und nimmst ihre Fragen ernst. Schrecklich ist es für ein Kind nur, wenn du ihm sagst, daß es dies oder das noch nicht versteht, und du einfach über seine Frage hinweggehst.«

»Bist du glücklich mit deinen Kindern?« In der Dunkelheit traute ich mich aus meiner Zurückhaltung heraus.

Charlotte überlegte einen Moment. »Ja, sehr sogar.« Ich konnte ihr Lächeln hören. »Sie halten mich wach und konfrontieren mich jeden Tag mit mir selbst. Das kann ganz schön anstrengend sein, aber ich finde es spannend zu beobachten, wie sie sich entwickeln, jedes auf seine ganz eigene Art.«

»Könntest du dir ein Leben ohne Kinder vorstellen?«

Was für eine blöde Frage, dachte ich, aber Charlotte sagte spontan ja. Ich lag da, sah in die Sterne und überlegte, wie das zusammenpaßte.

»Du hast dir Kinder gewünscht, nicht wahr?« Ihre Stimme war leise und einfühlsam geworden. »Ich habe manchmal zugesehen, wenn du mit deinen Nichten und Neffen gespielt hast. Dann hattest du immer diesen sehnsüchtigen Blick.«

»Mmh.«

»Bist du deshalb hier, weil es nicht geklappt hat?« Auch Charlotte hatte damit zum erstenmal die unsichtbaren Grenzen überschritten, die wir am Anfang gezogen hatten.

146

»Nein, ich bin hier, weil es mit meiner Ehe nicht geklappt hat. Carl hat sich von mir getrennt.« Jetzt hatte ich ausgesprochen, was ich hundertmal gedacht und in Carls Brief gelesen, aber noch nie gesagt hatte. Es war wie eine Befreiung, und ich atmete tief durch.

»Das ist traurig«, sagte Charlotte voller Mitgefühl.

Wir blieben noch eine halbe Stunde draußen liegen und sahen in die Sterne. Das Weltall über uns hatte etwas Unverwüstliches, Bleibendes und dadurch etwas unglaublich Beruhigendes. Es machte kein Stück der Verzweiflung, die uns hierhergeführt hatte, kleiner, aber es machte sie erträglicher.

11 **Charlotte und ich hatten zu einem Rhythmus in** Klaras Haus gefunden. Jede von uns blieb nach wie vor gerne für ein paar Stunden alleine, aber genauso hielten wir an unseren Ausflügen fest. Hanni war sichtlich aufgeblüht, seitdem so einhelliger Friede im Haus herrschte und wir uns gut verstanden. Sie hatte nach und nach unsere kulinarischen Vorlieben aus uns herausgekitzelt und bekochte uns nun mit einem Eifer, der nicht zu bremsen war. Hätten wir nicht jeden Tag mit den Fahrrädern mehrere Kilometer gegen den Wind zurückgelegt, hätte sie uns irgendwann wohlgerundet in die Welt entlassen. Was Hanni übrigens mit Stolz erfüllt hätte, da sie uns beide viel zu dünn fand.

»Nichts zum Zusetzen«, sagte sie immer wieder und schüttelte dabei mißbilligend den Kopf, und wir ahmten sie häufig nach, wenn sie mit ihren Röntgenaugen versuchte, unsere Figuren unter den weiten T-Shirts auszumachen.

Wir hatten Hanni ins Herz geschlossen, Charlotte schon lange vor mir. Durch sie wehten Normalität und Bodenständigkeit durchs Haus, was wahrhaft ein Segen war. Sie behandelte uns nicht wie zerbrechliche Wesen, sie stellte keine Fragen, sondern tröstete, wenn es angebracht war, und scheuchte uns durch Haus und Garten, wenn sie meinte, daß es uns gerade zuzumuten sei. Sie verbrachte den Tag mit uns in einer familiären Atmosphäre, die uns beiden fehlen würde, wenn unsere Zeit hier eines Tages um war. Aber daran dachte ich noch nicht, und auch Charlotte machte mir nicht den Eindruck, als wäre sie kurz vor ihrer Abreise.

Die Urne ging mir nicht aus dem Kopf, sie stand unverändert auf Charlottes Nachttisch. Bei unserem Ausflug zum Leuchtturm fragte ich sie danach. Wir saßen auf den Steinen, die sanft ins Meer hinabführten und die Wärme der Sonne gespeichert hatten. Am Horizont lag eine kleine Hallig – Süderoog, wie Charlotte sagte. Mit nur einer einzigen Warft zähle sie zu den kleinsten Halligen hier in der Umgebung. Früher sei sie in Privatbesitz gewesen, aber seit 1971 gehöre sie dem Land Schleswig-Holstein und stehe heute unter Naturschutz.

»Ich war mit Eric dort drüben«, sagte Charlotte versonnen. Die Endgültigkeit, die in ihren Worten mitschwang, ließ die Trauer ahnen, die in ihr wütete.

»Charlotte?« fragte ich behutsam.

»Mmh?«

»Wie bist du eigentlich an die Urne gekommen?«

»Ich habe sie *gekauft*«, antwortete sie ruhig.

»Ja klar, das denke ich mir. Ich habe auch nicht angenommen, daß du sie geklaut hast. Und als Geschenk ist sie auch nicht gerade der Hit«, versuchte ich es mit Galgenhumor. »Ich meinte eigentlich eher, wie du an die Asche gekommen bist. Man kriegt sie doch nicht einfach ausgehändigt, oder?« Bei meinem Vater war alles streng nach den Friedhofsvorschriften gegangen.

»Ich habe den Leichenbestatter bestochen.« Sie lächelte tatsächlich.

»Mit wieviel?« Ich hoffte, daß meine Stimme locker klang und nicht widerspiegelte, was mir gerade durch den Kopf ging.

»Zweitausend Mark«, kam prompt ihre Antwort.

»Du bist verrückt. Zweitausend Mark? Nur dafür, daß du die Asche mitnehmen durftest?« fragte ich empört. »Die haben sich doch die ganze Arbeit mit der Beisetzung gespart. Das ist Wucher.«

»Wie man's nimmt.« Sie neigte abschätzend ihren Kopf, als machte sie in Gedanken eine Nutzen-Kosten-Rechnung auf.

»Charlotte, ich bitte dich, der hat deine Trauer ausgenutzt und dich übers Ohr gehauen«, brachte ich es auf einen Nenner und stellte mir den Mistkerl vor, der aus Charlottes Lage auf diese Weise Profit gezogen hatte. »Was hat er denn für sein Geld schon groß getan? Zu ein paar Vorschriften ein Auge zugedrückt, mehr doch nicht.«

»Ich glaube, für meinen Fall gibt es keine Vorschriften. Ich wollte nur die Hälfte.« Sie sagte das völlig gelassen.

»Ach so, nur die Hälfte, das ist natürlich etwas anderes.« Ich ließ mich auf ihren Plauderton ein und forschte in ihrem Gesicht nach Anzeichen dafür, daß sie nicht wußte, was sie sagte. Vielleicht war sie mit ihren Gedanken ganz woanders und antwortete auf eine Frage, die nicht *ich* ihr gestellt hatte.

Ihr Blick war wieder versonnen in die Ferne gerichtet. Sie schwieg einen Moment, und ich dachte, sie sei ganz in ihren Erinnerungen versunken, als sie mit leisem Trotz in der Stimme erklärte: »Wir haben ihn uns schließlich auch im Leben geteilt.«

»Wer ist wir?« fragte ich sie irritiert. Von wem redete sie da nur?

»Seine Frau und ich. Eric war verheiratet. Ich konnte schlecht zu ihr gehen und sie um die Hälfte seiner Asche bitten.« Wäre das mein erstes Gespräch mit Charlotte gewesen, hätte ich sie nicht schon ein bißchen näher gekannt, dann hätte ich sie für verrückt gehalten. Sie redete über den ihr zustehenden Anteil an den Überresten eines Toten, als ginge es darum, Erinnerungstücke an ihn gerecht zu verteilen.

»Du hättest ganz einfach zu seiner Beerdigung gehen und dort von ihm Abschied nehmen können.« Es lag mir auf der Zunge zu sagen: »So wie es normale Menschen tun.« Sie ging jedoch nicht auf meinen mißbilligenden Ton ein und ließ sich auch nicht aus dieser stoischen Ruhe bringen.

»Du hast schon teilweise recht«, überlegte sie laut, »es ging auch ums Abschiednehmen. Ich wollte und will es noch hinauszögern. Aber«, sie holte tief Luft und breitete die Arme aus, »er war hier immer sehr glücklich, er hat das Meer so geliebt.« Sie setzte sich kerzengerade auf. »Ich werde ihn seebestatten.« Die Entschlossenheit in ihrer Stimme und ihrem Blick ließ ahnen, daß sie niemand an diesem Vorhaben würde hindern können.

»Charlotte, existieren für dich eigentlich Grenzen? Ich möchte wirklich nicht spießig klingen oder wie meine Mutter, wenn sie im Brustton der Überzeugung ›Das tut man doch nicht‹ sagt, aber einen Toten stehlen?«

»Erstens ist es seine *Asche*, zweitens nur ein Teil davon und drittens …«

»Charlotte, ich bitte dich«, unterbrach ich sie. »Wo ziehst du die Grenze?« Es war mir plötzlich wichtig, auf diese Frage eine Antwort zu bekommen.

Sie dachte nach. »Ich würde nie jemanden töten – hoffe ich jedenfalls. Ich würde mir für nichts und niemanden mein Rückgrat verbiegen lassen.« Sie ließ den Satz nachklingen, als horchte sie in sich hinein, ob von dort ein Einspruch käme. »Ich würde meine Kinder nicht anlügen – außer es ist zu ihrem Besten.«

Johannes hatte sie unter Garantie angelogen, aber wahrscheinlich fand sie auch das zu seinem Besten.

»Und … laß mich nachdenken«, fuhr sie fort. »Es fällt mir jetzt nichts Konkretes ein, aber … doch, ich glaube, ich kenne eine ganze Menge Grenzen. Ich reiße allerdings auch manche nieder, wenn ich feststelle, daß sie hinderlich sind.«

»Hinderlich? Wofür?« Ich spürte die Aggressivität, die in mir hochstieg. Ich wollte sie unterdrücken, aber es gelang mir nicht. Ich war ein Stück von Charlotte abgerückt und sah sie herausfordernd an.

»Fürs Leben, Nina, fürs Leben.« Ihre Stimme klang müde, doch ich konnte nicht von ihr ablassen.

»Und wenn die Einhaltung dieser Grenzen, die du überschreitest, um zu leben, wie es dir paßt, einen anderen Menschen davor bewahrt, in den Abgrund zu stürzen? Findest du es richtig, deine Interessen auf Teufel komm raus durchzusetzen auf Kosten eines anderen?« Ich war so aufgebracht, daß mein Herz wieder anfing zu rasen.

»Nina«, fragte sie leise, »hat Carl eine andere Frau?«

»Ja!« schrie ich. »Ja, ja, ja! Er hat eine andere Frau! Und weißt du, wen?« Ich lachte bitter, und Charlotte sah mich abwartend an. »Simone, meine *Freundin* Simone, die alles bekommt, was sie sich in den Kopf setzt.« Mir liefen Zornestränen über die Wangen. »Jetzt hat sie meinen Mann bekommen.« Ich hatte meine Stimme nicht mehr in der Gewalt. »Und nun sag bloß nicht: ›Ihr hattet doch eine so gute Ehe‹.«

»Käme mir nicht in den Sinn, so etwas zu sagen.« Sie betrachtete ihre Finger, und mir fiel zum erstenmal auf, daß sie keinen Ehering trug. Ich hätte jedoch auch nicht sagen können, ob sie früher einen getragen hatte. Meinen eigenen trug ich nach wie vor. »Ob eine Ehe gut oder schlecht ist«, fuhr sie ruhig fort, »können nur zwei Leute wirklich beurteilen. Und selbst die haben hin und wieder sehr unterschiedliche Meinungen darüber.« Charlottes Traurigkeit bremste meine Wut etwas ab, konnte sie aber nicht restlos verscheuchen. Ich nahm an, daß sie gerade über ihre eigene Ehe gesprochen hatte. Wenn ich einerseits an Johannes dachte, der seine Frau bei jeder sich bietenden Gelegenheit über den grünen Klee gelobt hatte, andererseits aber an die Urne in dem Zimmer seiner Frau, dann mußten sie wahrhaft grundverschiedene Ansichten über den Zustand ihrer Ehe haben. Und dann fiel es mir wie Schuppen von den Augen. Sie hätte genausogut von *meiner* Ehe sprechen können. Ich hätte ja selbst Stein und Bein darauf geschworen, daß wir eine gute Ehe hatten, als Carl sich längst Simone zugewandt hatte.

152

»Hat es dir nichts ausgemacht, daß er eine Frau zu Hause sitzen hat?« fragte ich betont sachlich.

»Das war nicht leicht für mich, ich habe den Gedanken an sie schließlich einfach verdrängt«, sagte Charlotte in dem Versuch einer Erklärung. »Wir hatten nicht viel Zeit füreinander, höchstens ein paar Wochen im Jahr und zwischendurch noch zwei oder drei gestohlene Momente, wenn er auf der Durchreise war. Er war Fotojournalist und sehr viel unterwegs, da blieb kaum gemeinsame Zeit. Er wollte nicht, daß seine Frau unter unserer Beziehung leidet.«

»Wie überaus edel von ihm«, rutschte es mir ironisch raus. »Wenn sie es wüßte, würde sie ihm sicher noch aus Dankbarkeit eine Kerze in der Kirche anzünden.«

»Wenn sie es wüßte«, sagte Charlotte scharf, »würde sie zusammenklappen.« Ich hatte sie mit meiner Aggressivität angesteckt. »So wie Eric sie mir beschrieben hat, ist sie nicht der Typ, der mit so etwas fertig wird.«

»Welcher *Typ* wird denn mit so etwas fertig?« fragte ich bissig. Ich merkte, wie hämisch ich reagierte, und wußte auch, daß ich Charlotte angriff, als hätte ich Simone vor mir. Aber ich konnte nicht anders.

»Nina, bitte …« Ich hatte sie in die Enge getrieben. Sie kannte die Antwort.

»Niemand wird damit fertig!« schrie ich sie an. »Und das weißt du auch. Du hast dir nur alles schön zurechtgelegt, damit dich ja keine Schuld trifft und du kein schlechtes Gewissen haben mußt. Dann bist du fein raus. Tanzt hier einfach mit seiner Urne an und läßt seine Frau noch nicht einmal in so einer Lage in Frieden. Wovor hast du eigentlich Respekt?« Meine Stimme entgleiste. Ich sah im Augenwinkel, daß sich die Leute am Strand nach uns umsahen, aber es war mir egal. Sollten sie doch denken, was sie wollten.

Charlotte hatte sich wieder im Griff und antwortete mir ganz ruhig. »Vor dem Leben ... vor Menschen, aber nicht vor Institutionen. Ich habe ihre Gefühle respektiert und von Eric nie verlangt, daß er sich von ihr trennt oder ihr von uns erzählt. Sie hat es nicht gewußt, und deshalb hat sie auch nicht gelitten. Aber«, sie machte eine Pause und sah mich fest an, »ich habe neben allem Respekt vor ihren Gefühlen auch eine große Sehnsucht gehabt ...«

Das reichte! »Sehnsucht? Du hattest *Sehnsucht?* Und deshalb hast du ihre *Ehe* zerstört?« Ich war aufgesprungen und blitzte sie voller Zorn an.

Je aufgeregter ich wurde, desto ruhiger wirkte Charlotte. Sie stand ebenfalls auf und sah mich mitleidig an. »Ich habe seine Ehe nicht zerstört«, entgegnete sie so leise, daß ich es kaum verstand. »Aber bist du dir sicher, daß es deine Freundin war, die *deine* zerstört hat?«

Ich stand vollkommen sprachlos vor ihr und konnte nicht fassen, was sie da gesagt hatte. Ich hob abwehrend die Hand und ging einen Schritt nach dem anderen rückwärts, nur fort von ihr.

»Nina!« rief sie mir hinterher.

»Nein.« Ich rannte den Deich hoch, sah mich suchend um, wo unsere Fahrräder standen, und kam völlig außer Atem an dem Zaun an, der hinter dem Deich verlief. Ich hörte Charlotte hinter mir rufen, aber ich reagierte nicht, sondern raste mit meinem Fahrrad los. In mir wüteten Rachegedanken, die mich selbst erschreckten und mich mit unglaublicher Kraft in die Pedale treten ließen. Ich würde es ihr heimzah-

154

len. Zuallererst würde ich Johannes über seine edle Gefährtin aufklären, über dieses ach so wunderbare Muttertier, das noch sehr viel mehr auf dem Kasten hatte als nur die reine mütterliche und eheliche Zuwendung. Ich würde Hanni die Augen öffnen, dann würde ihre hohe Meinung von Charlotte ganz schnell den Berg der Enttäuschung hinunterfließen. Und ich würde sie links liegenlassen. Sollte sie doch den Rest ihrer Zeit hier verbringen, mit wem sie wollte, aber ganz bestimmt nicht mehr mit mir! Das war vorbei. Wie hieß es so schön – gewogen und für zu leicht befunden. Genau das war es. Charlotte war es nicht wert, ebensowenig wie Simone. Ich bedauerte jeden Moment, den ich mit ihnen verbracht hatte, mit der einen wie mit der anderen. Sie hatten beide mein Vertrauen mißbraucht. Simone, indem sie die Hand nach meinem Mann ausgestreckt hatte, obwohl sie wußte, wie sehr ich ihn liebte. Charlotte, der ich vertraut hatte und die nichts Besseres zu tun hatte, als ihre eigenen Taten zu rechtfertigen, indem sie mir die Schuld am Scheitern meiner Ehe unterstellte.

Während der gesamten Fahrt zum Haus zurück hatte mich eine solche Verzweiflung gepackt, daß ich unkontrolliert schluchzend das Gartentor aufriß und plötzlich Hanni gegenüberstand.

»Mein Gott, Deern, was ist denn passiert?« Sie wollte mich in den Arm nehmen, aber ich wich ihr aus.

»Das fragen Sie besser Charlotte.« Ich rannte nach oben in mein Zimmer und knallte die Tür hinter mir zu.

Ich weiß nicht, wie lange ich auf meinem Bett lag und Bilder durch meinen Kopf jagten, wie ich mich rächen würde. Ich hatte rasende Kopfschmerzen und fühlte mich nach dem

vielen Weinen, als hätte ich eine dicke Erkältung. Meine
Augen waren geschwollen, und meine Nase war verstopft.
»Nina.« Charlotte klopfte an meine Tür.
»Laß mich in Ruhe, hörst du!« Zum Glück hatte ich die Tür
abgeschlossen, so daß ich vor ihr sicher war.
»Nina, es tut mir leid, was ich gesagt habe.« Ihre um Vergebung flehende Stimme konnte sie sich sparen. *Ich* würde
nicht darauf hereinfallen.
»Das hättest du dir vorher überlegen sollen!« schrie ich durch
die Tür. »Es gibt Grenzen, erinnerst du dich?«
Ich hörte sie die Treppe hinuntergehen. Mit mir würde sie
nicht mehr rechnen können, da blieb ihr viel Zeit zum
Nachdenken. Vielleicht würde sie dann von selbst darauf
kommen, was für eine Ungeheuerlichkeit sie da losgelassen
hatte.
Eine Stunde später rief Hanni von unten, daß das Essen fertig
sei. Ich ging ins Bad, kühlte mir die Augen mit kaltem Wasser
und begab mich nach unten. Während des Essens sah ich
Charlotte nicht an. Ich würde sie von jetzt an bei jedem Essen
ignorieren, sie sollte nur nicht denken, daß sie mich so
einfach vertreiben könnte. Hanni startete ein paar vermit-
telnde Versuche, gab aber ziemlich bald auf, als sie merkte,
daß es mir ernst war. Als wir fertig waren, half ich noch
schnell beim Abräumen und verschwand dann nach oben.
Damit würde ich Hannis Schlichtungsversuchen aus dem
Weg gehen. Ich würde Charlotte nicht entschuldigen. Sollte
sie für ihr Leben die Grenzen überschreiten, die ihr hinderlich waren. Ich würde meines gegenüber ihren Angriffen
schützen.
In dieser Nacht schlief ich sehr schlecht, wälzte mich von

156

einer Seite auf die andere und hatte das Gefühl, gar nicht richtig zu schlafen, obwohl das Einbildung war, denn es vergingen jeweils ein oder zwei Stunden, bis ich wieder auf meine Uhr schaute. Die Träume, die mich ein paar Nächte lang verschont hatten, waren zurückgekommen. Ich rannte und rannte und wußte nicht, wer oder was mich verfolgte, spürte nur, daß es etwas Grausames war. Ich kam gehetzt und außer Atem an einer Tür an, die den einzigen Weg versperrte, der Freiheit und Sicherheit versprach. Ich rüttelte an ihr, aber sie war verschlossen, und es steckte auch kein Schlüssel im Schloß. Plötzlich stand Charlotte neben mir. Ich flehte sie an, mir den Schlüssel zu geben. Aber sie rührte sich nicht, sondern sagte: »*Du* hast den Schlüssel.«

»Ich habe ihn nicht!« schrie ich.

»Doch, du hast ihn. Du hast ihn nur so gut versteckt, daß du ihn selber nicht mehr findest.« Dann drehte sie sich um und ging fort.

Ich trommelte mit meinen Fäusten gegen die Tür und glitt schluchzend in die Knie. Charlotte drehte sich am Ende des Gangs noch einmal zu mir um und rief: »Nur du kannst die Tür aufschließen. Es wird dir niemand helfen.« Dann verschwand sie um eine Ecke, und ich war allein.

Aus diesem Traum aufzuwachen und das Gefühl der unendlichen Einsamkeit mit der Realität zu verscheuchen, empfand ich als gnädige Fügung, obwohl es immer schwerer wurde, die Stimmungen, in die mich meine Träume stürzten, zu überwinden. Es war erst Viertel nach fünf, aber ich wollte keinesfalls länger im Bett bleiben. Die Angst, nochmals in die Welt meiner Träume abzutauchen, trieb mich hinaus. Ich zog mich an und ging leise die Treppe hinunter. Draußen war es schon hell. Ich nahm mir eine Jacke, zog meine Gummistiefel an und setzte mich hinter dem Haus auf die Warft – dorthin, wo Charlotte mir die Augen für das Schöne um mich herum geöffnet hatte und von wo aus wir zusammen durch den Sternenhimmel gewandert waren.

Es mußte kühl gewesen sein in dieser Nacht, denn über den Wiesen hing noch leichter Dunst, so daß es aussah, als würden die Kühe schweben. Das friedliche Bild und die Ruhe, die durch nichts gestört wurde, färbten auf mich ab. Ich vergaß für ein paar Minuten alles, worüber ich mir noch Augenblicke zuvor den Kopf zermartert hatte, und entdeckte tief in mir ein Glücksgefühl, das meinen ganzen Körper durchströmte. Das Morgenlicht, das die Tautropfen tanzen ließ, und die reine Luft, die ich am liebsten in meinen Lungen konserviert hätte, nahmen mich in ihrem einzigartigen Zusammenspiel gefangen.

»Guten Morgen, Nina«, schreckte mich Charlottes Stimme auf.

Ich war zusammengezuckt, da ich sie nicht hatte kommen hören.

»Ich wollte dich nicht erschrecken«, meinte sie entschuldigend.

Ich sperrte mich innerlich gegen ihre traurig-sanfte Stimme, mochte mir aber auch diesen Moment hier draußen nicht von ihr verderben lassen. Deshalb schwieg ich. Sie würde schon wieder gehen, wenn sie merkte, daß es keinen Sinn hatte.

»Es tut mir entsetzlich leid, was ich gesagt habe.« Sie gab nicht so schnell auf. »Ich weiß, es war nicht fair.«

Fair, dachte ich, nicht *fair*? Es war gemein gewesen. Sie hatte zu einem Schlag ausgeholt, der alles zerstört hatte. Ich schüttelte unwillig den Kopf. Sie sollte mich doch einfach in Ruhe lassen.

»Du hast mich mit dieser Freundin von dir verwechselt und plötzlich all deine aufgestaute Wut auf sie an *mir* ausgelassen. Das hat mir weh getan. Und deshalb wollte ich dir auch weh tun.« Ich konnte an ihrer Stimme hören, daß sie kurz davor war zu weinen. »Mein Gott, Nina, ich weiß, daß das kindisch war, aber in dem Moment sind die Pferde mit mir durchgegangen. Ich würde etwas dafür geben, wenn ich es ungeschehen machen könnte. Ich war nur so verletzt, weil du nicht mehr *mich* gesehen hast, die vor dir stand. Ich kam mir so austauschbar vor. Ich weiß, daß das blöd ist, aber ich wollte *Charlotte* für dich sein und nicht …« Sie stockte. »Ich hab' vergessen, wie sie heißt.«

»Simone«, sagte ich leise.

»Simone«, wiederholte Charlotte. »Ich mag dich einfach, und ich möchte, daß es wieder so wird, wie es war. Können wir nicht da weitermachen, wo wir gestern aufgehört haben, und nur die letzten zehn Minuten aus dem Protokoll streichen?«

Ich sah auf die Kühe, die von einem Bauern zum Melken fortgetrieben wurden. Ihr lautes Muhen durchbrach die Stille und läutete den Tag ein. Charlotte hatte sich neben mich gesetzt.

»Mir tut es ebenfalls leid.« War das wirklich ich, die das sagte?

»Ich glaube, ich habe gestern auch eine ganze Menge Mist verzapft.« Ich lächelte erleichtert. »Das mit dem Protokoll geht in Ordnung.«

»Wie wär's dann, wenn wir mal für Hanni das Frühstück

machen?« Charlotte war aufgestanden und klopfte sich das Gras von der Hose. »Sie wird der glücklichste Mensch sein, wenn sie uns wieder einträchtig zusammen sieht.«

»Mir geht es irgendwie nicht anders.« Gestern hätte ich Charlotte noch am liebsten massakriert, und heute war ich froh, daß sie nicht kurzerhand abgereist war.

Als Hanni eine halbe Stunde später die Küche betrat, nahm Charlotte sie bei den Schultern, drehte sie einmal um die eigene Achse und bugsierte sie ins Eßzimmer.

»Alles schon fertig«, sagte sie strahlend.

Hanni sah verdattert von Charlotte zu mir und wieder zu Charlotte. Dann breitete sich langsam ein Lächeln auf ihrem Gesicht aus, und sie ließ sich auf ihren Stuhl sinken.

»Ihr beide könnt einen ganz schön Nerven kosten. Ich hab mir heute nacht den Kopf zerbrochen, wie das wieder zu richten ist. Und dann komm ich her, und …«

»Da draußen gibt's doch auch hin und wieder Unwetter«, unterbrach Charlotte sie. »Und hinterher scheint die Sonne und trocknet den Regen.«

»Ja, so betrachtet …«

»So betrachtet«, unterbrach diesmal *ich* Hanni, »hatten wir gestern einen Blitzeinschlag, dessen Schäden aber inzwischen behoben sind.«

12 *In den folgenden Tagen erholten Charlotte und* ich uns von unserem Zusammenstoß und ließen die Dinge ruhen. Wir machten lange Ausflüge mit den Rädern, halfen Hanni im Garten und umgingen ansonsten verfängliche Themen. Wir mußten die bösen Worte, die zwischen uns gefallen waren, begraben, bevor wir fortfahren konnten, einander die Ereignisse zu schildern, die uns hierher kommen hatten lassen.

Meinen häuslichen Radius hatte ich inzwischen um Klaras Arbeitszimmer erweitert, wobei ich versuchte, mich nur dann dort aufzuhalten, wenn Charlotte unterwegs war. Ich wußte, daß sie gerne ihre Abende da verbrachte, und wollte sie in ihrer Abgeschiedenheit dort nicht stören. So ging ich oft vormittags hoch, wenn sie alleine unterwegs war. Klaras Tagebücher zogen mich magisch an. Das Buch über Anne hatte ich längst gelesen und darin alles wiedergefunden, was Charlotte mir bereits erzählt hatte, nur etwas ausführlicher. Klaras Zeilen waren erfüllt von der starken Bindung zu ihrer Schwester und der tiefen Verzweiflung, in die sie die tragischen Umstände ihres Todes gestürzt hatten. Sie schrieb aber auch von der erschütternden Tatsache, daß es ihre Eltern waren, die für Anne den Strick geknüpft hatten. Sie hätten zwar nicht selbst ihre Hand gegen sie erhoben, aber ihre Worte hätten vollauf genügt.

»Sie waren nicht besser als die Männer, denen Anne in jener Nacht in die Hände gefallen war, sie vergewaltigten sie ein zweites Mal. Sie waren erbarmungslos gegenüber Annes Hilferufen und machten sie mundtot«, schrieb Klara über ihre Eltern, »ohne jede Gnade oder die von ihnen so hoch gepriesene christliche Nächstenliebe. Durch ihre Schuldzuweisungen sahen sie in Anne nicht das Opfer, das Trost, Geborgenheit und Verständnis brauchte, sondern die Täterin. Sie nahmen ihr jede Chance, über das, was geschehen war, zu reden, zu versuchen es zu bewältigen. Als sie aus der

Klinik kam, war es schon fast zu spät. Ich redete tage- und nächtelang auf sie ein, um die Worte meiner Eltern zu ersetzen, die sich tief in ihren Kopf und in ihre Seele gegraben hatten. Vielleicht hätte sie eine Überlebenschance gehabt – wenn dieses Kind in ihrem Bauch nicht gewesen wäre. Dieses unglückselige Wesen.«

Es blieb offen, wen Klara damit meinte, Anne oder das Kind, dessen Geburt sie um jeden Preis hatte verhindern wollen. Ich vermochte dieses Buch lange nicht aus den Händen zu legen, Annes Schicksal hatte mich für eine Weile von mir selbst abgelenkt. Aber Charlotte hatte recht, man konnte und durfte Schicksale nicht vergleichen. Ich würde meines nicht leichter ertragen können in dem Bewußtsein, daß Anne weit Schlimmeres zugestoßen war. Ich fühlte mich nur nicht mehr so allein mit der Frage: Warum gerade ich? Ein Gefühl, das Charlotte mir nicht hatte geben können. Anne und mich selbst sah ich als Opfer, natürlich auch Klara. Charlotte dagegen hatte ihren Liebhaber verloren, nicht ihren Mann. Ich wußte, wie ungerecht es von mir war, so zu denken, doch der tiefe Groll, den ich gegen Simone hegte, hatte abgefärbt – beide waren Ehebrecherinnen, wie auch immer man es drehte oder wendete.

Natürlich hatte Klara auch eines ihrer Tagebücher Onkel Ferdinand gewidmet. Ich las dort beschämt, wie wenig willkommen Klara sich in unserer Familie gefühlt hatte. Einzig mein Vater habe sich ihr unvoreingenommen zugewandt. Alle anderen hätten sie immer wieder spüren lassen, welche Exotin sie in der Ahnenreihe ihrer Vorgängerinnen bildete.

»Ich war weder einem Mode- noch einem Männermagazin

entsprungen. In ihren Augen konnte ich lesen, daß sie mich eher in die Kategorie ›verschroben‹ einordneten. Wären nicht Ferdinand, sein Bruder Max und Charlotte gewesen, dann hätte ich diese traditionellen Treffen nicht überstanden, auf denen es ausschließlich darum ging, die überdurchschnittlichen Fortschritte von Kindern und Enkeln zu begutachten, die unaufhaltsame Karriere des einen sowie den wohlverdienten Ruhestand des anderen zu beweihräuchern«, schrieb sie enttäuscht. Allzu Menschliches wie wahre Gefühle und wirkliche Betroffenheit, Fehlschläge und Abgründe hätten keinen Platz in diesen Gesprächen gehabt. »Es ist nicht so, daß ich danach suche«, schrieb sie weiter, »aber ich habe erlebt, was geschehen kann, wenn man die Realität ausklammert.« Wenn es nach ihr gegangen wäre, hätte sie diese Familienzusammenkünfte von einem Tag auf den anderen gemieden, aber sie wollte Ferdinand nicht verletzen und behielt deshalb ihr Urteil für sich. Nach seinem Tod sah sie dafür allerdings keinen Grund mehr und zog sich zurück.

Ich habe es noch nicht einmal wahrgenommen, dachte ich betroffen, und sie einfach vergessen, bis sie sich durch ihren Tod selbst wieder in Erinnerung brachte.

Sie schrieb viel über ihre Beziehung zu Onkel Ferdinand und ließ mich damit Seiten von ihm entdecken, die mir bis dahin fremd waren. Er war mein Lieblingsonkel gewesen, immer zu einem Scherz aufgelegt und nie um eine geistreiche Antwort verlegen. Nun lernte ich einen Menschenfreund mit Tiefgang kennen, der Klara für vieles zu entschädigen versuchte, was ihr im Leben widerfahren war. Er hellte die Stunden auf, in denen die Erinnerungen sie in ihren dunklen

Bann zogen, er hielt sie, wenn für Momente die Verzweiflung zurückkam.

»Manchmal hadere ich mit meinem Schicksal«, schrieb sie, »wenn ich daran denke, wie wenig Zeit mir mit den Menschen gelassen wurde, die ich am meisten geliebt habe.« Die Zeit nach Onkel Ferdinands Tod habe sie nur durch Gespräche mit Freunden und durch Beruhigungstabletten überstanden. »Es gab Momente, da wollte ich ihm folgen, doch dann siegte meine Überzeugung, daß unsere gemeinsame Zeit sinnlos würde, wenn ich nicht die Kraft daraus schöpfen könnte weiterzuleben. Ich versuchte dankbar zu sein für das, was ich erleben durfte, und nicht zu verzweifeln, weil es nicht lange währte.«

Ich hörte auf zu lesen und ließ meinen Blick über die Fotos wandern, die überall im Raum verteilt standen. Mir fiel auf, daß Klara nie lachte. Nur auf ihrem Hochzeitsbild mit Onkel Ferdinand kam ihr Ausdruck einem Lächeln sehr nahe. In ihren feingeschnittenen Gesichtszügen entdeckte ich Empfindsamkeit und Stärke gleichermaßen. Nichts von alldem war mir aufgefallen, als sie mir leibhaftig gegenüberstand. Wo hatte ich meine Augen gehabt?

Klara hatte das Tagebuch über Ferdinand noch lange über seinen Tod hinaus weitergeführt. Sie beschrieb ihre Gefühle und Erfahrungen im Umgang mit seinem Tod. »Früher dachte ich, die Haut würde dicker mit jedem Schlag, den sie abbekommt, aber das stimmt nicht. Sie wird immer dünner und empfindlicher.« Wie sehr mein Vater ihr in dieser Zeit geholfen hatte, erfuhr ich erst jetzt beim Lesen. »Er ist ganz anders als Ferdinand, er ist viel ruhiger, in sich gekehrter. Er ist sorgenvoller und macht sich das Leben dadurch oft sehr schwer. Ich erfahre ihn immer wieder als einen sehr gütigen und zugewandten Menschen.«

Das Buch über Onkel Ferdinand endete mit dem Tod meines Vaters vor drei Jahren. In einem seiner letzten Telefonate mit Klara sagte er ihr, daß er sich um mich sorge. Ich sei sehr verändert, aber er wisse nicht, warum. Er habe sich schon alle möglichen Gedanken gemacht. Die einzige Erklärung, die ihm plausibel erscheine, sei mein bis dahin unerfüllter Kinderwunsch. Ich sei achtunddreißig, und es habe offensichtlich immer noch nicht geklappt.

Ich wollte nicht weiterlesen. Meine Finger verkrampften sich, so fest hielt ich das Tagebuch. Aber es war wie eine Sucht zu erfahren, was in seinem Kopf vor sich gegangen war und was er mir vorenthalten hatte. Mein Vater hat mit Klara über diese Dinge gesprochen, warum nicht mit mir? Warum hat er mich kein einziges Mal gefragt? Hat er doch, meldete sich eine zaghafte Stimme in mir, du hast nur immer gleich abgeblockt. Ich wünschte, mein Vater wäre jetzt hier und würde sich mit mir unterhalten, so wie er es mit Klara getan hat. Wie sehr vermißte ich unsere Küchengespräche.

Ich weinte schon wieder und versuchte, das Tagebuch auf meinem Schoß vor meinen Tränen zu retten. Irgendwann muß dieser nicht enden wollende Strom doch einmal versiegen, dachte ich, wurde aber eines Besseren belehrt.

»Ich habe schon oft diese Sehnsucht in ihren Augen gesehen«, las ich weiter, »aber neuerdings entdecke ich haßerfüllte Blicke, die sie auf Carl richtet. Ich frage mich, ob sie ihm die Schuld gibt.« War es so durchschaubar gewesen, so offensichtlich? Oder waren es nur die feinen Sensoren meines Vaters, die die Dinge oft in ihrem Kern erfaßt hatten? Ich wollte mich heranwagen an das, was mein Vater zu sehen geglaubt hatte, aber es tat zu weh. Und welchen Sinn hätte es heute? Ich würde nur etwas noch einmal durchleben, was mich zum erstenmal in meinem Dasein in einen Abgrund hatte sehen lassen. Denk an etwas anderes, befahl ich mir! Lenk dich ab! Ich klappte das Tagebuch zu und stellte es zu den anderen ins Regal. Dann ging ich hinunter zu Hanni in die Küche.

Sie hatte sich ungewohnt fein gemacht und war beim Friseur gewesen. Bisher hatte ich Hanni noch nie in einer Schürze gesehen, aber heute hatte sie sich eine umgebunden und stand mit einem Meter Abstand zum Herd, um beim Anbraten unseres Mittagessen den Fettspritzern zu entgehen.

»Schon Hunger?« Sie drehte sich zu mir um und sah mich fröhlich an.

»Eher nicht«, sagte ich verdrossen. Ich setzte mich an den Küchentisch und spielte mit dem Karottengrün, das sie abgeschnitten hatte.

»Na, das kommt schon noch.« Sie summte leise vor sich hin. Wieso war Hanni nur immer so zuversichtlich? Ich hätte mir gerne eine Scheibe davon abgeschnitten.

»Ist heute ein besonderer Tag, Hanni?« fragte ich neugierig. Sie sah lachend an sich hinunter. »Das fällt auf, nicht wahr, wenn ich mich schon mal feinmache.« Sie tastete vorsichtig über ihre Haare, ob auch noch alle an ihrem vorgesehenen Platz waren. »Ich gehe heute ins Orgelkonzert, in die Alte Kirche. Eins meiner Kinder ist vom Festland da und hat mich eingeladen.«

»Eins Ihrer *Kinder*?«

»Na, Sie wissen schon, eines von denen, die ich mit großgezogen habe. Ich nenn' sie doch nur immer *meine* Kinder.«

»Sind Sie wirklich nie traurig, daß es nicht Ihre eigenen sind?«

Hanni dachte nach und schüttelte den Kopf. »Nein, mit meinen eigenen wäre es nicht anders gewesen. Ich hätte sie gewickelt und getröstet, hätte mit ihnen geschimpft und mit ihnen gebangt. Und ich hab sie genauso lieb, als wären es meine eigenen. Sie sagen Hanni zu mir anstatt Mami, und sie sind mir nicht gerade wie aus dem Gesicht geschnitten, aber damit kann ich leben.«

Hannis Humor löste ein wenig die innere Verkrampfung, mit der ich die Küche betreten hatte. Bei ihr klang alles so einfach und logisch, während in meinem eigenen Leben die Dinge verworren waren und mir die Knoten unlösbar erschienen.

»Oh, wie chic.« Charlotte war zurückgekommen und füllte mit ihrem Temperament sofort die ganze Küche. Sie hielt Hanni an beiden Armen fest und betrachtete sie anerkennend von oben bis unten. »Wer ist denn das Opfer?«

Hannis Wangen färbten sich rosa. Sie war es nicht gewöhnt, Komplimente für ihr Outfit zu bekommen.

»Wer redet hier von Opfern?« wiegelte sie lachend ab. »Eins der Kinder holt mich nachher ab. Wir geh'n ins Orgelkonzert.«

»Und ich dachte schon, es steckt ein Mann dahinter.« Charlotte lachte sie verschmitzt an.

»Das überlasse ich euch Deerns, ich bin für so was zu alt. Und jetzt deckt den Tisch. Ihr macht mich mit euren Flausen noch ganz nervös.« Sie scheuchte uns aus der Küche und führte Selbstgespräche in ihrem unverständlichen Dialekt.

167

»Bist du okay?« Charlotte sah mich prüfend an. Hanni hatte ich täuschen können. Sie war heute viel zu aufgeregt, um die Tränen in meinen Augenwinkeln zu entdecken.

»Geht schon, ist gleich wieder vorbei.« Ich trocknete mir die Augen und holte das Geschirr aus dem Schrank. Wir verteilten es schweigsam auf dem Tisch und setzten uns dann jede auf ihren inzwischen angestammten Platz.

»Laß uns heute nachmittag zum Wasser fahren, Nina.« Charlotte versuchte mich aufzumuntern, aber mir steckte noch ein dicker Kloß im Hals.

»Ich glaube, ich kann nicht.« Ich fühlte, daß die Schrecken sich wieder in mir breitmachten. »Fahr alleine.«

»Alleine habe ich keine Lust«, sagte sie entschieden. »Dann legen wir uns einfach hier auf die Warft und lassen uns die Sonne auf den Bauch scheinen. Keine Widerrede!« Sie ging zu Hanni und half ihr, das Essen hereinzutragen.

Während die beiden es sich schmecken ließen, stocherte ich in meinem Essen herum. Mein Vater ging mir nicht aus dem Kopf. Er war der Wahrheit sehr nahe gekommen, zu nahe. Wenn ich nur mit ihm geredet hätte, vielleicht wäre dann …

»Schmeckt's Ihnen heute nicht, Nina?« Hanni riß mich aus meinen Gedanken.

»Doch … natürlich«, stotterte ich, »es ist nur …« Ich konnte nicht weiterreden. Die Serviette vor den Mund gepreßt, lief ich schluchzend nach oben in mein Zimmer. Dort warf ich mich aufs Bett und rollte mich ganz klein zusammen. Nach einer Weile spürte ich, daß mir jemand sanft über den Rücken strich.

»Es wird wieder gut, Nina, vielleicht nicht gleich morgen oder in zwei Monaten, aber irgendwann.« Charlottes Stimme hatte etwas Flehendes, und ich wußte, daß sie für uns beide sprach, daß sie nicht nur mich, sondern auch sich selbst davon überzeugen wollte.

Am Nachmittag holten wir uns Decken und legten uns an unsere Lieblingsstelle auf der Warft. Wir hatten uns inzwischen im Dorf einen Badeanzug gekauft, da keine von uns daran gedacht hatte, einen mitzunehmen, als wir diese Reise antraten. Wir hatten ähnliche Figuren und waren beide sehr schlank. Charlotte sah man ihre vier Kinder nicht an.

»Was hast du eigentlich veranstaltet, um bei vier Kindern eine solche Figur zu behalten?« fragte ich sie bewundernd.

»Eine glückliche Veranlagung und viel Bewegung«, sagte sie lachend. »Und vielen Dank für das Kompliment.«

»Charlotte?«

»Ja?«

»Wie hast du Eric kennengelernt?« Wir lagen beide auf dem Rücken. Ich hatte die Augen geschlossen und spürte durch den Wind hindurch die Wärme der Sonne auf meinem Körper.

»Durch meinen Job«, antwortete sie bereitwillig. »Er hat damals in München für dieselbe Zeitung gearbeitet wie ich. Wir waren beide Anfang Zwanzig.«

»Dann hast du ihn ja schon vor Johannes gekannt«, schloß ich aus dem, was ich über sie wußte. Sie und Johannes hatten geheiratet, als sie Ende Zwanzig war.

»Ja.«

»Und dann hast du ihn zufällig wiedergetroffen?«

»Es war nicht unbedingt ein Zufall, ich habe da schon kräftig nachgeholfen«, sagte sie ehrlich.

Ich hatte mich auf die Seite gedreht und meinen Kopf in die

169

Hand gestützt, um ihr Gesicht besser beobachten zu können. Sie setzte sich mit einem Ruck auf und sah mich an.

»Nina, das ist *meine* Geschichte«, sagte sie eindringlich. »Sie hat nichts mit dieser Simone zu tun oder mit Carl, denk daran! Ich weiß, warum du mir all diese Fragen stellst. Du hoffst, in meinen Antworten eine Erklärung für das zu finden, was dir geschehen ist. Aber meine Antworten können dir nur erklären, was mit *mir* geschehen ist, nichts weiter.«

»Ich weiß, ich habe meine Lektion gelernt, keine Angst«, versuchte ich sie zu überzeugen. »Es interessiert mich trotzdem. Schließlich wohnt man nicht alle Tage mit einer … Urne unter einem Dach. Ich möchte wissen, wie sie dahin gekommen ist. Ich möchte es verstehen.«

Charlotte machte nicht den Eindruck, als hätte ich all ihre Zweifel ausräumen können, aber sie erzählte weiter.

»Als wir uns damals kennenlernten, war es wie ein Feuerwerk, wie ein Blitz, der einschlug. Wir blieben ein Jahr zusammen. Es war ein intensives Jahr, in dem es kein Maß gab. Dann ging er nach Paris, weil man ihm dort einen Job angeboten hatte. Wir trennten uns, wir wollten nichts Halbes, keine bemessenen Augenblicke an nicht absehbaren Wochenenden.« Charlotte drehte sich zum Abhang der Warft und sah in die Ferne, als würde sie ihn dort wiederfinden.

Ich versuchte mir vorzustellen, wie man sich aus rein pragmatischen Gründen voneinander trennen konnte, aber es wollte mir nicht gelingen. Ich hätte es mit jeder Entfernung aufgenommen, um Carl zu sehen.

»Nach zwei Jahren kam er zurück, und wir setzten unsere Beziehung dort fort, wo wir sie beendet hatten. Es war, als hätte es die Zeit dazwischen nicht gegeben. Mir wurde jedoch bewußt, wie sehr ich mich nach ihm gesehnt und ihn vermißt hatte.« Sie spürte ihren Worten nach und schwieg einen Augenblick, bevor sie fortfuhr zu erzählen.

»Es war wie ein Rausch, ich kann es nicht anders beschreiben. Wir versuchten beide nachzuholen, was wir versäumt hatten. Dann bekam er erneut ein Angebot, diesmal aus Rom.« Charlottes Stimme hatte wieder den traurigen Ton angenommen. »Er wollte, daß ich mit ihm komme. Ich würde auch von dort aus für deutsche Zeitungen schreiben können. Das sei ausschließlich eine Frage der Organisation. Aber ich traute mich nicht«, sagte sie geknickt.

»Wegen deines *Jobs*?« Ich konnte es nicht fassen.

»Nein, nicht deswegen. Ich *traute* mich ganz einfach nicht. Eric wollte nicht heiraten. Er meinte, wir könnten doch einfach so zusammenleben. Und Kinder standen schon gar nicht auf seinem Plan, dafür aber auf meinem. Ich vermochte mir damals ein Leben ohne Kinder nicht vorzustellen. Ich hatte so festgefügte Bilder in meinem Kopf, denen ich folgte, daß ich das, was er mir anbot, nicht akzeptieren konnte.« In ihre traurige Stimme hatte sich Bitterkeit gemischt. »Es war noch nicht einmal so, daß Johannes schon vor meiner Tür stand und mir das Alternativprogramm bot. Ich habe mich ins Leere gegen Eric entschieden.«

Charlotte verbarg den Kopf zwischen den Armen, die auf ihren Knien ruhten. Sie wirkte erschöpft, und ich strich ihr – so wie sie mir ein paar Stunden zuvor – sanft über den Rücken.

»Weißt du noch, was du mir vorhin gesagt hast? Es wird wieder gut, vielleicht nicht gleich morgen oder in zwei

Monaten, aber irgendwann. Charlotte, das gilt genauso für dich.«

»Es ist so leicht, für andere klug zu sein, aber für sich selbst, da klappt es meistens nicht.« Sie setzte sich auf.

»Hat deine Mutter dich bei Liebeskummer auch immer mit dem Spruch getröstet, die Zeit heile alle Wunden?« So wie Charlotte es sagte, mußte die Beziehung zu ihrer Mutter eine liebevolle sein. Ich konnte die Zuneigung heraushören und empfand fast so etwas wie Neid.

»Nein, hat sie nicht«, sagte ich entschieden.

»Blöde Frage«, schalt sie sich selbst, »deine Mutter zählt ja eher zu dem Typ, der in eine Wunde erst noch einmal hineinsticht, bevor sie überhaupt eine Chance bekommt zu heilen. Dein Vater war mir wesentlich sympathischer. Ich habe mich immer gefragt, wie er es mit dieser Frau aushält.«

»Charlotte, sie …« Ich zögerte, weil mir nichts einfiel, was ich dagegensetzen könnte.

»Hör auf, sie zu verteidigen«, sagte Charlotte schroff. »Was ich von ihr mitbekommen habe, hat mir gereicht. Bei jedem dieser ach so fröhlichen Familienfeste, die sie organisiert hat, ist sie wie eine Dampfwalze über deine Gefühle hinweggegangen. ›Meine beiden Jüngsten kommen ja ganz nach mir, nur Nina, die scheint irgendwie aus der Art geschlagen. Irgendwas muß sie falsch machen. Dabei ist es doch gar keine Kunst, schwanger zu werden.‹ Und dabei, Nina, hat sie immer noch ganz verschämt gelacht, nach dem Motto: ›Es ist mir ja eigentlich peinlich, darüber zu reden, aber …‹ Ich finde sie einfach dumm, oberflächlich und selbstherrlich.«

Ich wäre nie auf die Idee gekommen, daß noch jemand außer mir einen solchen Groll gegen sie hegen könnte. Von meinen beiden Schwestern hörte ich immer nur, was für eine wundervolle Mutter sie doch sei, und erst ihre Qualitäten als *Großmutter*. In meinen Augen war sie ein narzißtisches Kind, das seinen Willen mit Wehwehchen und Liebesentzug durchsetzte. Ich ging ihr, wenn möglich, aus dem Weg.

Charlotte hatte den Ton meiner Mutter fast hundertprozentig getroffen. Eine körperlich spürbare Abneigung machte sich in mir breit, nicht gegen Charlotte, sondern gegen meine Mutter, die tatsächlich noch nie eine Gelegenheit ausgelassen hat, in ihrem Fruchtbarkeitswahn auf mir herumzureiten oder sich anderweitig darzustellen. Wäre es nicht auf Kosten anderer gewesen, hätte ich irgendwann darüber hinwegsehen können. Aber meine Mutter lebte aus dem Vergleich, daraus erhob sie sich haushoch über die Schwächen der anderen. Und ich war überzeugt, daß sie es genoß. Es war ihr egal, daß sie ihre eigene Tochter damit traf. Ihr ging es allein darum, sich selbst in ein unverwechselbar gutes Licht zu rücken. Es hatte Zeiten gegeben, da hatte ich dagegen rebelliert, aber jede Auseinandersetzung mit ihr eskalierte in Tränen und hysterischem Geschrei. Das Ende vom Lied war stets ein heftiger Migräneanfall, weil ihr so *entsetzliches Unrecht* angetan worden war. Ich konnte diesen Anfällen den Rücken kehren, als ich alt genug war, von zu Hause fortzugehen, aber mein Vater konnte es nicht. Er war ihrem kapriziösen Getue ausgesetzt, mußte sich anhören, wie undankbar ich sei. Habe sie nicht schließlich alles für mich getan? Dieses *alles* hatte darin bestanden, meinen Vater im zweiten Monat ihrer Schwangerschaft so eilig zu heiraten, daß ihr Ruf keinen Schaden nahm.

Mein Vater hat mir nur ein einziges Mal zu verstehen

gegeben, daß er diese Ehe bereute, und da auch bloß andeutungsweise, indem er mir riet zu warten, anstatt Carl so schnell wie möglich zu heiraten. Ich nahm an, daß er in einer anderen Zeit, unter anderen gesellschaftlichen Maßstäben anders gehandelt hätte.

»Du hast recht«, sagte ich zu Charlotte und bestätigte ihr damit das Urteil über meine Mutter. »Es klingt paradox, wenn gerade *ich* das sage, aber manchmal habe ich mir regelrecht gewünscht, daß mein Vater ein Verhältnis hat, das ihn für diese Frau entschädigt.«

Es war sonderbar, ich hatte am eigenen Leib zu spüren bekommen, was es heißt, die Betrogene zu sein, und trotzdem hatte dieser Wunsch Bestand.

»Vielleicht hatte er das ja auch«, meinte Charlotte.

»Nein, nicht mein Vater, dazu war er viel zu anständig«, sagte ich aus tiefster Überzeugung.

»Danke.« Charlotte schmunzelte.

Ich wußte nicht sofort, was sie damit meinte, doch dann fiel es mir wie Schuppen von den Augen. »O nein, Charlotte, so habe ich das nicht …«

»Doch, hast du«, unterbrach sie mich lachend. »Aber laß nur, du hast gar nicht so unrecht, zuviel Anstand kann hinderlich sein, wenn man sich in ein solches Abenteuer stürzt. Trotzdem läßt sich Anstand so oder so auslegen. Es ist ja auch möglich, den Anstand zu wahren, indem man wirklich diskret ist und den Betrogenen nicht verletzt.«

»Nach dem Motto, was ich nicht weiß, macht mich nicht heiß? Das ist mir zu einfach.« Ich hatte die Seite meines Vaters verlassen, dem ich wünschte, wogegen ich gerade opponierte, und war wieder in die Rolle der Betrogenen

174

geschlüpft. Charlotte spürte es und dachte einen Moment nach, bevor sie weitersprach. Sie merkte genau wie ich, daß wir wieder das Glatteis betraten, auf dem wir schon einmal heftig ineinandergerutscht sind.

»Ich weiß nicht, ob ein Anstand wünschenswert ist, der dich dazu zwingt, ein Leben lang gegen deine Sehnsucht anzukämpfen, nur damit ein anderer alles hat, was er braucht, nämlich dich.«

Ich sah, daß sie meinen Gesichtsausdruck nach Anzeichen abtastete, daß sie für meinen Geschmack zu weit ging. Aber ich gab mir Mühe, nicht gleich wieder aufzubrausen und sie anzugreifen, weil ich verletzt war.

»Ich höre dir zu, Charlotte«, forderte ich sie auf weiterzureden.

»Ich weiß, daß dich das Wort Sehnsucht stört.« Sie legte jedes Wort auf die Goldwaage. »Es scheint dir zu lapidar, zu gewöhnlich, zu wenig wert, deshalb einen anderen Menschen ins Unglück zu stürzen. Aber hast du dir mal überlegt, was Sehnsucht eigentlich heißt? Du sehnst dich nach etwas, das du nicht hast. Ich meine damit nicht eine sündhaft teure Handtasche, die du dir gerade nicht leisten kannst, sondern etwas Elementares, das dich nicht ruhen läßt.«

»Der Mann einer anderen Frau beispielsweise«, sagte ich sarkastisch und merkte, wie sich meine guten Vorsätze in Luft auflösten. »Mit dieser Einstellung kannst du alles rechtfertigen, selbst die Vergewaltiger von Anne. Sie hatten wahrscheinlich auch *elementare Bedürfnisse*, die sie nicht haben ruhen lassen.«

»Was du gerade gesagt hast, ist unfair und polemisch, und das weißt du auch.« Charlottes Stimme war lauter geworden.

Ich konnte ihre Anspannung fühlen und die Anstrengung, ihre aufkeimende Wut zu unterdrücken. Mir ging es nicht anders.

»Aber du kannst doch nicht das eine rechtfertigen und das andere ausschließen, so wie es dir gerade paßt«, machte ich den schwachen Versuch, meine Position zu verteidigen.

»Ich weiß, daß du verletzt bist und es wahrscheinlich auch noch für lange Zeit sein wirst. Deshalb übergehe ich deine Unterstellung einfach, sonst sind wir nämlich in zwei Minuten genau wieder da, wo wir vor ein paar Tagen schon einmal gelandet sind, nämlich mit angespitzten Krallen im Fleisch der anderen. Das will ich nicht, darum hör einfach auf, mich zu provozieren. Wenn du nicht selbst betroffen wärst, dann wärst du durchaus in der Lage, zwischen schwarz und weiß ein paar Grautöne zu erkennen.« Ihre Stimme hatte sie wieder in der Gewalt, aber ihre Augen sprühten mir Funken entgegen.

»Entschuldige.« Ich wußte, daß sie recht hatte, aber es war so verdammt schwer, die Emotionen zu unterdrücken, die mich bei diesem Thema überschwemmten und wie einen Spielball herumwirbelten.

Charlotte überging meinen Versöhnungsversuch, sie war noch nicht fertig. »Wie willst du denn jemals verstehen, was geschehen ist, wenn du die Antworten nicht zuläßt? Denn genau darum geht es doch, ums Verstehen. Ich will hier nichts rechtfertigen, weder das, was ich gemacht habe, noch das, was dein Mann oder diese Simone da veranstaltet. Ich bin nur überzeugt, daß die Dinge zu verstehen der einzige Weg ist, mit ihnen fertig zu werden, außer natürlich du schlägst dich auf die Seite der Verdränger, dann kannst du dich aber auch gleich lebendig begraben lassen.«

»Hier geht's ja wieder heiß her!« Wir hatten Hanni nicht kommen hören. Sie brachte sich vor uns in Position und schüttelte den Kopf über unsere erhitzten Gemüter. »Sie beide können sich aber auch kaum mal länger als ein paar Tage vertragen.«

»Wir haben uns nicht gestritten, Hanni«, sagte Charlotte in dem Versuch, uns alle drei zu überzeugen.

»Na, das klang mir aber doch so.« Sie war nicht so leicht zu täuschen. »Ich möchte nicht morgen früh wieder zwischen Ihnen beiden am Frühstückstisch sitzen und das Eis klirren hören. Das halten meine Nerven nicht aus.«

Sowohl Charlotte als auch ich wußten inzwischen ganz genau, daß Hannis *Nerven* noch eine ganze Menge mehr aushielten. So wie wir sie, hatte aber auch sie uns ins Herz geschlossen und litt mit uns. Sie wollte, daß es uns *den Umständen entsprechend* gutging und wir uns nicht noch durch überflüssige Streitereien das Leben schwermachten.

Ich spürte, daß ich mich unter Hannis sorgenvollem Blick entspannte. »Morgen früh wird höchstens der Kandis im Tee klirren, Hanni!«

»Sie können sich darauf verlassen«, schickte Charlotte bekräftigend hinterher.

»Ich würd's ja gern glauben.« Sie sah uns nacheinander zweifelnd an. »Hin oder her, ich muß jetzt los, der Junge holt mich gleich ab.« Ich wußte von Hanni, daß dieser *Junge* ungefähr so alt war wie ich, aber auch in dieser Hinsicht unterschied Hanni sich nicht von anderen Müttern. Schließlich hatten auch wir uns an ihr *Deern* gewöhnt.

177

»Viel Spaß, Hanni«, sagten wir fast gleichzeitig.

Nachdem sie gegangen war, blieben wir – nun wieder friedlich – noch eine Weile nebeneinander liegen. Für Charlotte, die sonst einen Sechspersonenhaushalt managte, mußte es hier noch erholsamer sein als für mich, die schon gar nicht mehr wußte, was Streß oder Hetze war. Trotzdem genoß ich es, mich treiben zu lassen und die Gedanken an morgen jeden Tag aufs neue weit fortzuschieben. Ich war der Vorstellung, wie dieses Morgen ausschauen könnte, um kein Stück näher gekommen. Immer wenn ich daran dachte, sah es nur düster und sinnlos aus. Ich dankte einmal mehr Klara, die diesen Schutzraum geschaffen hatte, an dem es niemanden gab, der auf eine Antwort drängte.

13 *Die Insel hatte in den letzten Tagen ihre Farben* gewechselt, der Raps war verblaßt und ließ den Kornfeldern den Vortritt, an deren Rändern sich vereinzelt Kornblumen und Mohn angesiedelt hatten. Im Zusammenspiel mit den dunkelgrünen Viehweiden und den in die Höhe sprießenden Maisfeldern läuteten sie unverwechselbar den Sommer ein. Von Klaras Warft aus hatte man einen weiten Blick über das Land. Es zog mich wieder zu der Stelle, wo Charlotte mir zum erstenmal die Augen für die Schönheit meiner Umgebung geöffnet hatte. Ich genoß den strahlend blauen Himmel, freute mich aber genauso, wenn Wolken aufzogen und ich gegen Abend die sich immer wieder neu formierenden Nolde-Himmel bestaunen konnte, ein Naturschauspiel, das mich nie unberührt zurückließ.

Hanni wirkte an diesem Morgen ganz aufgekratzt. Sie erzählte von dem Orgelkonzert, wer ihr dort begegnet war, und vor allem, wie *schmuck* ihr *Junge* ausgesehen habe. Er habe ihr das Mädchen vorgestellt, das er heiraten wolle, und sie habe den beiden ihren Segen gegeben.

»Das paßt«, sagte sie im Brustton der Überzeugung, als hätte sie zwei zusammengehörige Puzzlestücke gefunden.

»Wie muß denn etwas sein, damit es paßt?« Charlotte hatte ausgesprochen, was mir auf der Zunge lag.

Wir saßen am Frühstückstisch, hatten unsere Köpfe in die Hände gestützt und sahen Hanni gespannt an.

»Das müßten Sie beide mir doch viel besser sagen können. Bin *ich* etwa verheiratet?«

«Verheiratet sind wir schon«, entgegnete ich, »aber doch wohl eher mit mäßigem Erfolg.« Ich dachte an die Urne über uns und nahm nicht an, daß Charlotte ihre Ehe als erfolgreich einstufte.

»Sie stellen mir aber Fragen so früh am Morgen.« Hanni schüttelte unwillig den Kopf und wäre am liebsten in die Küche entschwunden.

»Hanni, wir erwarten von Ihnen nicht die Lösung unserer Eheprobleme, nur einen klitzekleinen Hinweis, was so – ganz allgemein gesprochen – das Geheimnis einer guten Ehe ist. Sie haben doch in ein paar Familien gelebt, da macht man sich sicher so seine Gedanken.« Charlotte ließ sie nicht entkommen, und ich war froh über ihre Hartnäckigkeit.

»Hm … das stimmt wohl«, sagte Hanni.

»Was ist das Wichtigste?« fragte ich. Sie dachte wahrscheinlich, sie solle uns aus dem Stegreif eine umfassende philosophische Betrachtung liefern.

»Das Wichtigste ... hm ... ja ... das Wichtigste ist wohl Reden ... oder auch nicht. Ich meine, manchmal ist es gut zu reden, manchmal ist es aber auch gut, einfach den Mund zu halten.« Sie nickte befriedigt. »Und wenn beide wissen, wann was angesagt ist, dann paßt's.«

»Hanni, das kann doch für jede Beziehung gelten, für die zu meinem Ehemann genauso, wie für die zu meinen Freunden oder meinen Kindern. Was ist denn mit Liebe, mit Respekt und Vertrauen? Was ist mit Sex und Erotik?«

Hanni sah Charlotte erstaunt an. »Ja, aber Deern, wenn das alles nicht da ist, dann braucht man doch gar nicht erst zu heiraten. Dann geht's doch sowieso nicht gut, jedenfalls nicht lange. Das wär' doch, als würde man versuchen, einen Rührteig ohne Eier, Mehl, Milch und Zucker zu machen.«

»Das heißt«, platzte ich giftig heraus, »wenn's schiefgeht, dann hat ganz einfach die *Backmischung* nicht gestimmt.«

»Zieh die Krallen ein, Nina«, stoppte mich Charlotte. »Und frag nicht, wenn du die Antworten nicht hören willst, bloß weil sie dir nicht gefallen!«

»Deerns, Deerns.« Hanni stand kopfschüttelnd auf und verzog sich in die Küche.

»Entschuldigung, Hanni«, rief ich ihr nach. Ich war ungerecht, sie konnte ja nun überhaupt nichts dafür. Mir war schon wieder zum Heulen zumute. Ich hatte die ganze Nacht schlecht geschlafen und wild geträumt, jedoch keinen meiner Träume im Gedächtnis behalten. Was blieb, war nur das Gefühl dieser entsetzlichen Endgültigkeit.

»Hast du eigentlich nie etwas gemerkt?« fragte Charlotte. Was ich an ihr bewunderte, war ihre Fähigkeit, nicht nach-

180

tragend zu sein. Sie sah mich weder mißmutig noch genervt an, sondern ehrlich interessiert.

»Wovon?« Ich wußte nicht, worauf sich ihre Frage bezog.

»Davon, daß dein Mann dich betrügt.«

»Hat dein Mann es gemerkt?« stellte ich die Gegenfrage.

»Wenn, dann kann er es gut verbergen. Aber ich bin fest davon überzeugt, daß er noch nicht einmal etwas ahnt.« Sie sagte es nicht abfällig und stellte ihren Mann dadurch nicht als den Dummen dar, der als einziger in Unwissenheit verharrte. Es klang eher beruhigt.

»Ich habe mir stundenlang den Kopf darüber zerbrochen«, erzählte ich ihr, »ob es Anzeichen gab, die ich mir im nachhinein zusammenreimen konnte. Aber man kann alles so oder so auslegen. Gut, er war oft müde, wenn er nach Hause kam, und im wahrsten Sinne des Wortes lustlos. Wir sind kaum noch miteinander ins Bett gegangen, aber ich habe mir gedacht, das sei so nach fast dreizehn Jahren Ehe. Ich habe ihn dann einfach in Ruhe gelassen.« Und er mich auch, dachte ich enttäuscht.

»Und du hast sonst keine Veränderung an ihm festgestellt?« Ich spürte, daß Charlotte mit dem gleichen Eigeninteresse fragte, wie ich es sonst tat.

»Nein, keine. Es gab keine.« Ich mußte nicht lange nachdenken, das hatte ich in den letzten Wochen zur Genüge getan.

»Hast du eine Ahnung, warum?« fragte sie unumwunden weiter.

»Warum ich keine Veränderung an ihm feststellen konnte?«

»Nein, warum er es getan hat?«

»Sag du es mir«, forderte ich sie heraus, aber sie schüttelte nur den Kopf. »Er sagte …« Ich mußte schlucken. »Er sagte, daß sie so *authentisch* sei und dadurch sehr *lebendig*. Was auch immer das heißt.«

»Das heißt, daß sie sie selbst ist«, erklärte Charlotte ganz ruhig.

»Danke für die Übersetzung, doch ich brauche kein Wörterbuch«, konterte ich spitz.

»Aber vielleicht einen Spiegel.« Sie ließ sich nicht aus der Ruhe bringen.

»Wie darf ich denn das nun wieder verstehen?« Wieso tat ich mir das überhaupt an? Ich sollte hinausgehen und die Sonne genießen, anstatt mir hier drinnen Nachhilfeunterricht von einer Ehebrecherin geben zu lassen.

»Daß du möglicherweise nicht immer du selbst bist«, sagte sie sanft.

»Und wer bin ich bitte schön dann?« Meine Stimme war einige Oktaven höher geklettert.

»Die, die sich auf ihrer Seele herumtrampeln läßt und nicht einmal *au* sagt.«

»Ich habe au gesagt, ich habe es sogar geschrien.« Die Worte sprudelten nur so aus mir heraus, und meine Tränen landeten auf der Tischdecke. Ich war aufgesprungen und hatte mich auf dem Tisch abgestützt. Ich schrie Charlotte die Worte ins Gesicht. »Ich habe ihn gebeten, bei mir zu bleiben, ich habe gebettelt, ich habe ihm Lösungen vorgeschlagen, aber es hat alles nichts genützt, nichts, gar nichts!« Ich setzte mich wieder hin und wiederholte resigniert: »Ich *habe* au gesagt.«

»Als es zu spät war«, hielt Charlotte mir trocken entgegen.

»Aber was war früher?« Sie hatte etwas von einem Terrier, sie verbiß sich in meinem Fleisch und ließ nicht locker.

»Nina, ich habe es selbst miterlebt, wie du dich von deiner Mutter vor allen Verwandten hast bloßstellen lassen. Und das nicht nur einmal. Und dann hast du versucht, die Situation zu retten, das Ganze zu bemänteln, nach dem Motto ›Sie meint es ja nicht so‹, obwohl du ganz genau wußtest, daß sie es so meinte.«

»Verdammt, Charlotte, was soll das? Was hat das Ganze mit meiner Mutter zu tun?«

»Mit deiner Mutter nichts, aber vielleicht etwas mit dir.«

»Na fein, vielen Dank. Willst du damit sagen, daß ich selbst schuld bin, wenn mein Mann mich betrügt? Legst du dir die Welt immer so zurecht, wie es dir paßt? Wie lange hast du nachgedacht, um auf diese simple Lösung zu kommen, die dich von aller Schuld reinwäscht?« Ich merkte, daß ich kurz davor war zu explodieren. Ich hatte mir so fest vorgenommen, mich nicht mehr von ihr provozieren zu lassen, aber es gelang mir nicht. Ich konnte nicht unwidersprochen stehenlassen, was sie mir da an den Kopf warf.

»Ich habe eine ganze Menge nachgedacht«, sagte Charlotte eisig, »und ich rede hier nicht von Schuld. *Erklärungen*, erinnerst du dich? Entscheide dich endlich!« Auch ihre Stimme war laut geworden. »Entweder du willst es verstehen, oder du läßt es. Ich habe jedenfalls keine Lust mehr, mich jedesmal aufs neue von dir an den Pranger stellen zu lassen, nur weil ich etwas getan habe, was du nicht verstehst«, sagte sie erbost.

»Ich verstehe es nicht, weil ich es nicht nachempfinden kann«, entgegnete ich müde und wieder etwas ruhiger.

»Dann hat dir nie etwas gefehlt.«

Charlotte wirkte immer so stark und durch ihre Offenheit so

unverwüstlich, daß ich jedesmal überrascht war, wenn ich diese ratlose, verzweifelte Traurigkeit an ihr entdeckte. Am meisten erschrocken war ich jedoch über mich selbst, da ich sie angriff, als wäre ich die einzige, die hier litt. Ich konnte ihr immer noch nicht dasselbe Recht zugestehen wie mir selbst.

»Doch, es hat mir etwas gefehlt«, widerlegte ich ihre Vermutung. »Aber das hätte ich nicht bei einem Liebhaber gesucht.«

Charlotte zog fragend ihre Augenbrauen hoch und gab sich dann selbst die Antwort. »Ein Kind, ist es das?«

»Ja.« Ich bewegte mich auf gefährlichem Terrain.

»Warum hat es eigentlich nicht geklappt?« fragte sie vorsichtig.

»Carl wollte keine Kinder.«

»Wußtest du das von Anfang an?«

»Ja. Ich wußte es, aber ich dachte, ich würde mich damit arrangieren können. Ich habe ihn geliebt. Außerdem habe ich gehofft, er würde seine Meinung ändern.«

»Und das hat er nicht, was?« Ich konnte heraushören, daß Charlotte damit gerechnet hatte und ich ihr leid tat.

»Doch, das hat er.« Jetzt war es heraus, und ich atmete tief durch. »Er wird Vater.«

»Bist du etwa …?« Sie starrte auf meinen Bauch und dann wieder in mein Gesicht.

»Nicht ich, Simone bekommt ein Kind von ihm.«

»O Nina, nein.« Sie sagte es so voller Anteilnahme, daß mir sofort wieder die Tränen übers Gesicht liefen. »Das ist nicht fair.«

»Ich habe mich an meine Abmachung gehalten.« Ich zer-

184

malmte mit dem Messer die Krümel auf dem Tischtuch zu Paniermehl. »Er wollte keine Kinder, also haben wir keine gekriegt. Und dann kommt diese Frau, setzt sich über alles hinweg und macht ihn nicht nur zum Vater, sondern auch noch zu einem freudig gespannten Vater.« Meine Wut mischte sich mit Sarkasmus, meine Traumbilder liefen wie ein Film vor mir ab, und ich rieb mir fest die Augen, um sie zu verscheuchen. Dann griff ich wieder zu dem Messer, um mein Werk an den restlichen Bröseln zu vollenden.

Charlotte streckte ihre Hände über den Tisch und legte sie beruhigend auf meine. »Ich weiß nicht, was ich dazu sagen soll, Nina, außer daß es mir entsetzlich leid tut. Das ist wie ein schrecklicher Alptraum, und ich weiß keinen Trost.«

Und das ist nur die eine Hälfte des Alptraums, dachte ich, die andere nagt unablässig an mir und läßt mich nicht zur Ruhe kommen. Ich wußte, daß Charlotte meinen Standpunkt jetzt besser verstehen würde, aber ich zweifelte daran, daß sie das andere verstehen würde. Keiner würde das, ich konnte es ja selbst nicht mehr.

Hanni riß uns aus dem Schweigen, in das wir schließlich gefallen waren, weil keine von uns mehr etwas zu sagen wußte.

»So, raus mit Ihnen beiden an die frische Luft, ich muß jetzt hier saubermachen.«

Wenn sie aus der Küche unser Gespräch mit angehört hatte, so ließ sie sich nichts davon anmerken. Und mir machte es nichts aus. Ich wußte, daß Hanni verschwiegen war, seitdem sie mir nur über Charlottes regelmäßige Besuche in diesem Haus erzählt und Eric dabei nicht erwähnt hatte. Auch von

Klara gab sie nichts preis – außer ihrer Zuneigung und Bewunderung.

Charlotte schlug vor, etwas gemeinsam zu unternehmen, aber ich vertröstete sie auf den Nachmittag. Ich wußte, sie wollte mich jetzt nur nicht allein lassen. Ich wußte aber auch, daß sie die Vormittage nutzte, um Erics Spuren zu folgen. Es waren ihre Abschiedswege, wie sie es einmal genannt hatte. Das sei ihre Art, sich von ihm zu lösen, Abschied zu nehmen. Erst ganz zum Schluß, am Ende dieses Weges, wolle sie seine Asche ins Meer streuen.

Ich zog meine Gummistiefel an und machte mich an die Beschäftigung, die sich in Klaras Garten nie dem Ende zuneigen würde: Ich jätete den Giersch und versuchte, meine Gedanken in andere Bahnen zu lenken. Was mochte Charlotte in ihrer Ehe gefehlt haben, was fehlte ihr immer noch? Ich konnte mir nicht vorstellen, wonach sie sich sehnte. Sie hatte vier Kinder und Johannes, der sie auf Händen trug. Aber ich hatte mir auch nicht vorstellen können, daß Charlotte ihren Mann betrog. Das Bild, das sie nach außen boten, war das einer glücklichen Familie. Und dann fiel mir wieder ein, was Charlotte über die Beziehung zweier Menschen gesagt hatte, daß nämlich nur sie diese Beziehung wirklich beurteilen könnten. Nichts ist, wie es scheint, dachte ich unglücklich.

Hanni war in den Garten gekommen und leistete mir Gesellschaft. Sie stieß mit gewohnter Kraft den Spaten in den Boden und versuchte, den Giersch so tief wie möglich zu erwischen. Der Wind hatte an diesem Tag aufgefrischt und fuhr uns heftig durch die Haare. Hanni besah sich den Himmel und sagte, es gebe heute noch einen kräftigen Sturm und Gewitter. Wir sollten am Nachmittag besser zu Hause bleiben oder zumindest nicht so weit vom Haus wegfahren. Ich hatte nicht ihren Wetterblick und sah nur Wolken, die auch nicht anders ausschauten als sonst. Aber Hanni meinte, sie könne das Wetter riechen.

Wir hatten eine Weile schweigsam nebeneinander gearbeitet, als Hanni innehielt und mich ansah.

»Ich habe Ihr Gespräch vorhin mitgekriegt. Ich wollte nicht neugierig sein, aber Sie beide waren nicht eben leise.«

»Ist schon okay, Hanni.« Ich hatte ebenfalls aufgehört zu jäten und stützte mich auf den Spaten. Hanni hüllte mich ein mit ihrem besorgten Blick.

»Das mit dem Kind, das ist schlimm«, sagte sie traurig. »Daß Ihr Mann Sie betrogen hat, darüber kommen Sie weg, irgendwann, aber das mit dem Kind …« Sie schüttelte sorgenvoll ihren Kopf, und ich war ihr dankbar, daß sie sich die Mühe machte, sich in mich hineinzuversetzen, und nicht versuchte, mir eine rosa Zukunft auszumalen, die es nicht geben würde.

»Wenn ich zehn Jahre jünger wäre«, sagte ich resigniert, »dann hätte ich noch eine Chance. Sicher nicht mit meinem Mann, darüber mache ich mir keine Illusionen mehr, aber ich hätte noch die Chance, ein Kind zu bekommen. Mit einundvierzig in so eine Situation zu geraten, ist entsetzlich endgültig.«

»Da bin ich sicher der falsche Gesprächspartner, Nina. Ich meine ja, daß es nicht unbedingt die eigenen sein müssen. Gut, sie bereiten eine Menge Freude, aber auch eine ganze Menge Ärger. Verstehen Sie mich nicht falsch, Deern, ich will Ihnen Kinder nicht mies machen, ich will nur das, was

Sie vermissen, ein ganz kleines bißchen kleiner machen. Außerdem wär's kein Spaß, in Ihrem Alter noch ein Kind zu bekommen.«

»Aber die Medizin ist heute schon so viel weiter, Hanni.«

»Ein einundvierzigjähriger Körper bleibt ein einundvierzigjähriger Körper, daran kann auch die Medizin nichts ändern. Die vergessen dabei immer, daß es nicht nur um die Geburt geht, Sie brauchen auch die Nerven, und die werden nicht besser mit der Zeit, glauben Sie mir.«

»Hanni, das tue ich, wirklich, aber es nützt nichts.« Ich wußte, daß Hanni aus Erfahrung sprach, und trotzdem würde niemand mir diese Sehnsucht nehmen können. Wenn ich nur ein paar Jahre jünger wäre, haderte ich mit der Zeit, die mir eine undurchdringbare Betonwand vor die Nase gesetzt hatte.

»Ich weiß, Deern, ich weiß, und ich wünsche Ihnen, daß irgendwann ein Kind den Weg zu Ihnen finden wird, vielleicht ein Patenkind oder eines der Kinder Ihrer Schwestern. Man kann nie wissen.«

In diesem letzten Satz manifestierte sich Hannis gesamte Lebensweisheit. Im Gegensatz zu mir existierte Endgültigkeit für sie nur im Tod. Und wenn ich sie über Klara reden hörte, zweifelte ich selbst daran. Für Hanni lebte Klara mitten unter uns, nur in etwas anderer Form.

Hanni tastete mit ihren Augen prüfend mein Gesicht ab, ob sie mir zuviel zugemutet hatte. Das Ergebnis beruhigte sie insoweit, als sie sagte, sie müsse jetzt endlich das Mittagessen vorbereiten. Sie war schon fast zurück beim Haus, als sie noch einmal zu mir umkehrte.

»Jetzt hätte ich es beinahe vergessen.« Sie zog zwei Briefe

aus ihrer Weste und hielt sie mir entgegen. »Die sind heute für Sie gekommen.«

Ich nahm sie und sah auf die Absender. Ein Brief war von Carl, der andere von meiner Mutter.

»Danke, Hanni«, sagte ich mit gemischten Gefühlen.

Ich riß den Brief von Carl zuerst auf und war mir gleichzeitig bewußt, daß in mir immer noch ein Hoffnungsschimmer überlebt hatte. Was, wenn …? Nur war diesmal die Enttäuschung nicht so niederschmetternd, als ich feststellte, daß sich von seiner Seite aus nichts geändert hatte. Bei mir dagegen hatte sich einiges geändert, ich war der Realität näher gekommen.

Carls Brief, den mir der Wind fast aus den Händen gezerrt hätte, war sehr kurz. Er schrieb, daß meine Mutter ihm seit Wochen im Nacken säße, um von ihm zu erfahren, wo ich sei. »Ich habe ihr nichts von unserer Trennung gesagt, ich denke, das solltest Du tun. Ich habe ihr nur gesagt, daß Du Ruhe und Zeit für Dich brauchst und deshalb für einige Wochen in Klaras Haus gefahren bist.«

Ich wußte in dem Moment, als ich das las, daß ich einen schweren Angriff auf die überaus empfindliche Eitelkeit meiner Mutter gestartet hatte. Ich hatte den Gedanken an sie bisher weitgehend verdrängt. Als ich jedoch ihren Brief in der Hand hielt, war ich mir sicher, daß er mit Vorwürfen nur so gespickt sein würde. Ich hatte mein Vorhaben schließlich nicht mit ihr besprochen, hatte sie nicht um Rat gefragt. Ich hatte es noch in den Ohren, dieses süffisant-beleidigte »Hättest du auf mich gehört« meiner Kindheit und Jugend.

Ich hätte meine Hand dafür ins Feuer legen können, daß

meine Schwestern ihre Familienplanung eher mit meiner Mutter besprachen als mit ihren Männern. Dann traf mich der Gedanke, daß ich keinen Deut besser war: Ich hatte meine Familienplanung auch nicht mit Carl besprochen. Zum Glück auch nicht mit meiner Mutter, leider aber auch mit niemand anderem. Hätte, wäre, wenn … damit würde ich mir noch meinen Kopf zermartern. Ich konnte nichts ungeschehen machen, auch wenn ich es mir noch so sehr wünschte.

Einen kurzen Augenblick war ich versucht, den Brief meiner Mutter ungeöffnet zu lassen, doch dann siegte mein Vorsatz, die Augen vor der Realität nicht mehr zu verschließen. Ich flüchtete mich vor dem stärker werdenden Wind in Annes Orchideenhaus und setzte mich dort auf den kleinen Holz-schemel. Was mich in dem Brief meiner Mutter erwartete, würde Realität pur sein. Ich riß ihn auf und sah meine Ahnungen mehr als bestätigt.

»Mein liebes Kind«, schrieb sie, »es ist ein Trauerspiel, daß ich Dir in Deinem Alter noch sagen muß, wo Dein Platz ist. Dein Mann, dem es offensichtlich peinlich ist, mir zu ge-stehen, daß sich seine Frau auf einem Selbstverwirklichungs-trip befindet und ihre Pflichten vernachlässigt, hat mir nun endlich gestanden, wo Du Dich zur Zeit aufhältst. Ich bin nicht bereit, Dein Verhalten meiner Erziehung anlasten zu lassen, Deine Schwestern wissen nämlich ganz genau, wo ihr Platz ist. Ich erwarte von Dir, daß Du auf der Stelle Deine Sachen packst und wieder zu Carl nach Frankfurt fährst. Sonst wundere Dich bitte nicht, wenn er eines Tages mit einer anderen vor der Tür steht, die sich um ihn sorgt, wie es eigentlich Deine Aufgabe wäre. Ich bin über Dein Verhalten sehr empört, und ich bin froh, daß Dein Vater das nicht mehr erleben muß.« Unterzeichnet hatte sie mit »Deine Mutter«.

Nina, du machst dich, sagte ich voller Sarkasmus zu mir selbst. Wenigstens den Inhalt dieses Briefs hast du richtig vorausgesehen. Trotzdem legte sich diese jegliche Gefühle niederwalzende Egozentrikerin wie Mehltau auf mein Gemüt. Sie kam noch nicht einmal auf die Idee, daß es mir schlechtgehen könnte, ich stellte mit meinem Verhalten allein ihre Erziehung in Frage. Und das ist eine nicht wiedergutzumachende Unverschämtheit, dachte ich bitter. Aber wenn es schon einmal soweit gediehen war, warum dann nicht gleich weitermachen, überlegte ich. Diesmal würde sie mein Au zu hören bekommen.

Ich atmete den unverwechselbaren dunklen Duft von Annes Orchideen ein. Die Schönheit der Blüten riß mich aus dem Sumpf des Unbehagens, in den mich meine Mutter immer wieder stieß. Ich sah in ihnen die unverwüstliche Kraft, die in Klara überlebt hatte. Ein wenig von dieser Kraft sprang auf mich über. Ich ging ins Haus und fragte Hanni nach Briefpapier.

»Oben auf Frau Wilanders Schreibtisch ist welches. Aber machen Sie nicht so lang, Nina, das Essen ist in einer halben Stunde fertig.«

»Das dauert nicht lange, Hanni«, sagte ich entschlossen und sprang in ein paar Sätzen die Treppe hoch. Ich fand Klaras Briefpapier und machte mich an mein Werk.

»Guten Tag, Mutter!« schrieb ich. »Ich möchte nicht ironisch werden und mich für Dein Interesse an meinem Befinden bedanken. Zu Deiner Information nur soviel: Carl hat sich von mir getrennt, um mit meiner Freundin Simone zusammenzuleben und das gemeinsame Kind großzuziehen, das in ein paar Monaten auf die Welt kommt. Du bist nicht der Mensch, dem ich die Gefühle mitzuteilen beabsichtige, die diese Situation in mir auslöst. Ich erwarte von Dir weder Verständnis noch Mitleid oder Trost; ich habe das große Glück, hier unter Menschen zu sein, für die diese Eigenschaften keine Fremdwörter sind. Ich erwarte von Dir einzig und allein, daß Du mich in Ruhe läßt und Dich von nun an aus meinem Leben heraushältst. Beklage von mir aus Deine impertinente und undankbare Tochter, pflege die Wunden, die sie Dir geschlagen hat, aber verschone sie! Nina«

Ich faltete den Brief zusammen, schob ihn in einen Umschlag, den ich an sie adressierte, und atmete befriedigt und erleichtert auf. Von dieser Front würde ich so schnell keine Vorwürfe mehr hören. Dieser Brief würde meine Mutter im Grund ihrer Selbstverherrlichung treffen und schwere Migräneattacken sowie hysterische Anfälle auslösen. Früher hatte mich die Aussicht darauf ebenso wie die Furcht davor daran gehindert, ihr meine Meinung zu sagen. Aber jetzt war es mir egal. Mein Früher war zerstört, das gab es nicht mehr. Und wenn ich schon auf seine schönen Seiten verzichten sollte, dann konnte ich mich ebenso der belastenden entledigen.

Ich suchte in Klaras Schreibtisch nach Briefmarken, fand aber keine. Dann würde ich am Nachmittag zur Post fahren und den Brief dort abgeben, bevor ich noch Angst vor der eigenen Courage bekam und einen Rückzieher machte. Ich hörte Charlotte die Treppe heraufkommen und in ihr Zimmer gehen. Ich nahm den Brief und klopfte an ihre angelehnte Tür. Sie hatte unterwegs Kornblumen und Mohn gepflückt, die sie jetzt in eine Vase neben die Urne stellte.

»Du mußt dich noch ein wenig gedulden«, sagte sie, mich leicht spöttisch anlächelnd.

»Womit?« fragte ich und wußte im selben Moment, was sie meinte.

Sie sah bedeutungsvoll auf die Urne. »Na, mit der Bestattung.«

Ich mußte über mich selbst lachen. »Charlotte, das war nur am Anfang so. Es war einfach ungewohnt, mit einer Urne Tür an Tür zu leben. Aber inzwischen erscheint es mir ganz normal, daß Eric da steht.«

»Halb«, entgegnete Charlotte.

»Halb?«

»Du weißt schon, es ist doch nur die Hälfte der Asche.«

Und dann mußten wir beide lachen. Wenn uns jemand beobachtet hätte, wäre er sicher entsetzt gewesen über unseren pietätlosen Umgang mit den sterblichen Überresten von Eric, aber in diesem Haus war alles anders. Es ließ keinen Platz für scheinheilige Beteuerungen, es bot nur Raum für Wahrhaftigkeit.

»Wie ist er eigentlich gestorben? War er krank?« Ich hatte bisher noch nicht darüber nachgedacht.

»Er ist beim Tauchen in Australien verunglückt. Dort, wo es passiert ist, muß es starke Strömungen geben. Er ist erst nach einer Woche Kilometer weiter gefunden worden.«

Ich konnte das Entsetzen nachempfinden, das sich in Charlottes Gesicht spiegelte. Was für ein schrecklicher Tod. Ich ging zu ihr und nahm sie in die Arme. Sie legte ihren Kopf auf meine Schulter und blieb bewegungslos stehen. Ich spürte, wie sie zitterte.

»Blöde Frage, tut mir leid.« Ich strich ihr über ihre Locken und versuchte sie zu beruhigen.

»Das kannst du doch nicht wissen«, sagte sie leise, löste sich von mir und setzte sich auf ihr Bett. »Wenn er schon sterben mußte, dann hätte ich ihm einen ganz schnellen Tod gewünscht, daß einfach sein Herz aussetzt, aber Ertrinken …« Sie schwieg einen Moment. »In manchen Nächten sehe ich ihn im Traum, wie er im Wasser um sein Leben kämpft und immer weiter hinuntergezogen wird.« Auch sie hatte also ihre Alpträume. Sie sah auf die Blumen neben der Urne, und ich folgte ihrem Blick. »Es war so schrecklich früh.«

Zum erstenmal begriff ich mit meinem Herzen, daß Charlotte auch etwas Unwiederbringliches verloren hatte, nicht nur ich. Bisher war ich tatsächlich der Überzeugung gewesen, daß man nur um Ehemänner und Kinder wirklich trauern würde, die Trauer um einen Liebhaber jedoch geringer zu bewerten sei. Ich war mir klar, warum ich mich bisher so sehr dagegen gewehrt hatte, Charlotte das gleiche Recht zuzugestehen wie mir. Hätte ich akzeptiert, daß sie um Eric trauerte wie ich um Carl, dann hätte ich akzeptieren müssen, daß Carls Gefühle mir gegenüber nicht einmalig waren, daß er eine andere Frau sogar mehr lieben könnte als mich. Ich hatte zum Selbstschutz einen Wertmaßstab errichtet, der das Maß der Trauer bestimmte.

Nun, da dieser Maßstab in sich zusammenfiel, verlor ich Carl zum zweitenmal. War es erst die Geliebte gewesen, die ihn sich erobert hatte, war es jetzt die andere Frau, für die er sich entschieden hatte. Es machte meine Trauer nicht einfacher, und es nahm der Wut, die ich sowohl gegen Carl als auch gegen Simone hegte, nichts an Intensität. Es ließ die Dinge nur klarer werden und zog Charlotte aus dem Schußfeld, in das sie durch meine Zuordnungen immer wieder geraten war.

Ich stand ihr, gegen die Wand gelehnt, gegenüber und konnte den Tränenstrom, der mir fast die Sprache raubte, nicht zurückhalten.

»Es tut mir entsetzlich leid«, sagte ich in der Hoffnung, daß sie verstand, was ich meinte.

14 *Hanni hatte recht gehabt, der Nachmittag wür-*de uns ein kräftiges Unwetter bescheren, die Wolken am Himmel zogen sich dunkel und drohend zusammen. Trotzdem beschloß ich nach dem Essen, schnell noch zur Post zu fahren und meinen Brief auf den Weg zu bringen. Je eher, desto besser.

»Dadurch wird er auch nicht früher ankommen«, versuchte Hanni mich von meinem Vorhaben abzuhalten. »Es soll Orkanböen geben, da wird der Fährbetrieb sowieso eingestellt. Heute tut sich da nichts mehr.«

»Aber dafür geht er morgen früh mit dem ersten Schiff weg«, hielt ich dagegen.

»Ist er denn so wichtig?« Hanni sah mich stirnrunzelnd an.

»Ja.«

»Na, Deern, dann aber schnell, damit Sie noch rechtzeitig zurück sind, bevor es losgeht.« Hanni begab sich in die Küche und murmelte etwas vor sich hin, das ich nicht verstand. Immer wenn sie Selbstgespräche führte, verfiel sie in ihren nordfriesischen Dialekt, von dem weder Charlotte noch ich außer ein oder zwei Worten etwas verstanden.

»Ich komme mit«, sagte Charlotte. Ich hatte ihr von dem Brief meiner Mutter erzählt und auch von meiner Antwort. »Das lasse ich mir nicht entgehen.« Sie rieb sich schadenfroh die Hände. »Ich würde gern Mäuschen spielen, wenn sie ihn öffnet.« Sie grinste bei der Vorstellung, was für ein Gesicht meine Mutter machen würde. »Ich weiß, man soll nicht rachsüchtig sein, aber deine Mutter weckt in mir die niedersten Instinkte.«

In mir auch, dachte ich, denn ich war ebensowenig frei davon wie Charlotte. Sie hatte mir so oft weh getan und war über meine Gefühle hinweggefegt, daß es mir guttat, einmal in ihre Achillesferse zu stoßen. Und daß ich genau das tun würde, dessen war ich mir sicher. Außerdem geschah es ganz bewußt, um ein für allemal die Fronten zwischen uns zu klären und mich selbst davor zu bewahren, in die alten Fehler zurückzuverfallen.

Hannis Warnung vor dem Sturm war nicht unbegründet gewesen. Auf der Hinfahrt hatte uns der Wind vor sich hergeschoben, aber als ich meinen Brief eingeworfen hatte und wir uns auf den Rückweg machten, fluchten wir beide über unsere Unbesonnenheit. Es hatte angefangen zu regnen, und ich spürte zum erstenmal am eigenen Leib die enorme und unberechenbare Kraft von Windböen. Wir mußten die Räder schieben und uns schräg gegen den Wind lehnen, um überhaupt voranzukommen. Wir hatten zwar vorsorglich Regenjacken angezogen, waren aber im Nu klitschnaß, da der Regen uns mit jedem Windstoß horizontal erwischte. Wir nahmen Charlottes Abkürzung quer über die Insel zurück zu Klaras Haus.

Ich spürte die Wettergewalten, denen wir ausgesetzt waren, und konnte nicht mehr unterscheiden, ob es Schweiß war oder Regen, der mir den Körper hinabrann. Als ich vollkommen durchnäßt war und alles an mir klebte, fing ich an, das Elementare unseres Ausflugs zu genießen. Ich schob die Kapuze zurück und hielt mein Gesicht in den Wind. Charlotte machte es mir nach, und wir lachten wie Kinder, die selbstvergessen durch Pfützen springen.

Den ersten Blitz, dem kurz darauf ein Donner folgte, sahen wir, als wir unsere Räder die Warft hinaufschoben. Wir brachten sie schnell in die Garage und flohen ins Haus, wo Hanni uns schon ganz aufgeregt erwartete.

»Jetzt wird es aber Zeit! Mit Gewitter ist hier auf dem flachen Land nicht zu spaßen. Und im Moment ist es genau über uns.« Ich sah ihr an, daß sie sich Sorgen um uns gemacht hatte. Charlotte wollte sie in den Arm nehmen, aber Hanni sprang zurück.

»Igitt, Sie sind ja ganz naß. Bei aller Liebe, aber das geht zu weit.« Sie hielt ihre Arme abwehrend von sich. »Ich habe oben für Sie ein heißes Bad eingelassen. Wer duscht und wer badet, müssen Sie allerdings auslosen. Ich mache inzwischen Tee.«

Ich überließ Charlotte die Badewanne und stellte mich zehn Minuten unter die heiße Dusche, um mich aufzuwärmen. Trotz der sommerlichen Temperaturen hatte der Wind uns kräftig durchgekühlt. Als ich fertig war, ging ich hinunter, um mich mit Hannis Tee auch noch von innen aufzuwärmen. Sie tat mir einen kräftigen Schuß Rum dazu.

»Sonst sind Sie mir morgen krank. Wie zwei nasse Katzen haben Sie ausgesehen, als Sie hier reinkamen.« Hanni hörte Charlotte die Treppe hinunterkommen und goß auch ihr gleich die wärmende Mischung in die Tasse.

»So ein Unwetter habe ich hier ja noch nie erlebt.« Charlotte war ganz aufgekratzt.

Der Wind peitschte den Regen gegen die Fenster, und draußen wurde es immer düsterer. Das Gewitter zog langsam vorbei, so daß nur noch hin und wieder Blitze den Raum erhellten. Eigentlich hatten wir an diesem Nachmittag eine Fahrt zu den Seehundsbänken machen wollen, aber die würden wir in der kommenden Woche nachholen müssen. So wie es aussah, ging in den nächsten Stunden gar nichts, vor allem kein Schiff. Stürme mit Windstärke acht bis neun hatte ich bisher nur in den Nachrichten mitverfolgen können. Was sich hier vor unseren Augen und vor allem Ohren abspielte, war reine Naturgewalt.

»Ich wäre jetzt gerne am Deich«, sagte Charlotte. »Das muß aufregend sein.«

»Aufregend und gefährlich«, warnte uns Hanni. »Mit dem Wind ist nicht zu spaßen, da landen Sie schneller im Wasser, als Sie um Hilfe rufen können.«

Hanni hielt uns mit ihren Augen in Schach, wie ein Schäfer seine Schafherde. Wir sollten nur nicht noch einmal an diesem Tag auf die Idee kommen, hinauszugehen, schon gar nicht an den Deich. Hanni erzählte uns, daß Pellworm einen Meter unter dem Meeresspiegel liege und deshalb besonders hohe Deiche habe.

»Wenn so ein Deich bricht, steht die Insel im Nu unter Wasser, aber das passiert hier nicht.« Hanni machte den

Eindruck, als hätte sie die Deichbauarbeiten selbst über-
wacht, was mich nicht sonderlich überrascht hätte.

Nach dem Essen kündigte sie an, daß sie jetzt vorkoche,
damit wir am Sonntag, ihrem freien Tag, nicht vom Fleisch
fielen. Ich hatte gar nicht mitbekommen, daß Samstag
war, da die Zeit in Klaras Haus keine Bedeutung hatte.
Charlotte und ich hatten unsere Armbanduhren schon lange abgelegt. Unseren Tagesablauf bestimmte Hanni mit
ihren drei Mahlzeiten, auf denen sie nach wie vor bestand.
Es hätte aber auch keine von uns beiden freiwillig ge-
schwänzt, da wir es genossen, von Hanni so liebevoll um-
sorgt zu werden und gleichzeitig ihren bodenständigen
Weisheiten zuzuhören.

Charlotte und ich waren am Tisch sitzengeblieben und
hatten uns ein paar Kerzen angemacht, die den Raum in
anheimelndes Licht tauchten.

»Charlotte, du hast neulich gesagt, wenn ich kein Verständnis dafür hätte, daß jemand fremdgeht, dann hätte mir nie
etwas gefehlt. Was hat dir eigentlich *gefehlt* in deiner Ehe?«
Die Frage brannte mir schon lange auf der Zunge. Ich hatte
viel darüber nachgedacht, war aber zu keinem Ergebnis
gekommen.

»Das Gefühl, eine Frau zu sein.« Charlotte antwortete, ohne
zu zögern.

»Ausgerechnet du?« fragte ich sie überrascht. »Du hast einen
Mann, der dich augenscheinlich liebt, und vier Kinder. Wieviel mehr Frau willst du denn sein?« Mir war es zum erstenmal
mal gelungen, weder vorwurfsvoll zu denken noch so zu
klingen. Mein Verhältnis zu Simone spielte keine Rolle, mich
interessierte in diesem Augenblick ausschließlich Charlotte.

Ich war froh, daß ich die Trennung geschafft hatte, zumindest dieses eine Mal.

»Du machst den gleichen Fehler wie Johannes, du verwechselst die Begriffe Mutter und Frau.« Ihre Enttäuschung war nicht zu überhören.

»Dann erklär's mir bitte.«

»Ich weiß nicht, ob du das verstehen kannst.« Sie sah mich skeptisch an. »Du hast dir immer gewünscht, Mutter zu sein, das erscheint dir als das größte Glück. Es ist sicher auch ein großes Glück, das will ich gar nicht schmälern, aber es ist nicht das einzige, was es auf der Welt gibt. Auch wenn ich Mutter bin, bin ich immer noch eine Frau. Und mein Mann hat das vergessen, seit der Geburt unseres ersten Kindes. Von dem Moment an war ich für ihn ein Heiligtum, das er nur dann anrührte, wenn es darum ging, weitere Kinder auf diese Welt zu bringen.« Sie lachte bitter und voller Groll. »Sieh mich nicht so ungläubig an, Nina, es stimmt, was ich dir erzähle.«

»Ich glaube es dir ja, Charlotte, ich wäre nur nie auf die Idee gekommen.«

»Ich auch nicht«, sagte sie sarkastisch. »Ich konnte machen, was ich wollte, er verzieh alles und verstand alles. Eine Mutter hat bei deinem Cousin Narrenfreiheit, weißt du, aber für die Frau hinter der Mutter ist er blind und taub.«

»Das heißt, du hast den Sex vermißt«, versuchte ich das Ganze auf den Punkt zu bringen.

»Nenn es Sex, nenn es Erotik, wie du willst. Ja, genau das hat mir gefehlt.« Sie starrte vor sich auf den Tisch.

»Und hast du es ihm gesagt?« Eigentlich war die Frage bei Charlotte überflüssig, sie war alles andere als auf den Mund

200

gefallen, und ich konnte mir auch nicht vorstellen, daß sie ihren Mann von ihrer Offenheit ausschloß. Außer natürlich wenn es um ihren Liebhaber ging, aber schließlich hatte alles seine Grenzen.

»Ich habe es ihm nicht nur gesagt, ich habe sämtliche meiner Verführungskünste zum Einsatz gebracht, aber ich hatte eher das Gefühl, daß die ihn entsetzten. Johannes zählt leider zu den Männern, die Frauen in zwei Kategorien einteilen. Entweder du bist eine Madonna oder eine Hure.« Sie schüttelte verständnislos den Kopf. »Ich habe meine Versuche dann ziemlich schnell eingestellt, als ich merkte, wie sehr sie ihn verwirrten. Vielleicht war das ein Fehler, vielleicht hätte ich einfach nicht aufgeben sollen, aber ich war es leid, es hat mir keinen Spaß gemacht.« Charlotte malte mit ihrer Gabel Linien auf das Tischtuch.

Warum hatte in dieser Welt immer der eine das, was der andere wollte, während der eine sich umgekehrt nach dem Leben des anderen sehnte? Zwar hatte Carl unser Liebesleben sukzessive gen Nullpunkt gefahren, aber mir war es nur am Rande aufgefallen, da ich über nichts anderes hatte nachdenken können, als daß ich mir ein Kind wünschte. Charlotte hatte genau das in vierfacher Ausführung und sehnte sich nach dem, was ich so widerstandslos aus meinem Leben hatte weichen lassen.

»Und wenn ich mir seine Stimme ins Gedächtnis rufe«, fuhr sie fort. »›Charlotte, denk doch bitte an die Kinder.‹« Sie hatte Johannes' indignierten Ton sehr gut getroffen. »Es hätte uns eine Schallschutzwand von den Kindern trennen können, aber es hätte alles nichts genützt.« Charlotte bearbeitete die Tischdecke genauso intensiv wie ich ein paar Tage

201

zuvor. Wenn das so weiterging, konnte Hanni sie bald für immer ausmustern. Die Linien, die sich inzwischen über das Tischtuch zogen, zeichneten die Spuren von Charlottes Enttäuschung nach.

»Er ist wirklich ein hervorragender und sehr liebevoller Vater«, versuchte sie Johannes vor sich selbst und vor mir zu verteidigen, »aber er ist beileibe kein guter Ehemann. Jedenfalls keiner, wie ich ihn mir vorstelle.« Sie sah mich an. »Versteh mich nicht falsch, ich will damit nichts, was ich getan habe, rechtfertigen. Es gäbe sicher unendlich viele Frauen, die das Leben an Johannes' Seite freudig akzeptiert hätten, ohne nur ein einziges Mal zu murren. Doch ich konnte es nicht ... es reichte mir nicht. Wenn du den ganzen Tag nichts anderes machst, als Windeln wechseln, Bauklötze zusammensuchen, kochen, Schulaufgaben beaufsichtigen, Streit schlichten, aufgeschundene Knie verarzten und Taxi spielen, dann sehnst du dich irgendwann an diesem Tag auch einmal nach einem gleichberechtigten Erwachsenen. Wenn der dann aber nichts Besseres zu tun hat, als dich auf ein Podest zu stellen, auf dem in Großbuchstaben MUTTER steht, dann bist du verloren.«

Der Wind hatte keinen Deut nachgelassen, er fegte unvermindert ums Haus und ließ die Fensterläden in den Angeln quietschen. Aus der Küche hörten wir Hanni mit ihren Töpfen hantieren.

»Und dann hast du Eric wiedergetroffen?« fragte ich neugierig.

»Wiedergetroffen ist nicht ganz der richtige Ausdruck.« Charlotte lächelte bei der Erinnerung daran. »Ich habe ihn gewissermaßen ausfindig gemacht. Wir hatten uns aus den

202

Augen verloren, und ich habe über Bekannte seine Adresse herausbekommen. Wie das Leben so spielt – er war von Rom aus nach München zurückgegangen und arbeitete dort wieder als freier Fotojournalist.« Während Charlotte über Eric erzählte, hatte ihr Gesicht Farbe bekommen, sie blühte geradezu auf.

»Hast du ihn angerufen?« Nachdem ich Simone aus dieser Geschichte heraushielt, konnte ich Charlottes Gefühle nachempfinden, ohne sie zu verurteilen und ohne mich als Ehefrau von ihr als Geliebte betrogen zu fühlen.

»Ich habe ihm eine Postkarte geschickt und nur daraufgeschrieben: ›Aller guten Dinge sind drei, Charlotte.‹ Ich habe ein bißchen mein Schicksal herausgefordert. Ich dachte, wenn er mich findet, dann soll es so sein.« Sie lachte über sich. »Das war meine Art, mich vor mir selbst zu rechtfertigen.«

»Und wie hat er dich gefunden?«

»Er hat meine Mutter angerufen und sie nach meiner Adresse gefragt. Zwei Wochen später bekam ich eine Postkarte, auf der stand: ›Wann und wo? E.‹«

»Was hättest du gemacht, wenn Johannes die Karte zufällig aus dem Briefkasten geholt hätte?« Dann hätte er wahrscheinlich keinen Moment länger so arglos an seine Madonna geglaubt.

»Oh, er hat sie aus dem Briefkasten geholt. Ich war gerade mit den Kindern und meiner Mutter für ein paar Tage nach Holland gefahren. Er hat sich sogar über die Karte gewundert und mich gefragt, wer mir in so einem Telegrammstil schreibe.« Charlotte amüsierte sich darüber. »Ich habe ihm von Erika, meiner ehemaligen Klassenkameradin, erzählt, die

203

wissen wolle, wann und wo unser nächstes Klassentreffen in München stattfinden werde.«

»Charlotte, weißt du, was ich an dir faszinierend finde? Daß du einerseits so unverblümt ehrlich sein kannst, andererseits aber zu lügen vermagst, daß sich die Balken biegen.«

»Und das ohne rot zu werden.« Sie hatte spitzbübisch ihren Zeigefinger gehoben, wurde aber gleich darauf wieder ernst. »Hätte ich ihm etwa erzählen sollen, daß mein zukünftiger Liebhaber mit dieser Karte zum Vorspiel ansetzte? Du hast selbst einmal gesagt, daß es Grenzen gibt. Wozu sollte ich ihn unnötig verletzen?«

Ja, wozu? Es klang so bestechend logisch und einleuchtend, was Charlotte sagte, und trotzdem blieb dabei so viel auf der Strecke. Ich wußte aus eigener Erfahrung, daß elementare Heimlichkeiten langsam und stetig die Grundfeste einer Beziehung zermalmten. Was ich mir lange nicht hatte eingestehen können, wurde mir durch Charlottes Geschichte mehr als bewußt. Die Bilder meiner Alpträume liefen wieder an meinem inneren Auge vorbei, und ich erkannte, daß sie mich so lange verfolgen würden, bis ich mich ihnen stellte. Aber dieser Moment war noch nicht gekommen.

Charlotte hatte bemerkt, daß meine Gedanken mich entführt hatten. »He, bist du noch da?« Sie wedelte mir mit ihrer Hand vor den Augen herum.

»Entschuldige«, sagte ich.

»Hast du wieder an Simone gedacht?« fragte sie. Ich merkte, daß sie auf der Hut war, damit wir nicht erneut wie die Kampfhennen aneinandergerieten.

»Nein«, beruhigte ich sie. »Ich habe gerade an *meine* Lügen gedacht.« Ich hatte mich an meine Wahrheit noch nie so weit herangewagt.

»Sieh an, sieh an.« Charlotte stützte ihren Kopf in die Hände und blickte mich gespannt an.

Aber ich schüttelte den meinen und gab ihr damit zu verstehen, daß sie den Vortritt habe.

»Erzähl mir, wie es weiterging«, sagte ich.

»Schnell, es ging sehr schnell weiter. Es war, als hätte nicht nur ich auf diesen Moment gewartet, sondern auch Eric. Ich rief ihn in seinem Büro an und verabredete mich mit ihm in München. Johannes erzählte ich, daß ich Sehnsucht nach meiner Mutter hätte.«

»Nachdem du gerade mit ihr in Holland warst?« fragte ich ungläubig und dachte, so blöd könne doch wirklich niemand sein. Womit ich nicht Charlotte meinte, die ihrem Mann einen solchen Bären aufgebunden hatte, sondern Johannes, der sich damit hatte abspeisen lassen.

»Mütter sind Johannes heilig, das schließt auch meine Mutter ein. Er freut sich, wenn seine Kinder ein innig verbundenes Familienleben vorgelebt bekommen.«

»Hast du denn deine Kinder nach München mitgenommen?«

»Ja, ich habe sie bei meinen Eltern gelassen und Eric in der Stadt getroffen. Es war …« Charlotte fehlten die Worte, sie breitete ihre Arme in einem Gefühl völliger Machtlosigkeit aus. »Es war, als hätte es die Zeit dazwischen auch diesmal nicht gegeben. Wir waren uns so vertraut.«

Für einen Augenblick hatte die Erinnerung sie aus der Wirklichkeit entführt. Das Leuchten in ihren Augen sprach Bände. Dann kam sie zurück, und ich sah diese unendliche

Traurigkeit wieder von ihr Besitz ergreifen. Charlotte versuchte sie zu überspielen.

»Eric hat mir sofort gesagt, daß er verheiratet ist und auch nicht möchte, daß seine Frau etwas von uns erfährt.« Charlotte schwieg und starrte aus dem Fenster. »Sie hatten wohl eine gute Ehe, nehme ich an.« Sie schlang die Arme um ihren Körper, als würde sie frieren.

»Charlotte, weißt du, was mich wirklich einmal interessieren würde?«

Sie sah mich fragend an, lächelte dann und stellte die Frage, die für uns beide auf der Hand lag. »Was überhaupt eine gute Ehe ist?« Sie dachte kurz nach und gab mir auch gleich die Antwort. »In Erics Fall eine Beziehung, die von Liebe, Respekt und Erotik getragen wird, in der sich das Vertrauen jedoch nicht immer hundertprozentig bewahren läßt …«

»Aber …« versuchte ich sie zu unterbrechen.

»Ich weiß, was du sagen willst. Ohne Vertrauen fehlt eine entscheidende Säule, oder wenn du es mit Hannis Rührteig vergleichst, eine Zutat. Aber vielleicht sehen wir das alle zu radikal. Wir sehen nur etwas, das vollkommen fehlt, nicht etwa einen Riß in der Säule oder hundert Gramm weniger Mehl. Damit ist das Ganze dann zwar nicht perfekt, aber trotzdem tragend oder auch schmackhaft.«

»Charlotte, ich bitte dich!« Das ging mir jetzt doch zu weit.

»Nein.« Sie ließ sich durch meinen vorwurfsvollen Ton nicht irritieren. »Vergiß doch für einen Moment mal deine Rolle als betrogene Ehefrau, und sei einfach nur ein verständnisvoller Mensch.«

»Ich habe dir schon einmal gesagt, daß du die Dinge zurechtrückst, wie es dir paßt«, widersetzte ich mich ihrem Versuch, in mir eine verständnisvolle Verbündete zu finden. »So kannst du schließlich alles entschuldigen.« Meine Wut auf Carl und Simone hatte sich aus der Ecke, in die ich sie erfolgreich verbannt hatte, zurückgemeldet.

»Aber darum geht es doch gar nicht«, sagte Charlotte aufgebracht. »Du sollst es nicht entschuldigen, du sollst es *verstehen*! Eric hat seine Frau geliebt, er hat sie respektiert, und er fand sie durchaus erotisch, daraus hat er nie einen Hehl gemacht, aber er hat sich *trotzdem* mit mir getroffen. Es gibt nicht nur dieses Entweder-Oder der absoluten Monogamie oder, wie in deinem Fall, das Ende der einen und den Beginn einer neuen Beziehung. Es gibt auch manchmal ein Und.«

»Wunderbar, bravo«, sagte ich sarkastisch und klatschte beifällig in die Hände. »Was bleibt denn bei diesem Und, wie du es nennst? Doch nur ein schaler Nachgeschmack, wenn du es erfährst, und eine Lebenslüge, wenn nicht.«

»Zugegeben, wenn du es erfährst, ist es immer schlimm. Ich kann mir niemanden vorstellen, der sich darüber freuen würde, betrogen worden zu sein. Was ich nur nicht akzeptieren kann, ist, daß mit einer Lüge oder mit einem Betrug – nenn es, wie du willst – immer gleich alles andere auch den Bach hinuntergeht. Wenn du entdeckst, daß dein Mann oder deine Frau gelogen hat, ist es wie ein Virus, der sich durch alles andere hindurchfrißt und jede Wahrheit mit einem Zweifel infiziert. Umgekehrt geschieht das nie, oder glaubst du, wenn ein Lügner einmal die Wahrheit spricht, dann stellt sein Gegenüber von da an alle früheren Lügen in Frage? Ganz bestimmt nicht. Eher wird noch diese einmalige Wahrheit angezweifelt«, sagte Charlotte erschöpft. »Ich will hier wirklich nicht allen Ehebrechern die Absolution erteilen, ich will nur das, was daraus entsteht, ein wenig relativieren. Erics Frau hat nie von unserem Verhältnis erfahren. Er hat ihr nicht weh getan.«

»Fein, er hat ihr nicht weh getan«, sagte ich ironisch, »er hat sie nur nach Strich und Faden betrogen und in egoistischer Manier keines seiner Bedürfnisse unterdrückt. Darüber hinaus steht sie jetzt an einem Grab, in dem nur noch die Hälfte von ihm liegt.«

Charlotte ließ sich durch meinen Hinweis auf den Verbleib der anderen Hälfte nicht provozieren. Ihre Stimme war leise und schneidend geworden, und ich spürte, daß wir uns wieder gefährlichem Terrain näherten.

»Nina, ich frage mich, welche Bedürfnisse du über Jahre hinweg unterdrückt hast. Oder warum wirst du jedesmal so wütend, wenn du hörst, daß ein anderer sich über vermeintliche Schranken einfach hinweggesetzt hat?« Sie sah mich herausfordernd an. »Ist es, weil Simone jetzt das Kind bekommt, das du dir von Carl hast ausreden lassen?«

»Ja«, schrie ich sie an, »ich habe mich schließlich an die Abmachungen gehalten, auch wenn es mir schwerfiel.«

Hanni hatte vor Schreck den Kopf aus der Küche gesteckt und uns eben diesen schüttelnd angesehen. Ich fing an zu schluchzen und konnte kaum weitersprechen.

»Das war *dein* Weg, Nina.« Charlotte sprach ganz sanft und versuchte mich zu beruhigen. »Aber du mußt doch einsehen, daß nicht jeder diesen Weg wählt. Mag sein, daß es egoistisch ist, aber manche Menschen entscheiden sich gegen den Verzicht, und zwar mit allen Konsequenzen. Sie setzen sich respektlos über die Grenzen und Zäune, die sie umgeben, hinweg – für das, was ihnen fehlt, wonach sie sich sehnen.«

»Es gibt nichts auf der Welt, das ich so sehr bereue.« Die Tränen liefen mir übers Gesicht, und ich sah Charlotte verzweifelt an.

Sie streichelte meine Hände. »Ich weiß, und das tut mir sehr leid für dich.«

»Entschuldige, daß ich schon wieder so ausgerastet bin. Ich wünschte mir, ich könnte nur ein einziges Mal über dieses Thema reden, ohne mich gleich angesprochen und betroffen zu fühlen.«

»Es ist ja schon besser geworden«, sagte Charlotte schmunzelnd, »du hast es heute fast eine halbe Stunde lang geschafft. Fortschritt nennt man das.«

Ich mußte lächeln und war ihr dankbar, daß sie sich durch mich nicht wieder hatte auf der Anklagebank festnageln lassen.

»Hast du denn bei Eric das gefunden, wonach du dich gesehnt hast?« versuchte ich den Faden wieder aufzunehmen.

»Ja, das habe ich«, sagte sie offen. »Wir haben uns von diesem Tag in München an drei-, viermal im Jahr eine Woche bei Klara getroffen. Ich hatte ihr geschrieben und sie gefragt, ob sie sich damit arrangieren könne. Sie antwortete mir, daß wir jederzeit willkommen seien. Sie hat mich nie etwas gefragt oder mir Vorhaltungen gemacht. Sie hat uns empfangen, als wäre es das normalste von der Welt. Johannes habe ich erklärt, daß sich jede Mutter ein paar Wochen im Jahr erholen müsse – von allem. Das erschien ihm einleuchtend.«

Charlotte hatte ganz unbefangen weitererzählt, und ich war froh, daß sie mir meinen erneuten Ausbruch nicht übelnahm.

»Was hat eigentlich Eric vermißt?« überlegte ich laut.

»Ich weiß es nicht, ich habe ihn nie gefragt. Er war da, das war die Hauptsache.«

»Sag mal, Charlotte, hast du zufällig ein Foto von ihm hier? Ich möchte so gerne wissen, wie er aussah. Immer wenn wir über Eric sprechen, sehe ich nur die Urne vor mir, und ich denke, es wird Zeit, daß er ein Gesicht bekommt.«

»Natürlich.« Sie sprang auf, rannte die Treppe hoch und war kurz darauf mit einem dicken weißen Umschlag wieder da. Sie hatte, wie ich annahm, seine Briefe darin gesammelt, zog jedoch auch ein paar Fotos daraus hervor.

Ich erkannte eine Menge Plätze auf dieser Insel und den umliegenden Halligen, die wir inzwischen gemeinsam besucht hatten. Meistens war Eric alleine auf den Fotos, in der Umgebung von Klaras Haus war jedoch auch Charlotte oft neben ihm zu sehen. Entweder habe dann Hanni oder auch Klara auf den Auslöser gedrückt, erklärte sie mir. Eric war alles andere als der große Bär, als den ich Johannes sah. Er wirkte nicht größer als einsachtzig, war ganz schlank, fast asketisch, und hatte scharf geschnittene Züge. Er hatte einen spöttischen Mund und unglaublich lebendige Augen. Ich hatte mir einen erotischen Ladykiller vorgestellt, war jedoch nicht vorbereitet auf diesen eher intellektuell anmutenden Mittvierziger. Besonders auffallend fand ich Charlotte auf den Fotos. Es war, als würde eine andere Frau in die Kamera blicken, sie hatte etwas Strahlendes, in sich Ruhendes, als wäre sie an einem Ziel angekommen – an *ihrem* Ziel.

15 *Das für diese Jahreszeit untypische Sturmtief sollte* noch das ganze Wochenende über uns toben. Wind und Regen verwandelten jeden Aufenthalt vor der Tür in eine kalte Dusche. Hanni hatte ihr Fahrrad am Samstag abend in der Garage gelassen und sich zu Fuß auf den Weg gemacht. Johann Matthiessen würde sie am Montag morgen herfahren. Unseren Vorschlag, das Wochenende mit uns in Klaras Haus zu verbringen, lehnte sie vehement ab. Jeder brauche schließlich einmal seine Ruhe, sagte sie, und mit uns Hitzköpfen sei daran kaum zu denken. Wir sahen sie betreten an und gelobten Besserung, wovon Hanni jedoch nicht zu überzeugen war. Sie wolle ihren freien Tag genießen – ohne uns –, und damit basta!

Charlotte und ich verbrachten den Abend entgegen unseren bisherigen Gewohnheiten gemeinsam. Wir hatten es uns in Klaras Arbeitszimmer gemütlich gemacht und sahen uns alte Fotos von Klara und ihrer Schwester an. Ich war immer wieder aufs neue überrascht, wie hübsch Klara einmal gewesen war und wie sehr ich mich in ihr geirrt hatte. Ich war so voll von Klischees und festgefügten Vorstellungen gewesen, daß ich Klara in ein vorgefertigtes Bild gepreßt hatte, ohne ein einziges Mal darüber nachzudenken, ob es auch nur annähernd zu ihr paßte. Zwischen den Fotos, die Charlotte mir zeigte, entdeckte ich auch eines von einem älteren Ehepaar.

»Sind das die Eltern der beiden?« fragte ich erstaunt.

»Ja, ich habe mich auch gewundert, daß sie das Foto aufbewahrt hat, aber Klara sagte mir einmal, daß sie nichts ungeschehen machen könne, indem sie Fotos oder Briefe zerreiße. Sie seien nun einmal ihre Eltern gewesen, auch wenn sie sich sehnlich gewünscht hätte, daß sie anderen Geistes gewesen wären. Aber man müsse sich den Dingen stellen, nicht sie in die hinterste Ecke verbannen oder gar die Erinnerung auslöschen.«

»Ich wünschte, ich wäre so klug wie Klara«, sagte ich verdrossen.

Charlotte holte mich auf den Boden der Tatsachen zurück. »Möglicherweise gibt es aber die Erkenntnis nicht ohne den Prozeß, der zu dieser Erkenntnis führt, und der ist nicht immer angenehm, in Klaras Fall schon gar nicht.«

Ich bewunderte Klaras Kraft, die sie hatte durchhalten lassen, als sie vollkommen alleine dastand, und die Güte, die sie trotz ihrer Erfahrungen an andere hatte denken lassen. Durch ihre Fürsorge und Weitsicht hatte sie diesen Ort hinterlassen, der nicht nur für Charlotte und mich mehr und mehr seinen heilsamen Charakter entfaltete, sondern dies auch für andere nach uns tun würde.

Als ich an diesem Abend im Bett lag, dachte ich über meine Ehe mit Carl nach. Sie hatte so vielversprechend begonnen. Vielleicht nicht unbedingt in den Augen meines Vaters, der aus seiner eigenen Erfahrung heraus an meiner Stelle zurückhaltender, geduldiger gewesen wäre – aber für mich war es das richtige gewesen, war Carl der Richtige gewesen. Was hatte ihn zu Simone getrieben? Ich wußte, daß er mich einmal geliebt hatte. Auch wenn ich zwischenzeitlich selbst *daran* gezweifelt hatte, so stand doch fest, daß es einmal so gewesen war. Wann hat es den Bruch gegeben?

Ich war über dieser Frage eingeschlafen. Nachdem mich meine Alpträume für eine Weile in Ruhe gelassen hatten, kehrten sie in dieser Nacht zurück. Ich stand in einem

Säuglingszimmer und suchte nach meinem Baby. Ich wußte, es war da, ich fand es nur nicht. Eine Säuglingsschwester kam mit einem Baby herein und sagte, es sei meines. Ich nahm es glücklich in die Arme, betrachtete das zarte Gesicht, schob meinen Zeigefinger in die kleine geballte Faust und erzählte ihm, wie glücklich ich sei, daß ich es nun doch gefunden habe, ich würde es nie wieder hergeben. Plötzlich kam die Säuglingsschwester zurück und sagte, sie habe sich geirrt, ich hätte das Baby abgegeben, es gehöre jetzt einer anderen Mutter. Ich hielt es an mich gepreßt, aber sie wand es mir aus den Armen. »Sie haben unterschrieben«, sagte sie, »das läßt sich nicht mehr rückgängig machen.« – »Ich habe mich geirrt«, schrie ich, »ich will es nicht hergeben, bitte.« Ich flehte sie an, mir zuzuhören, mich zu verstehen. »Zu spät«, sagte sie, »zu spät.«

»Nein«, schrie ich, als ich längst wach war, »nein!« Ich schaltete die kleine Lampe auf meinem Nachttisch ein und versuchte die Geister dieses Traums abzuschütteln, was mir jedoch nicht gelang. Ich strich mir die Haare aus dem Gesicht, die sich dort mit Tränen und Schweiß vermischt hatten.

»Du hast wieder geschrien.« Charlotte stand vollkommen verschlafen in der Tür.

»Entschuldige, daß ich dich geweckt habe.«

»Schon gut. Ich habe hier schon fast Entzugserscheinungen bekommen. Zu Hause ist immer mal eines der Kinder nachts wach. Bei ihnen hilft es übrigens, wenn sie den Traum erzählen, dann befreie ich ihn von allen bösen Geistern, und sie schlafen selig weiter.« Sie setzte sich auf meine Bettkante und sah mich erwartungsvoll an. »Nun erzähl schon«, forderte sie mich auf, als ich abwehrend den Kopf schüttelte.

»Gegen diese Geister kannst du nichts ausrichten, Charlotte«, sagte ich traurig.

»Lassen wir es darauf ankommen. Los jetzt, das ist nicht der erste Traum, der dich hier plagt. Und ich weiß aus eigener Erfahrung, welche Macht sie entfalten können.« Sie hatte sich im Schneidersitz auf meinem Bett niedergelassen und sah nicht danach aus, als würde sie gehen, bevor ich den Mund aufmachte.

»Es ist ...« Ich wußte nicht, wie ich anfangen sollte.

»... ein Alptraum«, vollendete Charlotte meinen Satz. »Das höre ich. In glücklichen Träumen schreit man anders, wenn überhaupt. Worum geht's in diesem Traum?«

Ich erzählte ihr diesen und alle anderen, die mir seit Carls Eröffnung unzählige Nächte und die Stunden danach zur Hölle gemacht hatten. Ich ließ keinen aus.

»Es ist doch ganz verständlich, daß du solchen Mist träumst. Wenn eine andere das bekommt, was du dir sehnlichst gewünscht hast, dann mußt du das erst einmal verdauen. Wobei das in deinem Fall schon starker Tobak ist, das gebe ich zu.« Charlotte sah mich voller Mitgefühl an. »Aber es ist ein *Traum*«, fuhr sie fort, »vergiß das nicht. Du siehst halt immer wieder das Kind, nach dem du dich gesehnt hast. Deine Träume zeigen dir aber auch, daß du es in der Hand hattest, auf die eine oder andere Art bist du an dem Ergebnis immer beteiligt. Du hast die Grenzen, die Carl dir gesetzt hat, akzeptiert. Der Schlüssel liegt bei *dir*, das zeigt der eine Traum ganz deutlich.«

»Ja«, dachte ich laut, »der Schlüssel liegt bei mir.«

»He«, sagte Charlotte, »ich habe das nicht als Vorwurf gemeint.«

»Ich weiß«, beruhigte ich sie, »so habe ich es auch nicht verstanden. Es ist nur nicht leicht, das so deutlich vor Augen geführt zu bekommen.«

»Nina, es ist nur ein Traum, denk daran, besonders wenn du dieses Baby im Arm spürst. Es hätte so sein können, ja, aber es ist nicht so. Du mußt versuchen, dich damit abzufinden, sonst wirst du nie zur Ruhe kommen. So grausam das für dich ist, aber du solltest kein Kind haben, warum auch immer.«

»Weil ich es verhindert habe, deshalb«, sagte ich bitter.

»Ich weiß nicht, ob es richtig ist, sich Vorwürfe darüber zu machen, daß man die Wünsche eines anderen respektiert hat. Gut, es mag sehr einseitig gewesen sein, da deine Wünsche dabei zu kurz gekommen sind, aber auch das war deine Entscheidung, so hart das klingt. Im Ergebnis hast du es vermieden, schwanger zu werden, und …«

»Das ist nicht richtig«, unterbrach ich sie leise. »Ich habe es nicht ganz vermieden.«

»Was?« Charlotte sah mich verständnislos an.

»Ich war einmal schwanger.« Ich schluckte, weil mir ein Kloß fast den Hals zuschnürte.

»Ja und? Was ist passiert?« Charlotte war plötzlich hellwach. »Hattest du eine Fehlgeburt?«

»Nein, so kann man es nicht nennen.« Ich sprach ganz langsam, weil es mir unsagbar schwerfiel. Aber wenn ich mich den Tatsachen jetzt nicht stellte, würde ich es nie mehr tun. »Ich habe es abtreiben lassen.«

»Wann?« fragte Charlotte wachsam.

215

Ich wünschte, ich hätte mit sechzehn sagen und mich damit einer reifen Verantwortung entziehen können, aber so war es nicht.

»Vor viereinhalb Jahren«, sagte ich erschöpft und gleichzeitig froh, daß es endlich heraus war.

»Wie furchtbar.« Charlotte sah mich erschrocken an. »Was hat es denn gehabt?«

Ich wußte erst nicht, was sie meinte, doch dann begriff ich, daß sie annahm, das Baby in meinem Bauch sei krank gewesen und ich hätte es deshalb abgetrieben.

»Nichts, es hat nichts gehabt, Charlotte, ich habe es abtreiben lassen, da ich dachte, ich würde sonst meine Ehe aufs Spiel setzen.«

»Das glaube ich dir nicht, das ist doch völlig verrückt!« sagte sie spontan, mich anstarrend. Sie war ein Stück von mir abgerückt, als ließe sich die Wahrheit aus der Entfernung besser beurteilen.

»Das sehe ich heute auch so, es war verrückt. Ich gehe bei dem Gedanken daran fast zugrunde, und ich kann meine Entscheidung von damals heute nicht mehr verstehen. Als ich Carl zum letztenmal gesehen habe«, schluchzte ich, »habe ich ihn gefragt, was gewesen wäre, wenn *ich* irgendwann schwanger geworden wäre. Und weißt du, was er gesagt hat?«

Charlotte sah mich ruhig an, als ahnte sie die Antwort bereits.

»Er sagte: ›Dann hätten wir jetzt ein Kind, was unsere gegenwärtige Situation nicht gerade vereinfachen würde. Ein Kind hat noch keine Ehe retten können.‹« Ich hörte seine Stimme, als stünde er neben mir und würde mir die Worte noch einmal in den Kopf hämmern, wo sie sich bereits unauslöschbar eingegraben hatten.

»Warum denn nur, Nina, warum? Ich verstehe das nicht«, fragte sie irritiert.

»Ja, warum?« Ich zitterte am ganzen Körper. »Er hat mir einmal erzählt, daß er sich von seiner früheren Freundin, meiner Vorgängerin, getrennt habe, weil sie unbedingt Kinder wollte und er nicht. Ich hatte einfach Angst, ihn zu verlieren.« Ich sah Charlotte flehend an. »Kannst du das nicht verstehen?«

»Ich weiß es nicht, Nina, ich versuche es.« Ich merkte, daß sie sich Mühe gab, aber trotzdem ihre Zweifel nicht ganz verbergen konnte. »Es erscheint mir nur so unsinnig, daß du genau das zerstört hast, das du dir mehr als alles andere gewünscht hast. Das will mir nicht in den Kopf.«

»Ich habe mir ein Kind gewünscht«, schluchzte ich, »aber ich wollte auch Carl. Er hat mir vor unserer Ehe klipp und klar gesagt, daß Kinder für ihn nicht in Frage kämen. Ich solle mir genau überlegen, ob ich mich damit abfinden könne, sonst habe es keinen Sinn, und unsere Ehe sei von Anfang an zum Scheitern verurteilt.« Ich dachte nach, um Charlotte alles so genau wie möglich zu beschreiben und nichts auszulassen. »Damals war mein Kinderwunsch eher diffus. Ich war mit zwei Schwestern aufgewachsen, für mich gehörten Kinder in eine Familie. Dieses Modell hatte ich nie angezweifelt. Carls Vorstellungen waren ganz anders als meine, aber es erschien mir irgendwie plausibel, was er sagte. Daß wir sehr viel unabhängiger sein würden als andere, daß uns die Welt offenstünde und unsere Träume nicht im Kinderalltag ersticken würden. Daß wir eine Ehe haben würden, die nicht durch die unweigerliche Konzentration auf die Kinder ins Hintertreffen geriete.« Ich zog unsicher und wie zur Entschuldigung meine Schultern hoch. »Ich kann es heute nicht mehr nachvollziehen, aber damals wollte ich nur Carl, und das um jeden Preis. Ich dachte, ich würde mich an den Gedanken gewöhnen, ohne Kinder zu leben. Aber genau das Gegenteil war der Fall, mein Wunsch nach einem Kind wurde immer klarer und intensiver.«

»Und was hat Carl dazu gesagt?« fragte Charlotte gereizt.

»Ich habe nicht mit ihm darüber gesprochen«, antwortete ich leise.

»Was?« Ich glaube, an diesem Punkt zweifelte Charlotte endgültig an meiner Zurechnungsfähigkeit.

»Ich habe nicht mit ihm darüber gesprochen«, wiederholte ich meinen Satz langsam, indem ich jedes Wort betonte. »Er hatte mir seine Meinung zu diesem Thema mehr als deutlich gesagt, ich war mir so sicher, daß sich daran nichts geändert hatte.« Mein Hals war zugeschnürt, die Verzweiflung über meinen schrecklichen Irrtum fand kein Ventil.

»Aber du hast doch deine Meinung auch geändert. Erst dachtest du, du würdest dich arrangieren können, und dann hast du gemerkt, daß es nicht geht. Hast du etwa gedacht, daß du der einzige Mensch bist, dem so etwas passiert?« Charlotte konnte immer noch nicht glauben, was ich ihr erzählte.

»Ja«, schluchzte ich, »verdammt noch mal, ja. Und das macht mich krank. Ich sehe immer vor mir, was hätte sein können, und was ja auch sein wird, nur nicht mit mir.« Mein ganzer Körper krampfte sich zusammen, es schmerzte alles so sehr, als wäre jeder einzelne Nerv unter Strom gesetzt. Ich

hatte etwas vollkommen Unverständliches, Unwiederbringliches getan, ich hatte den Schlüssel in der Hand gehalten,
der mir die Tür in eine andere Zukunft hätte öffnen können,
und ich hatte ihn weggeworfen.

»Und Carl hat nie etwas davon erfahren?« fragte sie erstaunt.
»Hast du ihm auch dann nichts davon gesagt, als er sich von
dir getrennt hat?«

»Nein, wozu? Da war es ja sowieso zu spät. Und nach der
Abtreibung war ich wie gelähmt. Die ersten Wochen danach
habe ich jeden Gedanken daran verdrängt. Es hat mich fast
wahnsinnig gemacht.«

»O Nina.« Charlotte nahm mich in den Arm, und ich legte
meinen Kopf auf ihre Schulter. Ich war völlig erschöpft. »Das
ist so ziemlich das Schrecklichste, was ich seit langem gehört
habe.«

Ich nickte. »Es war auch das Schrecklichste, was mir in
meinem Leben passiert ist.«

»Wie hast du denn überhaupt einen Arzt gefunden, der der
Abtreibung eines gesunden Kindes bei einer ebenfalls gesunden, sozial abgesicherten Frau zugestimmt hat?«

Die Frage ist berechtigt, dachte ich traurig. »Das habe ich
hier erst gar nicht versucht, ich bin gleich nach Holland
gefahren. Carl habe ich gesagt, daß ich eine Woche ans Meer
wolle.« Ich sah noch immer diesen blendendweißen Raum
vor mir, in dem ich mein Kind hergegeben hatte.

»Erzähl's mir«, forderte Charlotte mich behutsam auf.

»Es gibt nicht viel zu erzählen, es ging alles ganz schnell«,
stammelte ich. »Du kommst in diesen Raum, legst dich auf
den Stuhl und erhältst eine lokale Betäubung. Das Schlimme
ist«, ich mußte schlucken, um weitersprechen zu können,

»das Schlimme ist, du denkst, die Uhr müsse stillstehen oder der Boden unter deinen Füßen müsse anfangen zu zittern. Du erwartest, in den Gesichtern des Arztes und der Schwestern die Tragik dieses Augenblicks zu entdecken, aber so ist es nicht. Sie sind ganz normal, sie machen ihren Job. Nur für dich bleibt die Zeit stehen, jedes Klirren eines Instruments gräbt sich in dein Herz, jedes noch so kleine Geräusch, das beim Absaugen entsteht. Ich höre es heute noch und könnte jedesmal schreien. Danach kommst du in einen Ruheraum, wo noch andere Frauen liegen, manche von ihnen sind ganz gefaßt und tapfer, manche heulen sich wie ich die Seele aus dem Leib. Hinterher bin ich in mein Hotel gefahren und habe stundenlang geschlafen. Als ich aufwachte, hat mich dieses Gefühl einer unerträglichen Leere erfaßt und für Tage, Wochen und Monate nicht mehr losgelassen. Körperlich spürst du ziemlich schnell nichts mehr davon. Es ist, als wäre nie etwas in dir gewachsen, als wäre es nur ein kurzer Traum gewesen. Aber du vergißt nicht, es läßt dich nicht los.« Ich schwieg einen Moment. »Ich habe mein Kind abgetrieben, unnötig und grundlos.«

Meine Tränen hatten inzwischen auch Charlottes Nachthemd völlig durchweicht. Ich spürte ihren Arm um meine Schulter und ihre Hand, die sanft und beruhigend über meinen Arm strich. Ich weiß nicht, wie lange wir so dasaßen, ohne daß eine von uns beiden ein Wort sagte. Was gab es auch zu sagen?

»Es tut mir so entsetzlich leid für dich, Nina.« Charlotte wirkte sehr betroffen, und ich war ihr dankbar, daß sie mich nicht mit Vorwürfen bombardierte oder mit Sätzen wie: Hättest du doch nur … Dazu brauchte ich niemanden, diese

220

Sätze waren in meinem Kopf bis zur Perfektion herangereift. Hätte ich nur mit Carl geredet, hätte ich ihm von dem Kind erzählt, hätte ich … hätte ich. Aber ich hatte nicht, und daran ließ sich nun nichts mehr ändern.

»Danke, daß du mir zugehört hast.« Ich setzte mich auf und sah sie an. »Es macht es zwar nicht leichter, aber …« Ich konnte nicht weiterreden.

»Schon gut, Nina, es ist okay, ich weiß, was du meinst.« Sie strich mir die Haare aus dem Gesicht. »Und ich kann mir vorstellen, wie weh es tut. Ich wünschte, ich könnte dich trösten, aber das ist eine Illusion«, sagte sie traurig. »Du mußt versuchen damit zurechtzukommen. Ich weiß nicht, wie, ich weiß nur, daß du aufhören mußt, dir selbst Vorwürfe zu machen.«

»Es ist so paradox. Ich habe jahrelang die Pille genommen, dann vertrug ich sie plötzlich nicht mehr. Ich wollte mir eine Spirale einsetzen lassen, dachte aber, daß es nicht so eilt, da ich die Pille so lange genommen habe, daß sie mindestens ein paar Wochen nachwirken würde. Den Augenblick, als der Schwangerschaftstest positiv zeigte, werde ich nie vergessen, dieses Glücksgefühl, das meinen Körper wie eine Hitzewelle durchströmte. Doch dann kam die Angst. Ich habe tagelang nachgedacht, was ich tun sollte, was ich tun könnte. Und ich bin leider nur zu dem Ergebnis gekommen, daß Carl das Baby nicht würde haben wollen. Ich habe nicht darüber hinaus denken können.« Diese Selbstvorwürfe quälten mich unaufhörlich. »Ich habe mir noch nicht einmal vorgestellt, wie es wäre, dieses Kind allein großzuziehen. Schließlich wäre ich nicht die erste alleinerziehende Mutter. Ich dachte nur daran, Carl zu verlieren, und das erschien mir als das größte Unglück, das mir im Leben widerfahren könnte.« Ich schüttelte ungläubig den Kopf. »Aber das ist es nicht, Charlotte. Das schlimmste ist, daß ich mein Kind abgetrieben habe.«

»Und du hast angefangen, Carl deshalb zu hassen.« Es war keine Frage, die Charlotte mir da stellte, sie hatte für sich die fehlenden Bruchstücke meines Puzzles ergänzt.

»Ich … ja, das habe ich. Nur war es mir leider nicht bewußt. Es ist mir erst klargeworden, als ich in einem von Klaras Tagebüchern gelesen habe, daß mein Vater die haßerfüllten Blicke bemerkt hat, die ich Carl zugeworfen haben muß.« Ich ließ meinen Kopf in die Hände sinken und bedeckte mit den Fingern mein Gesicht. Aus der anfänglichen Dunkelheit meines inneren Auges schälten sich die Bilder heraus, die ich so lange verdrängt hatte.

»Ich habe damals nicht nur mein Baby getötet. Als ich aus Holland zurückkam, war ich innerlich betäubt und gelähmt. Es war, als ginge ich Tag für Tag durch einen Nebel, in dem es weder Freude noch Trauer gab. Ich funktionierte nur, und das bestimmt noch nicht einmal gut. Übriggeblieben von dieser Zeit sind fast ausschließlich Erinnerungen an diese Innenwelt, an diese gedämpfte Leere. An meine Außenwelt entsinne ich mich kaum. Ich weiß jetzt, daß ich damals sehr verändert zurückgekehrt sein muß, und ich erinnere mich schwach, daß Carl versucht hat, an mich heranzukommen, aber ich habe ihn ausgesperrt. In meinen Augen trug er die Schuld an dem, was mir passiert war. *Er* hatte das Baby nicht gewollt, *er* hatte mich dazu gezwungen. So habe ich mich mehr und mehr von ihm zurückgezogen, er mußte schließlich bestraft werden.«

Es klang in meinen eigenen Ohren unsinnig, trotzdem hatte ich es getan und durchgehalten – viereinhalb Jahre lang. Ich hatte als seine Ehefrau weiter funktioniert, hatte unseren Haushalt organisiert und meine Rolle perfektioniert. Alle guten und wunderbaren Emotionen, die ich Carl gegenüber einmal empfunden hatte, neutralisierte ich. Was blieb, waren die unausgesprochenen Vorwürfe und der hinter einem Lächeln verschleierte Haß.

Charlotte sah aus dem Fenster. Es war inzwischen hell geworden. Der Sturm fegte die Wolken unvermindert heftig über das Haus hinweg und übertönte die Kühe, die um diese Zeit mit ihrem lauten Muhen den Weg zum Melken ankündigten.

»Ach, Nina, alles, was es dazu zu sagen gibt, weißt du selbst.« Charlotte klang so ratlos, wie ich mich fühlte. »Es war der falsche Weg, und leider war es einer, den du nicht zu der Weggabelung zurückgehen kannst, um die richtige Richtung einzuschlagen. Es war eine Einbahnstraße, die du bis zum Ende durchgehen mußt. Das ist das Grausame daran. Ich würde dir so gerne sagen, daß sich die Dinge wieder einrenken, aber daran glaube ich nicht, jedenfalls nicht für die nächste Zukunft.«

Ich glaubte selbst nicht mehr daran. Anfangs, in den ersten Wochen auf Pellworm, war ich sicher gewesen, daß ich eine Lösung finden würde, daß ich eine finden mußte, aber das hatte sich als unmöglich herausgestellt. Es war zu viel zerstört, um noch einmal von vorne anzufangen. Meine viereinhalbjährige Strafaktion war weder an Carl noch an mir spurlos vorbeigegangen. Nur war er konsequenter gewesen als ich. Nicht unbedingt klarer, dachte ich, denn was *wirklich* mit uns geschehen war, konnte er nicht einmal ahnen. Er hatte auf mich reagiert, Zug um Zug. Je weiter ich von ihm zurückgewichen war, desto stärker hatte er sich von mir zurückgezogen. Er war nicht hinter mir hergekommen, sondern seinen eigenen Weg gegangen. Ich konnte vage nachvollziehen, warum er sich für Simone entschieden hatte und warum ich in diesem Vergleich hatte verlieren müssen. Ich wußte aber auch, daß er sich in dem, was er über mich gesagt hatte, geirrt hatte. Ich hatte in keiner Märchenwelt, in keinem verklärten Kinderglauben gelebt und angenommen, die Dinge würden sich schon von selbst regeln oder alles würde über Nacht wieder gut. Ich hatte einfach in einer ganz anderen Welt gelebt, in meiner abgeschlossenen, statischen Welt, in der ich Änderungen und Wendungen nicht für möglich gehalten hatte. Ich war fest davon überzeugt gewesen, daß Menschen sich nicht ändern, und hatte dabei übersehen, daß ihre Meinungen durchaus einem Wandel unterliegen können, daß sie sich entwickeln. Was für ein fataler Irrtum.

»Ich habe so viel verdrängt.«

Ich lächelte Charlotte traurig an und fühlte mich in ihrem Mitgefühl aufgehoben. Ich spürte, daß sie mich zu verstehen versuchte, und daß sie mich nicht einfach verurteilte. Ich war so verletzlich und noch so unsicher, daß rigorose Vorwürfe mich sofort in mein Schneckenhaus zurückverbannt hätten.

»Ich erinnere mich langsam«, fuhr ich fort, »daß es Zeiten gegeben hat, in denen ich mir nichts sehnlicher gewünscht habe, als daß Carl mich befreit, mich herauszerrt aus dieser Erstarrung. Ich habe es selbst nicht geschafft, ich wußte nicht, wie. Ich habe ihn gehaßt und mir gleichzeitig von ihm die Rettung erhofft.«

»Damit hast du sämtliche Verantwortung für dein Leben abgegeben«, resümierte Charlotte in einem Satz, was ich mir nach und nach selbst einzugestehen begann. »Er war verantwortlich für dein Unglück und dein Glück. Ich will Carl nicht verteidigen oder dir den Schwarzen Peter zuschieben«, sagte sie behutsam, »aber was du von einem anderen Menschen erwartest, kann er gar nicht erfüllen, und schon gar nicht, wenn er nichts davon weiß. Verstehe mich bitte nicht falsch, es geht nicht darum, ein Einzelkämpfer zu sein, sondern darum, sich nicht selbst zum wehrlosen Opfer zu machen. Denn genau das hast du getan. Du warst das Opfer von Carls Entscheidungen oder Unterlassungen, und ich bin mir sicher, daß er noch nicht einmal ahnt, daß du ihm die Rolle des Täters in diesem Stück zugedacht hast. Du hast die Rollen verteilt und dir selbst die Hände gebunden. Aber du bist nicht wehrlos, Nina, und du warst es nicht.« Charlotte sah mich eindringlich an. »Du hattest die Wahl.« Ich merkte, daß sie im Gebrauch ihrer Worte sehr vorsichtig war, um mich nicht zu sehr zu verletzen und trotzdem die Dinge beim Namen zu nennen.

»Ich weiß.« Mein Tränenstrom war versiegt, aber ich spürte die tiefe Verzweiflung, in die mich diese Erkenntnis stürzte, so intensiv, daß ich es kaum aushielt. »Ich weiß es *jetzt*, damals habe ich keine andere Möglichkeit gesehen. Nur schade, daß man nicht rechtzeitig klug wird.« Das Gefühl der Endgültigkeit lastete schwer auf mir und ließ mich nicht los. »Es ist alles so sinnlos geworden, das, was mir in meinem Leben wichtig war, habe ich verloren, es ist nichts übrig.

Wozu dann überhaupt die Erkenntnisse? Mir wäre es fast lieber, ich wäre in diesem Sumpf steckengeblieben.« Ich fühlte mich betrogen und haderte mit einem Schicksal, das mir so aussichtslose Wege vorzeichnete.

»Dieser Sumpf, wie du es nennst, ist meiner Meinung nach nichts anderes als lähmendes Selbstmitleid.« Charlotte hatte sich mir gegenübergesetzt und sah mich fest an. Ich hielt ihrem Blick stand und spürte das Aufbegehren, das sich in mir regte.

»Vielen Dank für deine Hilfe«, sagte ich unverhohlen sarkastisch. »Ich werde mich bei Gelegenheit revanchieren.«

»Mit klarem Liebesentzug oder – ganz in der alten Manier – mit lächelndem Rückzug, wie ein Aal, der nicht zu greifen ist?« Ihr Blick war ebenso provozierend wie ihre Worte.

»Raus!« schrie ich und zeigte mit meinem Finger zur Tür. Charlotte blieb jedoch ungerührt sitzen.

»Ich kann jetzt rausgehen«, sagte sie ruhig, »aber dann dauert es Stunden, bis wir uns wieder vertragen. Also regeln wir das lieber gleich.«

»Da gibt es nichts zu regeln«, fauchte ich sie an. »Ich habe dir vertraut!«

»Und ich habe dieses Vertrauen nicht mißbraucht. Ich habe mir lediglich den Luxus einer eigenen Meinung geleistet. Dein Problem ist nur, daß sie im entscheidenden Augenblick von deiner abgewichen ist. Du bist dabei, den gleichen Fehler wieder zu machen.«

»Ich kann auf deine Belehrungen verzichten«, unterbrach ich Charlotte brüsk. Ich stand vom Bett auf, kehrte ihr den Rücken zu und sah ostentativ aus dem Fenster.

»Solltest du aber nicht, schließlich gibt es sie gratis, von

Herzen kommend und wohldurchdacht.« Das Schmunzeln in ihrer Stimme war unüberhörbar.

Ich sah den Wolkenformationen zu und beobachtete, wie der Wind sich in den Kornfeldern austobte. Die Kühe und Schafe auf den angrenzenden Weiden hatten sich mit dem Rücken zum Wind gestellt und hielten ihre Köpfe gesenkt.

»Welchen Fehler?« durchbrach ich drohend das Schweigen, in das wir gefallen waren.

»Daß du die Dinge für statisch und Veränderungen für unmöglich hältst«, sagte sie in einem versöhnlichen Ton.

»Wer weiß denn, was morgen ist, wenn schon die Wettervorhersage ständig danebenliegt, und die wird von Fachleuten erstellt. Es sind alles Annahmen, die auf der Vergangenheit aufbauen, auf Erfahrungswerten. Aber selbst Naturgesetze haben einen Abweichungsspielraum, der die sogenannten Fachleute immer wieder in Erstaunen versetzt. Wenn zum Beispiel der angekündigte Regen ausbleibt und dafür die Sonne scheint.«

Im Augenblick sah ich jedoch genau die Wolken und den Regen, den Hanni uns angekündigt hatte.

»Kannst du vielleicht von deinen Gleichnissen mal zum Punkt kommen, oder schulst du gerade von Mutter auf Wetterfrosch um und mißbrauchst mich als Publikum?« fragte ich unwirsch und in beißendem Spott.

»Gerne.« Charlotte klang vollkommen locker und ignorierte mit ihrer Antwort den zweiten Teil meiner Frage. Sie hatte offensichtlich beschlossen, sich heute von mir nicht mehr provozieren zu lassen.

»Ich höre.«

Sie schwieg einen Moment, als brauchte sie Zeit, um ihre Worte richtig zu wählen. »Du hast gesagt, daß für dich alles so sinnlos geworden ist, weil du das, was dir wichtig war, verloren hast, daß nichts übrig ist. Ich kann das Gefühl nachempfinden«, sagte sie, »aber ich kann die Aussichtslosigkeit, die du dir daraus konstruiert hast, nicht so stehenlassen. Du hast dich auf schreckliche und fatale Weise geirrt, das läßt sich nicht schönreden und auch nicht rückgängig machen. Du mußt dich nach und nach damit abfinden, daß dein Baby nicht auf die Welt gekommen ist und daß Carl sich, wie es aussieht, gegen dich entschieden hat.«

»Wie es *aussieht*, trifft wohl nicht ganz den Kern der Sache«, warf ich bitter dazwischen.

»Das ist genau das, was ich meine, Nina. Aus heutiger Sicht kann ich mir auch nicht vorstellen, daß es für euch beide noch so etwas wie eine gemeinsame Zukunft gibt. Es spricht alles dagegen. Aber das ist nichts weiter als eine Vermutung und alles andere als eine Gewißheit. Ich will damit auf keinen Fall irgendwelche unsinnigen Hoffnungen in dir schüren. Im Jetzt und Hier hat sich dein Mann für eine andere Frau entschieden. Aber keiner von uns beiden kann sagen, was morgen ist. Carl könnte feststellen, daß ein Leben mit Kind für ihn doch nicht das Richtige ist. Er könnte sich zu einem hinreißenden Vater entwickeln, den jedoch die Mutter seines Kindes zum Wahnsinn treibt. Er könnte zu dir zurückkehren wollen, oder er könnte ganz einfach mit Simone *und* Kind glücklich werden. Und noch eine Möglichkeit gibt es.« Sie machte eine Pause, um sich meiner vollen Aufmerksamkeit sicher zu sein. »Nämlich die, daß du ihn irgendwann gar nicht mehr willst. Daß du dir das Gefühl bewahrst, ihn einmal geliebt zu haben, aber daß dieses Gefühl nicht wieder auflebt. All das ist möglich, Nina.«

»Es ist auch möglich, daß ich mich nicht damit abfinde, daß ich weiter Tag für Tag mit dem Kopf gegen diese Mauer renne und an mir selbst verzweifle.« Charlotte hatte gut reden. Aus ihrem Mund klang alles so einfach und klar.

»Das steht dir frei«, sagte sie unerbittlich. »Du hast die Wahl.«

16 *Es dauerte eine Weile, bis ich mich von Charlottes* harten Worten erholt hatte. Sie war leise aufgestanden und unbemerkt aus meinem Zimmer gegangen. Ich starrte zum Fenster hinaus und suchte dort nach dem Trost, den sie mir gerade so entschieden verwehrt hatte. Ich wollte dagegen anrennen und sie überzeugen, daß sie im Unrecht war, aber eine zaghafte innere Stimme meldete ihren Protest an. Die Wahrheit tat entsetzlich weh, ich hatte die Wahl gehabt, und ich hatte sie jetzt. Es gab niemanden, der sich mir in den Weg stellte, außer mir selbst. Nur war dies keine Erkenntnis, die in irgendeiner Weise erleichternd wirkte. Ich spürte sie wie eine Last, die zu schwer war.

»Das Frühstück ist fertig.« Charlotte war auf leisen Sohlen wieder ins Zimmer gekommen und stand hinter mir. »Zieh dir was an und komm runter, duschen kannst du später. Ich habe nämlich einen Bärenhunger.«

Bevor ich protestieren konnte, war sie schon wieder draußen. Ich schlüpfte in Hose und Pulli und folgte dem Duft, der aus der Küche aufstieg.

229

»Wir frühstücken heute hier«, rief Charlotte mir vom Herd aus zu. »Es gibt frisch aufgebackene Brötchen, echte Pellwormer Butter und Honig von einheimischen Bienen. Kannst du dir ein besseres Katerfrühstück vorstellen?« Ihr Lächeln war ansteckend.

»Nicht einmal bei Hanni«, ließ ich mich auf ihren lockeren Ton ein und setzte mich an den Tisch, den sie liebevoll gedeckt hatte.

Charlotte sah sehr jung aus an diesem Morgen und sehr verletzlich. Sie saß mir in einem viel zu weiten Sweatshirt gegenüber und hatte ihre Locken mit einem dünnen Seidenschal gebändigt. Ich sah sie wieder vor mir, so wie ich sie auf unseren Familienfesten erlebt hatte, als nimmermüde, verständnisvolle Mutter, der nie das aufmunternde Lächeln auszugehen schien. Die Charlotte, die ich hier kennengelernt hatte, war mir weit lieber. Sie war aufbrausend und traurig, bis zur Schmerzgrenze ehrlich und mitreißend in ihrem zeitweiligen Übermut, sie war sehr menschlich. Ich überraschte mich bei dem Gedanken, daß ich sie früher zwar abgrundtief abgelehnt, sie aber gleichzeitig – wie Johannes auch – auf ein Podest gestellt hatte, auf dem in großen Lettern die Prädikate unverwüstlich, fruchtbar und gegen jedwede Anfechtungen gefeit prangten. Hätte es Noten für meine Menschenkenntnis gegeben, dann hätte ich noch die schlechteste meilenweit unterboten. Ich hatte weder Klara noch Charlotte auch nur annähernd richtig eingeschätzt, von mir selbst gar nicht zu reden.

Charlotte hielt mir auffordernd den Brotkorb unter die Nase und versuchte, mich mit dem Duft der Brötchen aus meinen Gedanken zu reißen.

»Einen Penny für deine Gedanken«, sagte sie.

Ich mußte lachen. »Sonst errätst du sie doch auch.«

»Diesmal muß ich passen, du hast weder verzweifelt ausgesehen noch störrisch, auch nicht mehr wütend oder beleidigt, ein bißchen überrascht vielleicht.«

»Ist das etwa die ganze Bandbreite, deren ich in deinen Augen fähig bin?« fragte ich enttäuscht.

»Nein«, sagte Charlotte ernsthaft. »Wenn du du selbst bist, ist da noch viel mehr.« Sie studierte mein Gesicht, als wollte sie sich jedes Detail genau einprägen, um es später aus der Erinnerung nachzuzeichnen. »Du kannst sehr feinsinnig sein und warmherzig, du hast Humor, wenn du dich selbst vergißt, und du hast eine ungeheure Kraft, von der du noch nicht einmal etwas ahnst.«

»So, das reicht jetzt«, unterbrach ich sie beschämt. Ich war solche Komplimente nicht gewöhnt und konnte nicht damit umgehen.

Charlotte ließ sich jedoch nicht beirren. »Du hast denselben Herzenstakt wie dein Vater.«

Ich hatte immer noch sehr nah am Wasser gebaut, und die Erinnerung an meinen Vater trug ihren Teil dazu bei. »Ich habe ihn schrecklich vermißt, als er gestorben ist«, sagte ich. »Er war neben Carl der andere Pol in meinem Leben.« Das Bewußtsein einer völlig ungewissen Zukunft nahm wieder Besitz von mir und machte mir angst. »Ich weiß nicht, was werden soll, Charlotte.«

»Du hast doch dich«, sagte sie, als läge die Lösung auf der Hand und ich müßte nur zugreifen.

»Ich kann mir aber ein Leben ohne Carl nicht vorstellen, es erscheint mir so sinnlos und …«, ich zögerte, »… einsam.«

231

Charlottes aufmunternde Zuversicht fiel von ihr ab, und ich erkannte für einen kurzen Augenblick die Traurigkeit und das Gefühl der Endgültigkeit, das auch sie bei meinen Worten erfaßt hatte. Mein Gott, dachte ich, ich redete immer nur von mir und vergaß dabei, daß ein Stockwerk über uns Erics Asche wie ein Mahnmal auf Charlottes Nachttisch ruhte und eine noch grausamere Endgültigkeit bedeutete.

»Entschuldige«, sagte ich leise, »ich tue immer so, als wäre ich hier die einzige, die allein weitergehen muß.«

»In diesem Fall bist du es auch, ich habe schließlich noch Johannes und die Kinder.« Sie wollte optimistisch klingen, aber ich konnte an ihrem angeschlagenen Ton hören, daß sie eigentlich nur sich selbst Mut zu machen versuchte.

»Warum hast du eigentlich aufgehört zu arbeiten?« wechselte sie abrupt das Thema.

»Mein Vater hat mich das auch gefragt«, erinnerte ich mich, »ein Jahr nachdem Carl und ich geheiratet haben und ich meinen kleinen Laden geschlossen habe. Er war übrigens der einzige, der sich dafür interessierte.« Im nachhinein kam es mir merkwürdig vor, daß jeder es für genauso selbstverständlich gehalten hatte wie ich. »Carl fand es angenehm so, die meisten meiner Freundinnen hatten Verständnis, sie hatten selbst ihre Jobs aufgegeben, und meine Mutter hat mich bei diesem Vorhaben natürlich tatkräftig unterstützt. Ich solle mich um meinen Mann kümmern und mich vor allem von jeglichem Streß fernhalten, da es sonst bei mir mit Kindern nicht klappe.« Welche Ironie. »Ich habe ihr nie gesagt, daß Carl keine Kinder wollte, und bin damit ihren Angriffen aus dem Weg gegangen und ihren weiblich raffinierten Ratschlägen, die für mich sowieso nicht in Frage gekommen wären.«

»Aber was war *dein* Grund?« hakte Charlotte nach. »Du hast mir bisher nur von allen anderen erzählt, aber nichts von dir.«
»Es ist so schwer zu erklären. So vieles von dem, was ich gemacht habe, verstehe ich selbst nicht mehr. Ich kann es nur so erklären, daß ich wie geblendet war. Ich war vorher noch nie so verliebt gewesen, es war etwas ganz Besonderes für mich. Ich wollte nichts falsch machen, nicht egoistisch sein, ich wollte einfach nur für Carl da sein, gut zu ihm sein. Und das schloß meine Arbeit aus. Es war kein Acht-Stunden-Job oder etwas, das ich in Teilzeit hätte machen können. Wenn ich an einem Möbelstück arbeitete, dann ging ich vollkommen darin auf und vergaß die Zeit und alles andere um mich herum. Ich dachte, ich könnte nicht beides haben – Carl *und* meine Möbel. Also entschied ich mich für Carl.«
Daß ich mich in gleicher Weise gegen mein Kind entschieden hatte, wurde mir in diesem Moment mehr als deutlich.
»Mittelschwere Anfälle von Ausschließlichkeitswahn, würde ich sagen, mit dem Hang zur Wiederholung.« Charlotte sah mich gleichzeitig interessiert und erstaunt an. Sie gab mir das Gefühl, ein ganz ausgefallenes Insekt unter ihrem Mikroskop zu sein.
»Du hast vorhin gesagt, ich hätte die Wahl gehabt. Das sehe ich inzwischen auch so«, gestand ich unumwunden. »Aber alles, was ich in den vergangenen Jahren getan habe, erschien mir zum jeweiligen Zeitpunkt als die einzig richtige Lösung, als die einzig *mögliche*. Das ist nicht nur Ausschließlichkeitswahn«, sagte ich traurig, »sondern auch eine fatale Fehleinschätzung. Ich möchte wissen, woher das kommt. Ich empfinde mich im nachhinein als so entsetzlich dumm, so naiv und … einseitig. Weißt du, wenn ich allein meiner Mutter

ausgesetzt gewesen wäre, dann könnte man meinen, sie hätte abgefärbt. Aber nicht einmal das vermag ich zu meiner Entschuldigung zu sagen, ich habe sie in keiner Weise verherrlicht, sondern sehr realistisch gesehen, auch wenn es nach außen hin nicht immer den Anschein hatte.« Ich blickte Charlotte hilfesuchend an. »Dafür war mein Vater ein sehr kluger Mensch, der vieles von dem wettgemacht hat, was sie anrichtete.«

»Aber er hat auch ausgeharrt«, gab Charlotte zu bedenken.

»Genauso wie du. Er hat die Dinge als gegeben hingenommen und sie nicht geändert.«

»Was hätte er denn tun sollen?« fragte ich, unfähig, mich für eine Seite zu entscheiden.

»Oh, er hätte eine ganze Menge tun können. Er hätte zum Beispiel deine Mutter einmal gehörig in ihre Schranken weisen können.«

»Vielleicht hat er das ja«, sagte ich vorsichtig.

»Das glaube ich nicht. Bei deiner Mutter habe ich nicht den Eindruck, als hätte schon einmal jemand versucht, sie aufzuhalten.« Charlotte machte keinen Hehl aus ihrer Abneigung gegenüber meiner Mutter. »Er hätte sich«, setzte sie ihre Aufzählung fort, »von ihr trennen können, denn glücklich schien er an ihrer Seite nicht zu sein.«

»Charlotte, das ist eine andere Generation, da ist eine Trennung noch mit einem gesellschaftlichen Makel behaftet«, versuchte ich meinen Vater zu verteidigen.

»Du wirst immer Gründe finden, warum ein Mensch dies oder jenes tut oder es eben nicht tut. Aber es sind nur Gründe und keine wirklichen Hindernisse, die sich ihm in den Weg gestellt haben. Auch dein Vater hatte die Wahl, er hat sich nur für den vermeintlich einfacheren Weg entschieden. Und damit hat er euch das Ausharren vorgelebt und das Hinnehmen dort, wo entschiedener Widerstand angebracht gewesen wäre«, schloß sie.

Auch wenn ich wünschte, es wäre anders, so wußte ich doch intuitiv, daß Charlotte recht hatte. Ich hatte meinen Vater sehr geliebt und über jeden anderen Menschen hinaus bewundert, weil er so gelassen war, so klug und liebevoll, aber Charlotte hatte mir die Augen dafür geöffnet, daß er sich in eine unglückliche Situation hineinmanövriert und sich nicht zur Wehr gesetzt hatte. Ich erinnerte mich noch gut an seine Art von Widerstand, den er meiner Mutter entgegensetzte, nämlich einen rein passiven. Er entzog sich ihr und umgab sich mit einem gleichsam imprägnierten Schutzwall, den sie nicht durchbrechen konnte. Ich habe nie erlebt, daß er sich ihr offen entgegenstellte. Nichts anderes hatte ich getan, fiel es mir wie Schuppen von den Augen, zwar unter anderen Voraussetzungen, aber mit den gleichen Konsequenzen. Ich hatte mich innerlich von Carl zurückgezogen, anstatt ihm gegenüberzutreten, und hatte damit Schritt für Schritt die Basis unserer Ehe zerstört. Und er hatte es hingenommen. Ich wollte nicht noch einmal die Verantwortung abwälzen, aber ich begriff, daß zwar ich es gewesen war, die an den Grundfesten gesägt hatte, daß Carl dies jedoch zugelassen hatte, ohne einzuschreiten. Auch er hatte sich kampflos zurückgezogen und sich darüber hinaus nach einer Alternative umgesehen.

»Ja, das ist es wohl«, sagte ich resigniert zu Charlotte. »So setzen sich die Dinge fort.«

»Wenn man es zuläßt, nur wenn man es *zuläßt*«, betonte sie.

»Kluge Charlotte.« Ich meinte es aufrichtig und ohne eine Spur von Ironie.

»Ja, die kluge Charlotte«, nahm sie den Ball auf, »die vor allen anderen Türen erfolgreich fegt, aber vor ihrer eigenen nicht fähig ist, den Besen richtig zu führen.«

Ich spürte von Tag zu Tag deutlicher ihre Unruhe und Unentschlossenheit, die ich auf die Urne neben ihrem Bett zurückführte. Sie konnte sich nicht von ihr trennen und wußte doch, daß sie irgendwann zu ihrer Familie würde zurückkehren müssen. Johannes hatte sein Versprechen gehalten und sie hier vollkommen in Ruhe gelassen. Er hatte ihren Wunsch nach Abgeschiedenheit respektiert. Inzwischen waren jedoch mehr als sechs Wochen vergangen, und selbst der gutgläubige Johannes würde eines nicht fernen Tages anfangen zu zweifeln und Fragen zu stellen.

»Du vermißt ihn sehr, nicht wahr?«

»Ja.« Sie sah mich offen an und ließ mich einmal mehr diese ungeheure Verletzlichkeit erahnen, die ich ihr noch vor ein paar Wochen vehement abgesprochen hätte.

»So, jetzt aber genug davon.« Charlotte hatte angefangen, das Geschirr zusammenzustellen. »Laß uns ein bißchen rausgehen, ja?«

Was ich da draußen sah, war jedoch alles andere als einladend. Der Sturm tobte unvermindert weiter und drückte die Baumkronen hinunter. Der Regen fegte mit den Böen gegen die Fenster und sorgte für eine Geräuschkulisse, die es im Haus sehr gemütlich machte. Nach draußen zog mich dagegen nichts.

»Charlotte, hast du heute schon einmal rausgesehen?« fragte ich sie skeptisch.

236

»Gesehen schon«, sagte sie, »aber ich will wissen, ob es sich auch so anfühlt, wie es aussieht.«

Ich blickte sie entgeistert an. »Danke, aber da reicht meine Phantasie.«

»Ich möchte es *spüren*. Bitte, komm mit.«

Sie war wieder in dieser gefährlichen Stimmung, in der die Erinnerungen an Eric sie überschwemmten. Als könnte *ich* die Geister vertreiben, die sie umgeben, dachte ich. Aber sie hatte die halbe Nacht mit mir verbracht, um meine Traumgeister zu entmachten, was war dagegen schon ein Spaziergang im Regen.

»Also gut, überredet. Ich muß mich aber erst wetterfest anziehen, sofern das überhaupt möglich ist«, sagte ich voller Zweifel mit einem Blick zum Fenster. »Und wenn mich morgen die Grippe niederstreckt, darfst du mir Wadenwickel machen«, warnte ich sie vor.

Charlotte lächelte mich dankbar an und folgte mir die Treppe hinauf, um sich ebenfalls noch etwas überzuziehen. Als ich fertig war, ging ich in ihr Zimmer, um sie abzuholen. Sie saß gedankenverloren auf dem Bett und starrte auf die Urne. Ihre Hände lagen kraftlos, mit den Handflächen nach oben, auf ihren Oberschenkeln. In diesem Bild drückte sich Charlottes verzweifelte Ratlosigkeit aus. Sie hatte mich nicht kommen hören und zuckte zusammen, als ich mich neben sie setzte.

»Du hast noch Zeit«, versuchte ich sie zu beruhigen.

»Ja«, erwiderte sie entrückt, »aber es wird mit keinem Tag leichter. Ich hatte mir ein paar Tage vorgenommen, vielleicht auch zwei Wochen, doch …« Was sie hatte sagen wollen, blieb unausgesprochen in der Luft hängen. Sie konnte ihren

Blick nicht von der Urne lösen. »Ich hätte es nicht tun sollen«, hörte ich sie zaghaft sagen.

»Was?«

»Ich hätte seine Asche nicht stehlen sollen.«

»Warum nicht?« fragte ich, nachdem ich mich nun gerade an Erics ungewöhnliche Existenz in diesem Haus gewöhnt hatte.

»Dann hätte ich gar keine Wahl.«

Ich sah sie irritiert an.

»Ob ich weiter jeden Abend neben ihm einschlafen oder ihn endlich bestatten soll«, erklärte sie mir. »Ich weiß einfach nicht, wie ich mich von ihm trennen soll, ich bringe es nicht fertig. Stell dir vor, das würde jeder machen«, versuchte sie es ins Komische zu ziehen. »Dann brauchte man bald keine Friedhöfe mehr.«

Ich griff nach ihrem Arm und zog sie vom Bett. »Heute ist sowieso nicht das ideale Wetter für eine Seebestattung«, ging ich auf ihren lockeren Ton ein. »Da wäre er zwar im wahrsten Sinne des Wortes in alle Winde verstreut, nur wird sich keiner finden, der sich mit dem Boot weit genug hinauswagt. Also – Fristverlängerung! Laß uns rausgehen.«

»Du klingst so pietätlos heute«, sagte Charlotte in einem leicht vorwurfsvollen Ton.

»Und ich habe mich schon gefragt, ob dieses Wort in deinem Wortschatz überhaupt existiert. Nachdem diese Frage jetzt geklärt ist, können wir ja gehen.« Ich sah sie feixend an. »Also los, *du* wolltest schließlich raus. Ich sehe da draußen nämlich nichts, was mich auch nur annähernd reizt.«

Charlotte wechselte schnell ihre dünnen Leggings gegen eine Jeans und ihr Sweatshirt gegen einen dicken Rollkragenpullover. Unten im Flur zogen wir uns beide Regenjacken und Gummistiefel über. Als wir zum Garten hinausgingen, fegte uns der Wind fast die Tür aus der Hand. Ich sah besorgt zu Annes Gewächshaus hinüber, aber die Glaskonstruktion trotzte dem Sturm. Die Orchideen waren inmitten dieses unwirtlichen Nordseewetters in ihrer eigenen, abgeschlossenen Tropenwelt sicher aufgehoben.

»In welche Richtung gehen wir eigentlich?« fragte ich Charlotte.

»Zum Leuchtturm«, sagte sie entschieden.

Ich war froh, daß ich eine Öljacke angezogen hatte, die so gut wie keinen Wind durchließ. Meine Beine waren jedoch im Nu naß von dem quer stehenden Regen. Ich marschierte unwillig hinter Charlotte her, die ein rasantes Tempo angeschlagen hatte. Außer uns konnte ich keinen einzigen Fußgänger entdecken, nur ein paar Autos überholten uns. Hin und wieder hielten Einheimische an, um uns mitzunehmen, aber Charlotte schlug die Angebote jedesmal aus, bevor ich überhaupt zu Wort kam. Wenn sie sich quälen wollte, gut, aber ich hatte keine Lust dazu. Ich bedachte sie mit bösen Blicken, die sie jedoch einfach ignorierte. Sie drehte sich noch nicht einmal nach mir um, wenn ich ein Stück zurückblieb, sondern hielt ihr Tempo unvermindert durch. Als wir beim Leuchtturm ankamen, ließ ich mich erst einmal auf die Bank neben dem Kiosk fallen. Ich hatte gehofft, er sei geöffnet, aber bei diesem Wetter wurden offensichtlich keine Kunden erwartet. Meinen heißen Tee mußte ich mir also aus dem Kopf schlagen. Charlotte war schon vorgegangen und verschwand gerade hinter der Deichkrone. Ich erinnerte mich an Hannis Warnungen und lief ihr hinterher.

Oben auf dem Deich erfaßte der Wind mich mit seiner geballten Kraft. Ich entdeckte Charlotte ein Stück unterhalb von mir. Sie hatte sich hingehockt, um durch die Windböen nicht das Gleichgewicht zu verlieren. Das Wasser war über die Steinbegrenzung gestiegen und ließ den Weg am Fuß des Deichs nur noch erahnen. Die Gischtspritzer, die uns selbst so weit oben noch erwischten, schmeckten salzig. Ich bewegte mich vorsichtig über das nasse Gras und die Schafsköttel, um nicht auszurutschen, und hockte mich neben Charlotte. Ich folgte ihrem Blick in die Ferne, konnte jedoch Süderoog am Horizont nicht ausmachen. Der wolkenverhangene Himmel und das aufgewühlte Meer gingen verschwommen ineinander über.

»Eric hätte das gemocht, Naturgewalten zogen ihn magisch an«, sagte sie traurig. Der Regen in ihrem Gesicht ließ nicht erkennen, ob sie weinte. »Schade, daß wir heute nicht hinausfahren können, und ...« Sie ließ den Rest des Satzes in der Luft hängen.

Aber ich wußte, daß sie es nicht fertiggebracht hätte, selbst wenn sich eines der Boote bei diesem Wetter aufs Meer gewagt hätte. Sie war noch nicht soweit, sich von ihm zu trennen. Was für ein langer und zermürbender Abschied, dachte ich. Wie segensreich war da eine Beerdigung, die den angestammten Regeln folgte und einen Toten unter die Erde brachte, bevor man überhaupt begriff, was geschah. Charlotte quälte sich selbst und fand nicht den Absprung.

Aber ich habe gut reden, dachte ich bitter, als ich mir einmal mehr meiner eigenen Situation bewußt wurde. Ich hatte vor viereinhalb Jahren einen noch viel längeren, dafür aber weniger endgültigen Abschied eingeleitet, als ich mich von Carl zurückzog. Er hatte die Trennung geschafft, nur mir fiel es nach wie vor schwer zu akzeptieren, daß etwas zu Ende war, das mir mehr als alles andere bedeutet und für das ich so unendlich viel aufgegeben hatte. Ich konnte den Gedanken an Carl nicht loslassen. Die vergangenen viereinhalb Jahre verschwanden hinter der Zeit, in der ich wirklich glücklich mit ihm gewesen war. Alles in mir sehnte sich danach zurück, und doch wußte ich, daß unsere Wege von jetzt an in unterschiedlichen Richtungen verlaufen würden. Ob sie sich eines Tages, wie Charlotte es für möglich hielt, noch einmal kreuzten? Ich dachte an unser Kind, das jetzt bald vier Jahre alt sein würde, wenn ich es auf die Welt hätte kommen lassen. Ich versuchte es mir vorzustellen, doch in das Bild schob sich immer wieder Simone mit ihrem dicken Bauch. An selbstquälerischen Gedanken stand ich Charlotte in nichts nach.

Sie hatte sich erhoben und gab mir Zeichen, daß wir uns auf den Rückweg machen sollten. Ich breitete meine Arme aus und ließ mich vom Wind den Deich hinaufschieben. Meine Hose war inzwischen so naß, daß sie unangenehm an den Beinen klebte. Trotzdem beschlossen wir, vor dem Heimweg im Café am Leuchtturm noch einen heißen Tee zu trinken. Als wir die Tür öffneten, schlug uns wohlige Wärme und ein unglaubliches Stimmengewirr entgegen. Das Café war fast voll, wahrscheinlich mit den Gästen der angegliederten Pension, überlegte ich. Zwischen den Tischen hindurch tobten unzählige Kinder und sorgten dafür, daß der Lärmpegel auf hohem Niveau blieb. Wir suchten uns einen Tisch am Rand des Geschehens. Die für uns inzwischen normale Ruhe in Klaras Haus stand in krassem Gegensatz zu dem, was sich hier vor unseren Augen und Ohren an teils fröhlichem, teils weniger fröhlichem Familienleben abspielte.

»Ich werde völlig entwöhnt nach Hause kommen«, sagte Charlotte ein bißchen wehmütig. »Meine armen Kinder werden sich umschauen.«

»Die werden einfach nur froh sein, daß du wieder da bist.« Charlotte hatte zum erstenmal vom Heimkehren gesprochen. Bisher hatten wir beide diesen Gedanken weitestgehend ausgeklammert, aber keine von uns konnte ewig hierbleiben. Irgendwann mußten wir den sicheren Hafen, den Klaras Haus uns bot, verlassen und zurückkehren, wohin auch immer das sein würde.

17 *Am nächsten Morgen weckte mich die Stille. Es* war erst sechs Uhr, aber ich konnte nicht mehr schlafen. Ich schlich mich die Treppe hinunter, damit Charlotte nicht wach wurde, und begab mich hinaus in den Garten. Hannis Beete sahen schlimm aus, der Wind hatte viele Blumen abgeknickt oder auf den Boden gedrückt, wovon sie sich noch nicht erholt hatten. Ich ging in Annes Gewächshaus und setzte mich auf den kleinen Schemel. Die ersten Sonnenstrahlen verfingen sich in den zarten, wunderschönen Blüten, die die Erinnerung an Anne für uns, die sie nicht gekannt hatten, wachhielten. Die Fotos, die ich von ihr gesehen, und die Geschichten, die ich über sie in Klaras Tagebuch gelesen hatte, hatten ein Bild entstehen lassen, das in diesem kleinen Raum zu Hause war.

Wie unterschiedlich eine Tat bewertet wird, überlegte ich,

wenn man sie aus verschiedenen Blickwinkeln, aus unterschiedlichen Schicksalen heraus betrachtet. Die Abtreibung, die für Anne ein Segen gewesen wäre und ihr Leben hätte retten können, war für mich, die ich sie hatte vornehmen lassen, immer noch ein Alptraum, und ich wußte, daß sie es auch bleiben würde. Ich mußte sie als geschehen akzeptieren, aber ich vermochte mir nicht vorzustellen, daß ich sie mir je würde verzeihen können. Es gab keine zweite Chance, kein zweites Kind, das die Erinnerung an das erste mit der Zeit verblassen lassen würde. Den Gedanken an ein Kind mußte ich begraben, ebenso wie den Gedanken an eine Familie, wie ich sie mir einmal vorgestellt hatte. Ich war plötzlich ein Single, der zwar immer noch seinen Ehering am Finger trug, aber nichtsdestotrotz seinen Weg alleine weitergehen mußte. Wenn das Karenzjahr des Getrenntlebens abgelaufen war, würde Carl die Scheidung einreichen, da war ich mir inzwischen sicher. Ich war dreizehn Jahre lang seine Frau gewesen, jetzt war es eine andere.

Im Augenwinkel hatte ich eine Bewegung gesehen und Hanni kopfschüttelnd zwischen ihren Beeten entdeckt. Ich ging hinaus und begrüßte sie.

»Was ist das?« Sie musterte mich von oben bis unten und blieb mit ihren Augen an meinem Pyjama hängen.

»Ein Pyjama«, sagte ich.

»Das seh' ich, Deern, ich bin ja nicht blind. Aber ich kann auch hindurchsehen, also ist es ein sehr *dünner* Pyjama, und Sie haben noch nicht einmal Schuhe an. Sie holen sich hier noch den Tod.«

»Ich war nur kurz im Gewächshaus«, sagte ich, über Hannis strengen Blick lachend, »und da ist es ganz warm.«

»Hin oder her, Sie ziehen sich jetzt erst mal was Warmes an, und ich kehre diesem Schlachtfeld hier den Rücken«, entgegnete sie mit einem vorwurfsvollen Blick auf die Beete. »In einer halben Stunde gibt es Frühstück. Ist Charlotte auch schon wach?«

»Ich weiß es nicht, aber wenn sie die frischen Brötchen riecht, kann es nicht mehr lange dauern.« Ich sah auf Hannis Jutebeutel, der über ihrer Schulter hing, und spürte, daß mein Magen knurrte. Wir waren am Abend beide erschöpft von unserer Sturmwanderung ins Bett gefallen, ohne noch etwas zu essen.

Als ich hochging, hörte ich Charlotte im Bad hantieren. Ich rief ihr durch die Tür zu, daß Hanni in der Küche schon ihr Verwöhnprogramm gestartet habe. Charlottes leises »Bin gleich unten« klang jedoch nicht sehr begeistert. Sie war vor mir fertig und half Hanni beim Tischdecken. Als wir alle drei um den Eßtisch saßen, fiel mir auf, daß Charlotte schlecht aussah. Und nicht nur mir fiel es auf.

»Charlotte, Sie sehen aus, als hätten Sie sich heute nacht etwas viel zugemutet«, sagte Hanni im gleichen tadelnden Ton, mit dem sie zuvor meinen Pyjama bedacht hatte.

»Ich habe nur nicht so gut geschlafen«, wehrte Charlotte Hannis inquisitorischen Blick ab und untertrieb damit maßlos. Wahrscheinlich hatte sie überhaupt nicht geschlafen. Ihre Augen waren vom Weinen noch ganz verquollen.

Sie tat mir leid, und ich wußte nicht, wie ich ihr helfen sollte. Es gab für keine von uns diese Aussicht, daß alles wieder gut würde. Einiges würde wieder gut werden, sicher, mit der Zeit, aber einiges war auch unwiderruflich und irreparabel auf der Strecke geblieben. Eric war aus Charlottes Leben auf tragische Weise verschwunden; ihr blieb nichts außer den Erinnerungen, die sie in ihrem offiziellen Leben noch nicht einmal würde leben können. Die Trauer um Eric war auf dieses Haus beschränkt und auf ihre Seele. Wem sollte sie sich mitteilen, wem sagen, daß sie um ihren Liebhaber weinte? Ich stockte innerlich bei diesem Wort, das mir im Zusammenhang mit Eric nicht mehr so leicht über die Lippen wollte wie noch am Anfang. Ich sah Charlotte an, die mir mit gesenktem Kopf gegenübersaß und ihre Brötchenkrümel auf dem Teller hin und her schob. Hanni war schon aufgestanden, da ihr das Desaster im Garten keine Ruhe ließ. Endlich war mir klar, was mich die ganze Zeit verwirrt hatte. Die ehrliche Charlotte hatte uns etwas vorgemacht, allen voran sich selbst.

»Charlotte, warum kannst du es nicht sagen?« fragte ich sie unumwunden.

»Was?« Sie sah mich irritiert an.

»Daß du ihn geliebt hast.«

»Ich weiß nicht, wovon du redest«, entgegnete sie abweisend. »Wir hatten eine Affäre, zugegebenermaßen eine sehr schöne, aber mehr war es nicht.«

Sie würde mich nicht mehr mit dieser Geschichte einlullen, die vorne und hinten nicht stimmen konnte. Außerdem wollte ich nicht, daß sie sich weiter etwas vormachte.

»Du kannst weder dir noch mir weismachen, daß du diese ganze umständliche Aktion gestartet hast, um dein Leben wieder mit Erotik zu füllen. Das hättest du einfacher haben können, dazu hättest du nicht Eric gebraucht. Aus dieser Notlage hätte dir auch ein anderer Mann helfen können, einer, der beispielsweise in deiner Nähe wohnt, den du wesentlich öfter hättest sehen können als Eric. Das wäre doch plausibel, wenn man Sex und Erotik in seinem Leben vermißt. Aber nein, du wählst dir jemanden aus, der fast fünfhundert Kilometer weit entfernt von dir lebt und den du nur ein paarmal im Jahr sehen kannst.«

»Hör auf!« sagte sie schneidend.

»Warum?« Ich zeigte mit dem Finger Richtung Decke. »Da oben steht eine Urne neben deinem Kopfkissen, und das bestimmt nicht, weil Eric ein so besonders guter Liebhaber war. Du hast ihn geliebt und kannst dich jetzt noch nicht einmal von seiner Asche trennen. Sag es endlich!«

Sie sprang auf und wollte zur Tür hinaus, aber ich war schneller. Ich knallte die Tür vor ihrer Nase zu und lehnte mich von innen dagegen, so daß sie nicht entkommen konnte.

»Hör auf!« schrie sie mich an. »Du zerstörst alles.« Sie hielt ihre Ohren zu und kniff die Augen zusammen.

»Ich zerstöre nichts, was nicht schon zerstört ist«, sagte ich dicht neben ihrem Ohr und laut genug, daß sie mich ganz sicher hörte. »Nur dieses fatale Illusionsgerüst hält deine Ehe noch aufrecht. Mach dir nichts vor. Du hast den falschen Mann geheiratet und den richtigen für immer verloren.«

»Nein!« schrie sie.

»Doch, Charlotte, so ist es, und du weißt es. Das ist das, was dich so fertigmacht. Und wenn du es dir eingestehst, dann kannst du es nicht ertragen, daß du dich auch später nicht *getraut* hast. Du hättest dich von Johannes trennen und mit Eric zusammenleben sollen. Aber du hast dir wieder etwas vorgemacht. Damals hast du die Sicherheit vorgeschoben, deinen Kinderwunsch, und jetzt den Sex. Aber es war nur Angst vor einem großen Gefühl. Die souveräne Charlotte wäre dann plötzlich verletzlich gewesen, und das konntest du nicht zulassen.« Die einzelnen Mosaiksteine, die mir unterbewußt tagelang nicht aus dem Kopf gegangen waren, fügten sich nun zu einem Bild zusammen.

»Ja, verdammt, jaaa! Ich habe ihn geliebt. Bist du jetzt zufrieden?« Die Tränen rannen ihr übers Gesicht, und sie lief aufgeregt vor mir hin und her. Dann ließ sie sich auf einen Stuhl fallen und sackte in sich zusammen. »Ich habe ihn so sehr geliebt.« Ihre Stimme war leise und verzweifelt, so daß ich mehr ahnte, was sie sagte, als daß ich es verstand.

»Ich weiß«, entgegnete ich ruhig. »Aber ich weiß inzwischen auch, daß du wissen mußt, wen du da beerdigst, wenn du dich irgendwann dazu durchringen kannst – deinen Liebhaber oder den Mann, den du geliebt hast. Solange das nicht klar ist, kannst du ihn nicht loslassen.«

Ich strich ihr über die Haare und ließ sie allein. Ich hatte genug gesagt und wußte, daß es bei ihr angekommen war. Sie mußte sich jetzt von der Wahrheit genauso erholen, wie ich vor ihr. Hanni hatte unser Geschrei zum Glück nicht gehört. Ich sah sie durchs Fenster inmitten ihrer Beete. Die abgeknickten Blüten hatte sie auf einem Haufen gesammelt. Ich trat hinaus, suchte mir die schönsten heraus und band sie mit einem Stück Bast zusammen, das ich mir aus der Küche mitgenommen hatte.

»Ich bringe Klara und Ferdinand ein paar davon, bis zum Mittagessen bin ich zurück«, rief ich Hanni zu, holte mein Fahrrad und ließ mich den Weg die Warft hinunterrollen.

Es war ein wunderschöner Morgen, die Luft roch nach Erde

und Regen, und die letzten Regentropfen glitzerten im Gras am Straßenrand. Es war fast windstill an diesem Tag, so daß ich mich kaum anstrengen mußte, um voranzukommen. In die Kornfelder hatten Wind und Regen Kuhlen geschlagen, und das Wasser in den Gräben zwischen den Weiden stand ungewöhnlich hoch. Die intensive Morgensonne versprach, daß es ein warmer Tag werden würde. Ich rollte über die schmalen Straßen und sog die Stille in mich auf, die nur hin und wieder von einem vorbeifliegenden Vogel oder einem Trecker in der Ferne unterbrochen wurde. Durch die vielen Fahrradtouren mit Charlotte kannte ich mich inzwischen gut auf der Insel aus, obwohl ich die Alte Kirche, die sich wie ein Wahrzeichen aus dem Flachland erhob, auch so gefunden hätte.

Mein Fahrrad lehnte ich gegen den weißen Zaun, der die Kirche und den Friedhof weitläufig umfing. In den vergangenen Wochen hatte ich mich daran gewöhnt, daß Schlösser auf Pellworm überflüssig waren. Laut Hanni wurden hier weder Türen noch Fahrräder abgeschlossen, es war nicht notwendig, da nichts gestohlen wurde. Was mir anfangs gewöhnungsbedürftig erschienen war, wurde mir schnell zur zweiten Natur. Die Abwesenheit von Bedrohung jeglicher Art erlebte ich, das Stadtkind, als den Luxus der Freiheit. Die Insel hatte ihre eigenen Gesetzmäßigkeiten, die durch die Abgeschlossenheit zum Festland entstanden waren.

Mit den Blumen in der Hand schlenderte ich den Weg zur Kirche hinauf. Je näher ich dem weißen Kirchenschiff kam, desto deutlicher konnte ich das Orgelspiel hören, das bis nach draußen drang. Ich öffnete neugierig die Tür, doch die

248

Kirche war leer, es fand kein Gottesdienst statt, wie ich angenommen hatte. Ich setzte mich in eine der alten, knarrenden Kirchenbänke, schloß die Augen und ließ mich von dem wunderschönen Klang der Orgel verzaubern. Wer immer dort oben spielte, war kein Anfänger und nicht zum Üben hier. Das virtuose Spiel hüllte mich ein und bescherte mir zusammen mit den Sonnenstrahlen, die durch die bunten Kirchenfenster fielen, einen Frieden, wie ich ihn schon lange nicht mehr gespürt hatte. In diesen Minuten, in denen sich alle meine Sinne entspannten, war nichts wichtig außer diesem ganz besonderen Augenblick. Die Gedanken an gestern und morgen fielen von mir ab, und ein seltenes Glücksgefühl durchströmte mich. Ich blieb noch eine Weile sitzen, nachdem die Orgel längst verstummt war, und ging dann hinaus zu Klaras und Ferdinands Grab.

Die Küster hatten den Akelei-Teppich wieder über das Grab gelegt, nachdem die Erde sich gesetzt hatte, und auch der Steinmetz war mit seiner Arbeit fertig. Ferdinands Name stand nun, wo er hingehörte, unter Klaras. Ich fand eine Vase für die Blumen, die ich mitgebracht hatte, und stellte sie zwischen die Akeleien, die den Sturm auf wundersame Weise fast unbeschadet überstanden hatten. Aus Hannis eingesäten Mimosensamen waren kleine Pflänzchen entstanden, die hier und da zwischen den Akeleien hervorlugten. Während ich an dem Grab stand, sah ich Klara und Ferdinand vor mir, und das friedliche Gefühl, das ich aus der Kirche mitgenommen hatte, wurde an diesem Ort noch verstärkt. Ich dachte an *Der kleine Prinz* von Saint-Exupéry und daran, daß man nur mit dem Herzen wirklich gut sehen könne. Klara und Ferdinand, dieses ungleiche Paar, hatten einander mit dem Herzen erkannt, während ich die beiden nur *gesehen* und ihre Verbindung nicht verstanden hatte. Auf den einfachsten Grund, nämlich Liebe, war ich nicht gekommen.

Ich setzte mich auf eine Bank in der Nähe des Grabs und hielt mein Gesicht in die Sonne. Es war so viel geschehen in den letzten Tagen, es war vieles klarer geworden, und mancher Knoten hatte sich entwirrt. Nicht nur um mich herum war die ersehnte Ruhe nach dem Sturm eingetreten. Zeit zum Erholen, dachte ich.

»Am liebsten würde ich ihn hier auf diesem Friedhof begraben, um einen Ort zu haben, an den ich zurückkehren kann«, hörte ich Charlotte sagen und öffnete erschrocken die Augen. Sie kam von Klaras Grab auf mich zu. »Aber er hätte sich eine Seebestattung gewünscht. Wie sollte ich außerdem dem Pastor erklären, woher ich die Asche habe, ohne Totenschein und all das?« Ihre Augen sahen noch schlimmer aus als beim Frühstück.

»Jasper Hinrichsen macht zwar einen sehr verständnisvollen und menschlichen Eindruck, aber mit dieser Geschichte würdest du sein Gewissen doch schon arg strapazieren«, gab ich ihr recht. »Außerdem ist Erics eine Hälfte ja bereits unter der Erde.« Was ich da sagte, klang selbst in meinen Ohren etwas zu pragmatisch, aber ich wollte ihr die Entscheidung erleichtern. Sie mußte sich an den Gedanken gewöhnen, sich von ihm zu trennen.

Charlotte saß mit angezogenen Beinen neben mir auf der Bank und sah mich von der Seite an.

»Es tut weh, nicht wahr.« Es war keine Frage, ich konnte mir gut vorstellen, wie es ihr ging.

»Sehr«, sagte sie in einem Ton, der ihre gesamte Erschütterung ausdrückte. »Es waren diese Träume, die mich nicht losgelassen haben.«

Ich sah sie gespannt an. Jetzt würde ich endlich die wahre Geschichte zu hören bekommen und nicht den gnädigen Versuch einer Selbsttäuschung.

»Im ersten Jahr meiner Ehe mit Johannes war ich noch ganz euphorisch. Ich dachte, ich hätte gefunden, wonach ich gesucht hatte, einen Mann, dem ein ähnliches Familienmodell oder Lebenskonzept – nenn es, wie du willst – vorschwebte wie mir. Genau das habe ich in Johannes auch gefunden, nur hat es lange gedauert, bis mir klar wurde, daß es eigentlich nicht das war, was ich suchte. Es hat zu lange gedauert. Wenn ich ehrlich bin, weiß ich es erst, seitdem Eric tot ist und ich mit seiner Asche hierhergekommen bin.« Sie ließ ihren Kopf auf die angezogenen Knie sinken und schwieg einen Moment.

Es ging mir sehr nah, was Charlotte erzählte, um so mehr, als ich spürte, mit welcher Tragik die Beziehung der beiden behaftet war. Die ehrliche Charlotte, die niemanden mit ihren Wahrheiten verschonte, hatte im entscheidenden Moment gekniffen und sich selbst darum gebracht, ihrem Gefühl konsequent und nicht nur viermal im Jahr zu folgen.

»Irgendwann fingen diese Träume an«, fuhr sie fort. »Es war wie ein zweites Leben, das ich nachts führte. Eric besuchte mich in diesen Träumen, sie waren so wirklich, so greifbar, daß es jedesmal entsetzlich war, wenn ich aufwachte und feststellte, daß nicht Eric neben mir lag, sondern Johannes. So schön diese Träume auch waren, ich hatte immer Schuldgefühle danach und versuchte, Johannes für meinen Betrug zu entschädigen, indem ich eine noch bessere Mutter wurde, eine noch bessere Ehefrau. Ehefrau in dem Sinne, wie sie Johannes vorschwebte, die Heilige. Ich kam mir so schlecht vor, ich gebar ein gesundes Kind nach dem nächsten, hatte einen Mann, der mich auf Händen trug, und sehnte mich nur nach einem anderen Mann, der irgendwo weit weg und unerreichbar für mich lebte. Ich entwickelte eine Art Haßliebe zu diesen Träumen, ich litt unter ihnen, wollte sie aber auch nicht missen. Es war dieses unendlich weite und frohe Gefühl, mit dem ich aufwachte und das mich durch den Tag begleitete. Ein Gefühl, das nur Eric in mir ausgelöst hat. Der Absturz danach war regelmäßig furchtbar – wenn die Wirkung des Traums nachließ und ich meinen normalen Alltag zu bewältigen versuchte. Es war eine Farce«, schloß sie traurig.

»Ach, Charlotte …« Ich wischte ihr mit meinem Taschentuch die Tränen aus dem Gesicht.

»Weißt du, was das Schlimmste ist?« fragte sie mich.

Ich konnte ihren verzweifelten Blick kaum ertragen.

»Hm?«

»Ich habe es ihm nie gesagt. Ich konnte es mir selbst nicht eingestehen, ich hatte nicht den Mut dazu, wie sollte ich es da Eric sagen? Ich weiß noch nicht einmal, warum er immer wiedergekommen ist. Auch das habe ich ihn nie gefragt. Und jetzt ist er tot, und ich werde es nicht mehr erfahren. *Er* wird es nicht mehr erfahren. Damit werde ich nicht fertig.« Sie sah mich flehend an, als könnte ich etwas daran ändern.

»Charlotte, ich weiß nicht, was Eric gefühlt hat«, begann ich vorsichtig, »aber du weißt inzwischen sehr genau, wie es in dir aussieht. Das ist das einzige, was im Moment zählt. Indem du ihn immer wieder als deinen Liebhaber tituliert hast, bist du auf Distanz geblieben und hast dich der einzigen Möglichkeit beraubt, wirklich um ihn zu trauern. Sieh es jetzt als Chance, Eric als das anzunehmen, was er für dich war, ein einmaliger Mensch, der ganz besondere und wunderbare Gefühle in dir ausgelöst hat. Was auch immer er gefühlt haben mag, für dich war er diese vielgerühmte und so selten erlebte große Liebe. Das ist das, was bleibt.«

Sie sah mich gebannt an und sog jedes meiner Worte in sich auf. Ich konnte spüren, wie sehr sie sich jetzt nach der Gewißheit sehnte, daß es Eric ähnlich wie ihr ergangen war, aber in dieser Hinsicht vermochte ich ihr nicht zu helfen. Ich war mir zwar sicher, daß es so gewesen war, aber für sie mußte es aus meinem Mund eine reine Vermutung sein, da ich ihn nicht gekannt hatte.

Das Orgelspiel in der Kirche hatte von neuem begonnen. Ich nahm Charlottes Hand und zog sie hinter mir her.

»Komm mit«, sagte ich entschieden und ging mit ihr zu der Kirchenbank, auf der ich vorhin den Klängen der Orgel gelauscht hatte. Ich behielt ihre Hand in meiner, schloß die Augen und hoffte, daß etwas von dem Frieden, der sich auf meine Seele gelegt hatte, auch auf sie übergehen würde. Es war ein sehr ruhiges und trauriges Stück, das ich nicht kannte. Charlottes Hand war eiskalt und hielt meine wie einen Anker fest. Nach einer Weile spürte ich, daß sie sich entspannte und sich zurücklehnte. Ich sah sie kurz von der Seite an. Sie hatte die Augen geschlossen und ließ ihre Tränen ungehindert fließen. Früher hatte ich gedacht, weinen sei etwas, dem man Einhalt gebieten müsse, etwas, das schädlich sei und nur noch trauriger mache. Seit ich in Klaras Haus lebte, wußte ich, daß das nicht stimmte. Es war gut, wenn sie flossen, denn mit ihnen stieg die Traurigkeit aus den hintersten Winkeln auf und wurde zur Realität. Und einzig durch die Trauer ließ sich ein Weg aus der Verzweiflung finden. Das wußte ich inzwischen nur zu gut.

Ich streichelte Charlottes Hand, bedeutete ihr, noch einen Moment dazubleiben, und ging hinaus, um draußen vor der Kirche auf sie zu warten. Sie sollte ihren eigenen Moment der Ruhe und des Friedens dort drinnen haben. Als sie nach einer Viertelstunde herauskam, lächelte sie mich unter Tränen an.

»Dann laß uns jetzt fahren«, sagte ich, »Hanni wird schon mit dem Essen auf uns warten.«

Wir holten die Fahrräder und rollten langsam zurück. Es war warm geworden, und die Sonne stand senkrecht über uns. Ich füllte meine Lungen mit der herrlichen klaren Luft und fühlte mich auf unerklärliche Weise frei. Charlotte sagte während der Rückfahrt kein Wort, und ich überließ sie ihren Gedanken. Als wir an der Garage ankamen, blieb sie unschlüssig stehen.

»Was soll ich denn nur tun?« Sie sah mich hilfesuchend an.

»Eric beerdigen«, sagte ich fest. Je länger sie es hinauszögerte, desto schwieriger würde es werden.

»Und dann? Was ist dann?« fragte sie mich.

»Dann wirst du irgendwann genauso wie ich in deine Welt zurückkehren, sehen, was davon übrig ist, und entscheiden, wie es weitergeht«, sagte ich ruhiger, als ich mich fühlte.

Dieses *dann* machte mir ebenso angst wie Charlotte.

»Ich kann das nicht.« Sie lehnte sich mit dem Rücken gegen die Garage und hielt ihr Fahrrad wie zum Schutz vor sich.

»Was kannst du nicht? Ihn beerdigen oder zurückgehen?«

Sie schüttelte unwillig den Kopf. »Ich kann nicht zurück, nicht in diesem Zustand.«

»Davon redet doch auch niemand. Erinnere dich, wo du bist – in Klaras Haus. Hier hast du alle Zeit der Welt. Wenn es nächste Woche nicht geht, dann nächsten Monat. Irgendwann kannst du es, ich weiß es. Schreib Johannes, daß du noch Zeit brauchst, und mach dir keine Sorgen um die Kinder. Sie haben in ihrem Leben schon so viel beständige Zuwendung von dir erfahren, daß sie auch noch ein paar Wochen mehr überstehen werden. Sie werden dich vermissen, aber sie werden daraus kein seelisches Trauma mitnehmen. Und wie du selbst sagst, ist Johannes ein hinreißender Vater.«

Ich hoffte, daß ich sie hatte überzeugen können und sie nicht zu früh nach Hause zurückkehrte. Charlotte war angeschlagener als zum Zeitpunkt ihrer Ankunft auf der Insel. Abgesehen davon, daß ich selbst froh war, sie hier zu haben, wünschte ich mir für sie, daß sie sich nicht zu früh auf den Weg machte. Ihre Beziehung zu Eric hatte auch über seinen Tod hinaus einen ganz entscheidenden Einfluß auf ihr Leben, den sie nicht leugnen konnte und dem sie sich irgendwann würde stellen müssen. Aber das hieß nicht morgen oder jetzt sofort, dafür hatte Klara gesorgt.

Ich lehnte mein Fahrrad gegen einen Holzschober, nahm Charlotte ihres ab und sagte ihr, sie solle schon vorgehen, ich würde die Räder in die Garage stellen. Ich sah, daß sie sich wie ich heute morgen aus dem Garten ein paar Blumen mitnahm. Sie waren für die Vase neben der Urne bestimmt, da war ich mir sicher. Als ich ins Eßzimmer kam, saß dort Hanni und wartete schon mit dem Essen.

»Charlotte geht es nicht gut«, sagte sie sorgenvoll, »sie wollte sich lieber ein bißchen hinlegen.«

Ich mußte an die endlosen Tage und Stunden denken, die ich hier im Bett verbracht hatte, weil es mir als der einzige Ort erschienen war, an dem ich die inneren Qualen überstehen konnte, die mich zu zerreißen drohten. Ich erinnerte mich noch gut an Hannis Fürsorge und wie wohl sie mir getan hatte.

»Vielleicht sollten wir ihr einen Tee hochbringen«, schlug ich vor.

»Alles in Arbeit«, sagte Hanni. »Ich habe das Wasser schon aufgesetzt.«

»Wußten Sie eigentlich, was durch Klaras Testament auf Sie zukommen würde, Hanni?« Sowohl Charlotte als auch ich nahmen Hannis Hilfe so selbstverständlich und dankbar an, daß wir darüber manchmal vergaßen, wie sehr wir sie beanspruchten. Hanni war eine Glucke und wie jede Glucke erst dann zufrieden, wenn es ihren Küken an nichts fehlte. Sie tat alles, um es uns hier schön zu machen, und wußte gleichzeitig, daß sie ab einem gewissen Punkt machtlos war und zusehen mußte.

»Sie meinen, die Tränen, die in diesem Haus fließen würden?« Sie lächelte mich beruhigend an. »Da machen Sie sich mal keine Sorgen. Das haut mich so schnell nicht um. Natürlich«, sagte sie bedächtig, »fände ich es schön, nur fröhliche Gesichter um mich herum zu sehen. Aber ich bin mir sicher, daß jeder, der hierherkommt, mit der Zeit ein bißchen Abstand gewinnt.« Sie sah mich mit ihrem prüfenden Blick an, an den ich mich längst gewöhnt hatte. »Bei Ihnen ist es ja auch schon ein bißchen besser. Und Charlotte …« Sie sah nach oben Richtung Decke. »... das kommt noch.«

Ja, das wird noch kommen, dachte ich zuversichtlich und nickte zur Bestätigung.

18

*Dieser Sommer auf Pellworm würde sich unaus-*löschlich in meinem Gedächtnis verankern. Nicht nur, weil so viel geschehen war, das untrennbar mit dieser Insel verbunden bleiben würde, sondern auch wegen des ursprünglichen Naturerlebnisses, das mich jeden Tag aufs neue überraschte. Hier war nichts abgeschwächt oder gedämpft. Wenn es Nacht wurde, war es draußen stockfinster und still, und der Sternenhimmel entblößte sich in seiner ganzen intensiven Pracht. Ich ging oft abends hinaus zu der Stelle, wo Charlotte mir dieses Schauspiel zum erstenmal gezeigt hatte.

Sie war in den vergangenen Tagen nicht aus ihrem Zimmer herausgekommen. Hanni und ich wechselten uns ab, nach ihr zu sehen und ihr eine Suppe oder einen Tee zu bringen. Reden wollte sie nicht. Nachdem sie einen Brief an Johannes geschrieben hatte, den ich zur Post brachte, hatte sie sich mit Erics Urne eingeigelt und begonnen Abschied zu nehmen. Am fünften Tag saß sie wieder mit uns am Frühstückstisch, blaß und durchscheinend, aber sehr wach.

»Hanni, kann man hier eigentlich ein Boot mieten? Ich meine alleine, nicht mit anderen Fahrgästen?« Sie sah Hanni gespannt an.

»Ja, Thies Friedrichsen fährt hin und wieder mit Gästen raus.

Er ist einer von den Fischern und verdient sich so noch ein bißchen was dazu.«

»Und wo finde ich ihn?« fragte Charlotte.

»Am Hafen, nehm' ich an. Sein Kutter heißt Marianne. Wenn der am Kai liegt, ist Thies auch in der Nähe. Fragen Sie sich einfach durch.«

Nach dem Frühstück nahm Charlotte ihr Fahrrad und verschwand für ein paar Stunden. Ich verbuchte ihre Frage nach einem Boot als großen Schritt nach vorne. Meinen eigenen Schritt hielt ich auf einem Zeichenblock fest, den ich mir am Tag zuvor gekauft hatte. Ich hatte mich unterhalb von Annes Gewächshaus in den Schatten gelegt und ließ meiner Phantasie freien Lauf. Vor meinen Augen entstand das Bild eines Schrankes, wie er mir schon seit Tagen durch den Kopf ging. Zunächst war ich noch etwas ungelenk mit dem Bleistift, es war schließlich lange her, daß ich die letzte Skizze gezeichnet hatte, aber nach und nach erinnerten sich meine Finger. Es dauerte drei Stunden, bis ich mich mit Bleistift und Radiergummi dem annäherte, was mir vorschwebte.

»Sieht gut aus«, sagte Hanni, die ihre Unkrautoffensive unterbrochen hatte und mir über die Schulter sah. »Sie können gut zeichnen, Nina.«

»Nicht nur das«, sagte ich in Erinnerung an meine Arbeit, die ich vor zwölf Jahren aufgegeben hatte. »Ich kann das, was ich zeichne, auch bauen.«

»Muß ein schönes Gefühl sein.« Hanni stützte sich auf ihren Spaten.

»Ja, ich hatte es nur vergessen«, sagte ich ein wenig wehmütig.

»Verlernen wäre schlimmer.« In ihrer bodenständigen Art

brachte Hanni die Dinge immer wieder genau auf den Punkt.

Verlernt hatte ich es glücklicherweise nicht, im Gegenteil, meine frühere Begeisterung hatte mich wieder gepackt, und ich machte mir Gedanken über das Holz und wo ich ihm seine Form geben würde. Ich könnte wieder eine kleine Werkstatt anmieten, überlegte ich mit wachsender Begeisterung, die Geräte hatte ich dank der weisen Voraussicht meines Vaters einlagern lassen, obwohl ich damals, als ich mich für einen anderen Weg entschieden hatte, überzeugt war, daß ich sie nie wieder brauchen würde.

»Ich habe ihn gefunden«, rief Charlotte uns vom Haus aus zu und kam den Weg hinunter, den ich nur ahnen, aber nicht sehen konnte. Die Blumen, die vom Sturm hinuntergedrückt worden waren, hatten sich erneut aufgestellt, so daß es so aussah, als wanderte Charlotte durch ein Blütenmeer. Sie hatte wieder etwas Farbe im Gesicht.

»Und?« fragten Hanni und ich gleichzeitig.

»Ich habe seinen Kutter gechartert«, sagte sie erleichtert. Sie verriet uns jedoch nicht, wann, und wir fragten sie nicht danach.

»Aber Sie haben ihm nicht gesagt, was Sie da draußen vorhaben, oder?« Hanni sah Charlotte skeptisch an.

»Keine Sorge, Hanni, ich habe nichts gesagt, und er wird es auch nicht merken«, beruhigte Charlotte sie.

»Hm«, brummte Hanni, die nicht vollends überzeugt war.

»Ich möchte nur nicht zwei Tage später beim Bäcker hören, daß eine von meinen Deerns dem Pastor ins Handwerk pfuscht.« Sie sah uns beide an wie ein Hirte, der mit Blickkontakt versucht, seine Herde am Ausbrechen zu hindern.

Charlotte ging zu ihr und nahm sie in den Arm. »Die Botschaft ist angekommen, Hanni«, sagte sie besänftigend und drückte ihr auf jede Wange einen Kuß.

»Dann ist es ja gut. Ich mache uns jetzt was zu essen.« Hanni lächelte befriedigt, nahm ihren Spaten und marschierte Richtung Haus.

Charlotte holte sich einen Liegestuhl aus dem Schuppen und legte sich zu mir. Sie nahm den Zeichenblock, der sich neben mir auf dem Boden befand, und studierte die Schrankzeichnung. Als sie nach einer Minute nichts sagte, wurde ich unruhig. Hanni zu beeindrucken, war wohl doch einfacher gewesen, als ich gedacht hatte. Ich konnte aus Charlottes Miene nichts ablesen.

»Es ist so lange her, daß ich etwas entworfen habe«, meinte ich unsicher. »Du kannst ruhig sagen, wenn es dir nicht gefällt.«

»Wenn es mir nicht *gefällt*?« Sie sah mich irritiert an. »Ich *verstehe* es einfach nicht. Wie konntest du so eine Arbeit aufgeben? Dieser Schrank ist wunderschön.«

Mir fiel ein Stein vom Herzen. Charlottes Urteil war mir sehr wichtig. Hätte sie meine Skizze verrissen, dann hätte mich das mehr als verunsichert. Es hatte damals viel Mut gebraucht, um meine Träume zu verwirklichen, und es würde auch jetzt viel Mut dazu gehören.

»Du hast gerade den Grundstein für meinen zweiten Anlauf gelegt.« Ich sah sie dankbar an.

»Du würdest es auch ohne das schaffen, glaube mir. Talent setzt sich letztendlich immer durch«, versuchte sie mich zu überzeugen.

»Aber wenn jemand an dich glaubt, ist es …«

»Wer sagt dir, daß ich an dich glaube?« unterbrach sie mich leise schmunzelnd.

»Das sagt mir mein gesunder Menschenverstand, dessen Niveau durch verschiedene Nachhilfestunden beachtliche Sprünge nach oben gemacht hat.« Ich grinste sie von der Seite an.

»Das läßt hoffen«, entgegnete sie zufrieden und lehnte sich in ihren Liegestuhl zurück.

Wir verfielen in einträchtiges Schweigen. Charlotte hatte die Augen geschlossen, während ich den vereinzelten Wolken am Himmel zusah, die langsam in wechselnden Formationen über uns hinwegzogen. Nach den verzweifelten Tagen und Wochen in Klaras Haus genoß ich jede Minute des Friedens in mir. Ich spürte, daß ich mich mehr und mehr entspannte und mich ein heilsamer Puffer von den vergangenen Geschehnissen trennte.

»Er war ein sehr leidenschaftlicher Mensch«, sagte Charlotte in meine Gedanken hinein.

»Habe ich mir gedacht.« So wie ich Charlotte hier kennengelernt hatte, hätte ich nicht sagen können, was sie mit Johannes verband. Außer den Kindern natürlich. »Hast du eine Ahnung, wie seine Frau ist?« Ich versuchte, sie mir vorzustellen, was mir jedoch nicht gelang, da ich nichts von ihr wußte.

»Nein. Warum?«

»Ich habe nur überlegt, ob Eric mit seiner Ehe einen ähnlichen Kompromiß eingegangen ist wie du.«

Charlotte setzte sich auf und sah mich an. »Ich weiß es nicht, ich habe ihn nie auf seine Ehe angesprochen und mir, wenn ich es recht überlege, auch keine Gedanken über seine Frau gemacht.« Sie schien selbst überrascht darüber zu sein. »Ich habe sie nicht als Konkurrenz empfunden.« Charlotte zögerte und dachte nach. »Wahrscheinlich, weil er so schnell auf meine Karte reagiert hat. Da habe ich angenommen, daß es nicht so viel sein kann, was sie möglicherweise zerstört. Obwohl ... eigentlich habe ich gar nicht daran gedacht, daß ich etwas zerstören könnte. Ich ...«

»Du hast dich nur danach gesehnt, ihn wiederzusehen«, vollendete ich ihren Satz.

»Ja.«

Sie strich sich mit beiden Händen die Locken zurück, die der Wind ihr immer wieder ins Gesicht wehte. An dem Schmerz in ihren Augen konnte ich erkennen, daß das Gleichgewicht, das sie in den vergangenen Tagen wiedergefunden hatte, noch sehr zerbrechlich war.

»Ich denke«, fuhr sie fort, »ich hätte es auch getan, wenn ich gewußt hätte, daß er ein glücklicher Ehemann und ein ebenso glücklicher Vater ist«, sagte sie offen.

Es fiel mir immer noch schwer, Charlottes Erzählungen vollkommen von Simone und mir zu trennen. Zu irgendeinem Zeitpunkt mußte auch Simone vor der Frage gestanden haben, wofür sie sich entscheiden soll, für Carl oder ihre Freundschaft mit mir. Sie hatte ihre Wahl getroffen. Und ich hatte mir inzwischen eingestanden, daß sie in keine glückliche Ehe eingebrochen war. Trotzdem konnte ich ihr nicht verzeihen. Ich wünschte, ich wäre auf andere, hoffnungsvollere Weise wachgerüttelt worden. Ich wünschte, Carl hätte mir eine Chance gegeben. Wenn wenigstens einer von uns beiden rechtzeitig die Notbremse gezogen hätte, dachte ich sehnsüchtig, wenn ... Aber, meldete sich die Stimme der

Vernunft, ich konnte ihm schlecht ankreiden, was ich selbst nicht fertiggebracht hatte. Trotzdem stiegen in schwachen Momenten ausgeprägte Rachegefühle in mir hoch, und ich genoß die Phantasiebilder, auf denen ich Carl und Simone ähnliche Schmerzen zufügte, wie sie es bei mir getan hatten.

»Wußte Erics Frau von eurer Beziehung?« Das Thema ließ mich nicht los.

»Ich hoffe nicht, aber auch das habe ich ihn nie gefragt«, sagte Charlotte müde.

»Dafür, daß du einmal davon gelebt hast, Fragen zu stellen, warst du bei Eric ganz schön zurückhaltend.«

»Als ich noch davon gelebt habe, Fragen zu stellen«, hielt sie dagegen, »wollte ich die Antworten *wissen*. Bei den meisten Fragen, die ich Eric gerne gestellt hätte, war ich mir da nicht so sicher.« Sie forschte in meinem Gesicht nach Verständnis.

»Ganz besonders bei der Frage nach dem Warum«, schloß ich. Langsam fügten sich die Bilder ineinander. »Du hattest Angst, er nennt dir das als Grund, was du dir selbst hast weismachen wollen, nämlich puren, unverbindlichen Sex.« Charlotte rupfte das Gras um sich herum mit den Fingern ab. »Nina, kannst du dir vorstellen, wie sehr ich es bereue, daß ich ihn nie gefragt habe? Ich wüßte es jetzt gerne.«

»Ich kann's mir vorstellen«, pflichtete ich ihr bei. »Aber weißt du, was mir auffällt?«

Sie sah mich an und zog fragend ihre Augenbrauen hoch.

»Eric hat dich auch nicht gefragt. Es ist, als ob jeder von euch beiden diese ganz entscheidende Frage umschifft hat, um mit der Antwort nicht das zu zerstören, was ihr so sorgsam gehütet habt.« Ich glaubte nicht, daß Eric einer von diesen coolen Typen war, die das Abenteuer am Rande ebenso schätzen wie ein funktionierendes Zuhause. Wenn er so gewesen wäre, hätte er – genauso wie Charlotte – einen einfacheren Weg wählen können, um das zu bekommen, wonach er suchte. »Verschweigen scheint doch ein weiter verbreitetes Phänomen zu sein, als ich angenommen habe«, fügte ich voller Selbstironie hinzu.

Ich spürte den kleinen Hoffnungsschimmer, der Charlotte erfaßt hatte. Es würden jedoch immer Vermutungen bleiben. Gewißheit konnte es für sie in dieser Hinsicht nicht mehr geben.

»Wie sieht's denn mit Ihrem Hunger aus?« Hanni war zu uns heruntergekommen und schaute uns erwartungsvoll an.

»Oh, ist es schon so spät?« Wobei sich die Frage bei Hannis Erscheinen und dem Stand der Sonne, die mir hier die Uhr zu ersetzen begann, erübrigt hätte.

»Ja«, kam prompt Hannis Antwort. »Und besser wird der Fisch nicht, wenn er noch länger im heißen Wasser schwimmt.« Sie zwinkerte uns fröhlich zu, klatschte in die Hände und scheuchte uns wie ihre Küken Richtung Haus. Wir hatten Hanni immer noch nicht davon überzeugen können, einmal draußen zu essen. Sie hatte uns zu Beginn der warmen Tage ebenso wortreich wie farbenfroh beschrieben, worauf die Fliegen, die sich unweigerlich auch auf unser Essen setzen würden, vorher gesessen hätten. Damit war der Fall für sie erledigt, und sie erwartete dasselbe von uns. Daß die Fliegen augenscheinlich auch den Weg ins Haus fanden, ließ sie noch nicht einmal ansatzweise gelten und verwies statt dessen auf die Fliegenklatsche, die stets griffbereit in ihrer Nähe lag.

An Charlottes Platz am Eßtisch lag ein in Leder gebundenes schmales Buch, das wie eines von Hannis Tagebüchern aussah. Charlotte nahm es in die Hand und schlug es auf.

»Es ist über Sie, Charlotte. Ich hatte es nach Frau Wilanders Tod weggeschlossen.«

»Warum?« fragte Charlotte verwundert.

»Alle anderen Bücher sind über Menschen, die bereits tot sind, und ich dachte, es wäre Ihnen sicher nicht recht, wenn jeder, der hierherkommt, darin lesen kann.« Hanni sah auf ihren Teller und dann erneut zu Charlotte. »Es ist mir gestern wieder eingefallen, und ich habe es gelesen. Nicht aus Neugier«, schickte sie entschuldigend hinterher, »sondern um zu sehen, ob es gut für Sie ist.«

Charlotte sah sie gespannt an. »Und?«

»Und ich denke, Sie sollten es auch lesen, Deern.« Hannis Ton war ganz weich geworden und ließ die Anteilnahme ahnen, die sie Charlotte entgegenbrachte, die das Buch wie einen Schatz an ihren Körper preßte.

Sie schlang ihr Essen runter und verschwand sofort nach dem letzten Bissen mit einem entschuldigenden Blick in die Runde nach oben.

»Schade, daß ich mich nicht eher daran erinnert habe, es wird ihr guttun«, meinte Hanni und sah mich vielsagend an.

Nachdem ich Hanni beim Abräumen geholfen hatte, nahm ich mein Rad und fuhr Richtung Hooger Fähre. Charlotte fragte ich gar nicht erst, ob sie mitkommen wolle, sie würde den Nachmittag mit Lesen verbringen, da war ich mir sicher. Ich hatte meine Badesachen eingepackt und freute mich auf eine kleine Abkühlung. Als ich über den Deich kam, sah ich erleichtert, daß Hochwasser war. Ich hatte vergessen, Hanni danach zu fragen, und war schon darauf gefaßt gewesen, eine weite Wattfläche vorzufinden. Ich suchte mir einen Platz in der Nähe des Wassers und sah für eine Weile den Badegästen zu. Wie schön mußte es sein, ließ ich meine Gedanken schweifen, völlig sorglos hier herumzulaufen, zu baden, den Urlaub zu genießen und nicht an morgen zu denken. Doch dann rief ich mich selbst zur Ordnung. Was für ein Unsinn! Wer sagte mir denn überhaupt, was in den anderen vor sich ging? Wenn ich den Statistiken Glauben schenken durfte, hatte mindestens die Hälfte der hier anwesenden Männer ein Verhältnis, litten fünf Prozent der Frauen unter schweren Depressionen und vierzehn Prozent der Kinder unter Schreib- und Leseschwächen. Für die anderen sah ich sicher auch wie ein ganz normaler Feriengast aus und nicht wie eine zufluchtsuchende Ehegescheiterte mit unerfüllbarem Kinderwunsch. Ich saß schließlich auch hier und ging baden, während mein Mann vielleicht gerade meiner Freundin liebevoll über den Bauch strich. Bevor diese Gedanken mich wieder einhüllten mit ihrer Sogrichtung gen Abgrund, fegte ich sie weg. Sie halfen mir kein Stück weiter, sondern quälten mich nur.

Was soll's, dachte ich und rappelte mich auf, um zum Wasser zu gehen. Ich hielt vorsichtig meinen Fuß hinein, schreckte jedoch sogleich vor der Kälte zurück.

»Einfach reinspringen«, sagte ein kleiner Knirps neben mir mit klappernden Zähnen und blauen Lippen, der von seiner Mutter kräftig trocken gerubbelt wurde.

»Wenn ich dich so ansehe«, sagte ich lachend, »laß ich es doch besser bleiben.«

»Wieso?« fragte er mich mit großen Augen, und ich begriff,

daß er die Kälte gar nicht realisierte und nur wieder im Wasser spielen wollte, wovon ihn seine Mutter wortreich abzuhalten versuchte.

Ich ging ganz vorsichtig die Steine hinunter und stand bis zu den Oberschenkeln im Wasser.

»Du mußt springen und ganz schnell schwimmen, dann merkst du gar nicht, daß es kalt ist«, rief er mir ernst hinterher.

Also tauchte ich blitzschnell unter, so daß es mir fast den Atem nahm. Die Kälte umfing mich wie ein Panzer, und ich mußte kräftig schwimmen, um dieses einengende Gefühl loszuwerden. Es konnten nicht mehr als siebzehn Grad sein, wenn überhaupt, aber nach ein paar Minuten machte die Kälte mir nichts mehr aus, und ich fing an mein Bad zu genießen. Für einen Moment ließ ich mich auf dem Rücken treiben und hielt mein Gesicht in die Sonne. Wie gerne, träumte ich vor mich hin, wäre ich diese Mutter, die am Strand ihr Kind abtrocknet. Aber das würde nie geschehen, nie mehr. Vielleicht würde ich irgendwann, an irgendeinem Strand ein Kind abtrocknen und meine Vernunft gegen seinen Übermut ins Feld bringen, aber es würde nicht meines sein. Ich konnte nicht davonlaufen, ich mußte mich genauso wie Charlotte den Tatsachen stellen, auch wenn sie noch so sehr weh taten.

Die Kälte hatte mich zurückerobert und ließ mich schnell ans Steinufer schwimmen. Der kleine Knirps saß dort in sein Handtuch gewickelt und hatte mir zugeschaut.

»Macht Spaß, oder?« Er sah mich fröhlich an und entblößte dabei zwei dicke Zahnlücken, die seine lispelnden Laute erklärten.

»Ja, das macht Spaß«, stimmte ich ihm zu und lächelte seine Mutter über seinen Kopf hinweg an.

Was wußte ich schon über sie. Vielleicht war sie wirklich so glücklich, wie sie aussah und wie ich es an ihrer Stelle auch wäre. Vielleicht wahrte sie aber auch nur einen Schein und lief Träumen hinterher, die ich nicht nachempfinden konnte. Ich war vorsichtiger geworden mit meinen Einschätzungen, seitdem ich bei Klara und Charlotte so gründlich danebengelegen hatte.

Nachdem ich mich noch kurz in der Sonne aufgewärmt hatte, packte ich meine Sachen zusammen und radelte zurück zum Haus. Hanni hatte Tee gekocht und ihn samt einem leckeren Pflaumenkuchen für uns auf den Eßtisch gestellt. Ich hatte sie auf der Warft angetroffen, wo sie das Gras, das vor ein paar Tagen gemäht worden war, zusammenharkte. Wir sollten schon einmal ohne sie anfangen, sie würde später nachkommen.

Charlotte hatte mich gehört und gesellte sich zu mir. Ich merkte, daß ihr etwas auf der Seele lag, daß sie aber nicht wußte, wie sie damit herausrücken sollte. Und ich merkte, daß es etwas Besonderes sein mußte, wie ein Strahlen hinter der Traurigkeit.

»Das Buch ... was hat dringestanden?« fragte ich sie vorsichtig.

»Die Antwort.« Sie wirkte äußerlich vollkommen ruhig, aber ich ahnte den Aufruhr, der in ihr tobte, und sah sie erwartungsvoll an. Sie nahm Klaras Buch, das sie neben sich gelegt hatte, und fing an, mir daraus vorzulesen.

»Sie sehen sich an, als wollten sie einander nie mehr aus den Augen lassen. Ich war gespannt auf diesen Eric, den Charlotte mit hierherbringen wollte, und meine Ahnungen haben mich nicht getäuscht. Da halten sich zwei an den Händen, die wie füreinander geschaffen sind, sich jedoch nicht trauen, es dem anderen einzugestehen. Diese verdammte Angst, die uns schweigen läßt, wo klärende Worte den Himmel bedeuten könnten. Aber ich werde nicht eingreifen, sie müssen den Weg zueinander selbst finden …«

Charlotte hatte angefangen zu weinen und starrte auf das aufgeschlagene Buch vor sich.

»He, laß es gut sein, du mußt mir das nicht vorlesen.« Ich strich sanft über ihre Hand, die sie zur Faust geballt hatte.

Sie wischte sich entschlossen übers Gesicht und schluckte. »Ich möchte es aber.« Dann blätterte sie ein paar Seiten weiter und las mir stockend vor.

»Sie haben beide die falsche Wahl getroffen. Bei Charlotte wußte ich es in dem Augenblick, als ich sie zum erstenmal mit Eric beobachtete und dieses Strahlen, diese tiefe Freude entdeckte, wovon Johannes wohl noch nicht einmal etwas ahnt. Bei Eric hatte ich keinen Vergleich und konnte es deshalb nicht beurteilen. Er hat es mir selbst gesagt.«

Charlotte sah von dem Buch auf und erzählte mir, daß Klara diese Passage kurz vor ihrem Tod geschrieben hatte.

»Er kam heute abend zu mir in die Bibliothek, nachdem Charlotte eingeschlafen war, und fragte mich um Rat. Er hat Skrupel, die ihn ehren, die ihn aber, wenn er ihnen auf Dauer nachgibt, nicht das Leben führen lassen werden, nach dem er sich sehnt. Mit seiner Frau verbinden ihn eine große Freundschaft und ein über die Jahre gewachsenes Verantwortungsgefühl. Nur mit letzterem wird er weder sich noch ihr auf Dauer einen Gefallen tun, dafür sind sie beide zu jung.

Dazu kommt, daß er sich nicht traut, Charlotte aus ihrem Leben zu reißen, immerhin haben sie vier Kinder. Das ist kein einfacher Schritt, das gebe ich zu, aber sie müssen sich irgendwann stellen, wie auch immer sie dann entscheiden. Wenn mein Eindruck mich nicht täuscht, sind sie beide zu leidenschaftlich, um sich auf Dauer mit mittelmäßigen Gefühlen zu begnügen. Welche Verschwendung auch.«

Charlotte schlug das Buch zu und legte ihre Hände flach darauf. »Dazu sollte es nicht mehr kommen«, sagte sie leise.

»Was hättest du getan, wenn er dich gefragt hätte?«

Sie sah mich unendlich traurig an. »Aus meinem jetzigen Wissen heraus würde ich spontan sagen, ich hätte mich scheiden lassen, hätte meine Kinder genommen und wäre mit Eric zusammengezogen. Aber als er noch lebte, habe ich nicht gewußt, wie begrenzt unsere Zeit ist. Möglicherweise ...«, sie schluckte die Verzweiflung hinunter, »... möglicherweise hätte ich mich wieder nicht getraut. Ich weiß es einfach nicht, Nina.« Sie schluchzte und ließ ihren Kopf auf die Arme sinken. Ich strich ihr über die Locken.

»Vielleicht ist das auch gar nicht so wichtig. Jeder von uns wird immer wieder Fehler machen, manche sogar wiederholen. Wichtig ist nur, daß sich die Dinge irgendwann zurechtrücken und du erkennst, was richtig gewesen wäre, und dadurch ein kleines Stückchen weiterkommst. Auch wenn ...«, jetzt mußte ich schlucken, »... auch wenn«, sagte ich fest, »du diese Chance nicht noch einmal bekommst.«

19

Zwei Tage später schlug Charlotte nach dem Frühstück eine längere Fahrradtour vor.

»Ein bißchen Bewegung wird dir guttun, Nina, sonst tragen schließlich doch noch Hannis Bemühungen den Sieg auf der Waage davon.« Sie ließ ihren Blick provozierend langsam über meinen Körper wandern.

Ich war in den letzten Tagen zunehmend träger geworden und genoß es, im Garten zu liegen und mich durch Klaras Bibliothek zu graben wie ein Rekonvaleszent nach einer schweren Krankheit. Trotzdem hatte ich nicht das Gefühl, dafür gleich mit zusätzlichen Pfunden belohnt worden zu sein.

Ich folgte Charlottes Blick und sah an meinem Körper hinunter. »Was ist daran auszusetzen?«

»Nichts.« Sie lächelte mich beruhigend an. »Ich möchte einfach nur, daß du mitkommst.«

»Das hättest du auf direktem Weg einfacher haben können«, sagte ich trocken.

»Du weißt doch, daß ich den geraden Weg nicht so reizvoll finde.« Sie zwinkerte mir verschmitzt zu und verschwand nach oben, um ihre Sachen zu holen.

Als sie mit ihrem Rucksack herunterkam, stand ich gerade bei Hanni in der Küche und meldete uns bis zum Mittagessen ab.

»Soll ich Ihnen ein paar Brote mitgeben?« fragte Hanni und streckte schon die Hand nach dem Brotmesser aus.

»Gott bewahre«, rief ich entrüstet mit einem Seitenblick auf Charlotte, »das würde ja den Sinn der Sache völlig torpedieren. Ich soll hungern, darben und strampeln, damit der Zeiger meiner Waage nicht ausschlägt.«

Hanni sah mich besorgt an. »Ist alles in Ordnung, Nina?«
Bevor ich antworten konnte, kam Charlotte mir zuvor. »Alles
okay, Hanni, war nur ein Spaß. Nina wollte sagen, daß wir
noch satt vom Frühstück sind und bis zum Mittagessen leicht
durchhalten.« Sie grinste mich an, griff nach meinem Arm
und zog mich aus der Küche.
»Wir müssen jetzt los«, drängte sie mich.
»Ich denke, wir machen eine gemütliche Fahrradtour«,
murrte ich lustlos. »Von beeilen hast du nichts gesagt.«
»Dann sage ich es jetzt.« Damit schwang sie sich auf ihr Rad
und trat kräftig in die Pedale, so daß ich Mühe hatte, hinter
ihr herzukommen.
Es war ein herrlicher Tag, der in meinen Augen jedoch
windstill noch verlockender gewesen wäre.
»Charlotte, können wir nicht andersherum fahren, anstatt
die ganze Zeit gegen den Wind anzustrampeln?« rief ich ihr
außer Atem nach.
»Nein, können wir nicht«, kam ihre knappe Antwort.
»Dann fahr wenigstens langsamer«, schrie ich entnervt. »Ich
kann bald nicht mehr.«
»Wie willst du jemals deine Grenzen kennenlernen, wenn du
dich ihnen noch nicht einmal näherst?« Der Wind trug mir
ihre Worte entgegen, sie hatte ihr Tempo kein bißchen
gedrosselt.
»Da verwechselst du etwas.« Langsam wurde ich wütend.
»Du bist diejenige, die es immer über die Grenzen treibt. Ich
leide nicht unter diesem Fernweh.« Wenn ich noch länger
hinter ihr herschreien müßte, würde ich morgen heiser sein.
»Schade, du verpaßt eine ganze Menge.«
Fast hatte ich sie eingeholt. »Was denn?« fragte ich sie

provozierend. »Etwa die Erfahrung, neben einem Gefäß mit Asche zu schlafen, die mir nicht gehört?«

»Wem gehört sie dann?« Charlotte hatte ein paar Tritte ausgelassen und radelte jetzt neben mir.

»Erics Angehörigen«, sagte ich voller Überzeugung.

»Ich habe ihm auch *angehört*.« Sie sagte es leise vor sich hin, aber laut genug, damit ich es verstand. »Und ich habe redlich geteilt.«

»Charlotte, entschuldige, aber ich kenne keinen Menschen, der Mengenlehre anhand von Totenasche praktiziert.« Ihr respektloser Übergriff war mir immer noch suspekt.

»Doch, du kennst mich«, sagte sie schlicht.

»Der Punkt geht an dich«, gestand ich ihr zu. Ihre ehrliche Art war entwaffnend und verblüffte mich auch diesmal wieder.

Inzwischen waren wir am Hafen angekommen, wo Charlotte zum Kai abbog. Endlich eine Pause, dachte ich erleichtert, als sie ein paar Meter vor mir vom Rad stieg. Ich hielt neben ihr und sah mich um. Wir standen direkt vor einem der blau-weißen Fischkutter, die in rhythmischen Bewegungen mit den Wellen gegen die Kaimauer stießen. Ich starrte versonnen auf den Namen des Kutters, und es dauerte eine Weile, bis es mir dämmerte.

»Marianne«, las ich laut, »ist das nicht der Kutter, den du gechartert hast?« Ich sah Charlotte fragend an.

»Ja«, kam ihre knappe Antwort.

Ich schob mein Fahrrad ein Stück weiter, wurde aber von Charlotte jäh gestoppt.

»Bleib stehen, wir müssen hier warten.«

»Worauf?« fragte ich nichtsahnend.

»Auf Thies Friedrichsen.« Sie sah sich suchend um.

»Ich denke, du hast mit ihm alles abgemacht?«

»Eben.«

Ich blickte sie verständnislos an.

»Es ist soweit«, half sie mir ernst auf die Sprünge. »*Ich* bin soweit.«

»Oh, entschuldige, Charlotte, das wußte ich nicht. Gib mir dein Fahrrad, ich setze mich da hinten auf die Bank und warte auf dich.« Jetzt wurde mir auch klar, was sie in ihrem Rucksack hatte. Ich hatte mich schon gewundert, warum sie ihn auf eine ganz normale Fahrradtour über die Insel überhaupt mitschleppte.

»Du kommst mit«, sagte sie klar und deutlich in einem unmißverständlichen Befehlston.

»Wie bitte? Das ist ganz allein deine Angelegenheit. Ich habe Eric ja noch nicht einmal gekannt.«

»Du kennst mich, das reicht doch wohl für deine Anteilnahme an einer Beerdigung, die mir mehr als irgend etwas sonst am Herzen liegt.«

»Meiner *Anteilnahme* kannst du dir auch sicher sein, aber bei der Teilnahme hört es auf. Was ist, wenn er uns dabei erwischt?« Charlottes Vorhaben war mir alles andere als geheuer, und ich wollte nichts damit zu tun haben. Carl hatte mir im Verlauf unserer Ehe etliche Paragraphen eingetrichtert und mich vor spontanen, unüberlegten Handlungen gewarnt. Obwohl ... überlegte ich rebellisch, er hatte selbst in den vergangenen Monaten eine Menge an Geboten überschritten und mehrfach gegen die guten Sitten verstoßen.

»Dafür kommst du ja mit«, holte Charlotte mich zurück. »Du lenkst ihn ab.«

274

»Fein«, sagte ich schnippisch. »Das ist ja bestens durchorga-
nisiert. Aber weißt du was? Ich habe es satt, daß immer
andere die Regie in meinem Leben übernehmen. Hättest du
mich nicht vorher fragen können?«

»Dann hättest du vielleicht nein gesagt«, räumte sie kleinlaut
ein.

»Und wieso bist du dir so sicher, daß ich es jetzt nicht tue?«
Ich sah sie herausfordernd an.

»Weil du nicht zu Szenen in der Öffentlichkeit neigst.«
Ich holte tief Luft und rief mit aller Stimmgewalt, deren ich
fähig war, in die Runde: »Alle mal hergehört! Meine Freundin Charlotte plant ...« Weiter kam ich nicht, denn sie hielt
mir von hinten den Mund zu.

»Bitte nicht«, sagte sie leise.

Ich wand mich aus ihrem Griff und drehte mich zu ihr um.

»Ich *neigte* nicht zu Szenen in der Öffentlichkeit, damit das
klar ist!« Wobei ich die Vergangenheitsform bissig betonte.

»Dein Punkt, okay?« Sie fixierte mich mit ihrem Blick und
wartete auf meine Antwort.

»Okay«, sagte ich nach einer Weile.

»Da sind Sie ja schon«, hörte ich hinter uns eine kräftige
Männerstimme. »Dann kann's ja losgehen.«

Thies Friedrichsen war ein mittelgroßer, stämmiger Mitt-
fünfziger, dem der Schalk in den Augenwinkeln saß und
dessen rote Äderchen auf den Wangenknochen von mancher
fröhlich durchzechten Nacht erzählten. Er machte mir
nicht den Eindruck, als könnte ihn Erics ungewöhnliche
Seebestattung aus der Ruhe bringen, eher, als würde er sie
als zusätzliche Geschichte in sein Seemannsgarn einbin-
den.

Wir lehnten unsere Fahrräder an einen Schuppen und folgten
Thies Friedrichsens Einladung auf seinen Kutter, Charlotte
eher zögerlich, als bekäme sie jetzt doch Angst vor ihrer
eigenen Courage, und ich immer noch widerstrebend.
»Wo soll's denn hingehen?« fragte er beim Ablegen.
»Größräumig um die Insel, so daß wir soviel wie möglich
sehen«, antwortete Charlotte.
Ich setzte mich auf eine Luke, die in den Fischraum führte,
und Charlotte nahm ihren Rucksack ab und stellte ihn neben
mich.
»Halt ihn gut fest, ich sehe mich mal ein bißchen um.« Sie
wartete meine Entgegnung gar nicht erst ab, sondern ging
Richtung Heck.
Ich nahm den Rucksack auf meinen Schoß und umfing ihn
mit beiden Armen. Vor meinem geistigen Auge sah ich ihn
schon runterfallen und über die Schiffsplanken rutschen. Das
fehlt mir gerade noch, dachte ich nervös.
»Entspann dich.« Charlotte setzte sich neben mich und hielt
ihr Gesicht in den Wind.
»Es ist schon merkwürdig«, sagte sie, »bei allen wichtigen
Ereignissen in deinem Leben bekommst du jemanden zur
Seite gestellt – bei der Taufe einen Paten, bei der Hochzeit
einen Trauzeugen, nur bei einer Beerdigung nimmt jeder
Reißaus. Und da wäre es am wichtigsten.« Sie griff nach dem
Rucksack und stellte ihn zwischen uns.
»Also gut«, gab ich nach, »dann bin ich eben dein Beerdi-
gungspate. Oder Beerdigungszeuge? Egal – sag mir, was ich
tun soll.«
Sie lächelte mich tief aus ihrem Herzen heraus an. »Nur
aufpassen, daß es keine anderen Zeugen gibt, weiter nichts,

und …«, sie zögerte, »… und dafür sorgen, daß ich allein bin, für ein paar Minuten.«

Ich stand auf und nahm sie in den Arm. »In Ordnung. Wann?«

Charlotte blickte sich um. Wir hatten uns schon ein ganzes Stück von der Insel entfernt und sahen den Leuchtturm nur noch in Streichholzgröße.

»Jetzt.« Sie wirkte plötzlich aufgeregt und fahrig, und ich fragte mich, ob es wirklich richtig war, was wir da taten.

Ich sah sie zweifelnd an, aber sie machte mir ein Zeichen, daß ich zu Thies Friedrichsen ins Ruderhaus gehen sollte, was ich schließlich auch widerstrebend tat.

»Und, gefällt's Ihnen auf Pellworm?« Er hielt seinen Blick aufs Meer gerichtet.

»Sehr sogar. Ich hätte nie gedacht, daß es so schön hier ist«, sagte ich ehrlich.

»Sie wohnen im Haus von Klara Wilander.« Es war keine Frage, sondern eine Feststellung.

»Hier bleibt wohl nichts verborgen«, entgegnete ich lachend und hoffte, daß Charlotte hinter meinem Rücken nicht die Zeit vergaß.

»Wenig«, gab er zu, während er um eine grüne Boje herum-schiffte. »War 'ne nette Frau.«

»Ja«, sagte ich versonnen, »sie war eine nette Frau.«

»Was ist mit Ihrer Freundin?« Er drehte sich nach Charlotte um, die sich über das Heck lehnte. »Ist sie etwa seekrank?«

»O nein, sie ist Journalistin und schreibt zur Zeit einen Bericht über die Möglichkeiten von Bestattungen im Mee-resboden. Jetzt hat sie gerade ihre Denkphase, da darf ich sie nicht stören.«

»Aha«, brummelte er.

Ich sah ihm an, daß er das nur als weitere exotische Laune eines Badegastes verbuchte. Und ich selbst dachte, daß Charlottes schamloser Hang zum Lügen, wenn Ehrlichkeit nur schadete, langsam auf mich abfärbte. Ich versuchte mich auf das zu konzentrieren, was Thies Friedrichsen über das Watt, die umliegenden Halligen und die Sände erzählte, aber ich spürte nur Charlotte in meinem Rücken. Ich drehte mich unauffällig nach ihr um und sah, daß sie sich wieder auf die Luke gesetzt und ihren Rucksack davorgestellt hatte. Ihr Gesicht war hinter ihren Locken verborgen. Ich wartete noch einen Moment, bis ich zu ihr hinausging und ihre Hand in meine nahm. Sie weinte leise vor sich hin und sah aufs Meer.

»Es tut so weh«, sagte sie in einem winselnden Ton wie ein zutiefst verletztes Wesen.

»Ich weiß, Charlotte, ich weiß.« Ich drückte ihre Hand und ließ sie in Ruhe. Es gab nichts, was ich hätte sagen können, um sie zu trösten, und sie sollte ihren Augenblick des ungestörten Abschieds haben. Für sie war Erics Grab hier in diesem Meer, es würde kein anderes für sie geben.

Ich lehnte mich an die Bordwand und sah dem aufschäumenden Wasser hinterher. Die Spritzer glitzerten in der Sonne und tanzten vor meinen Augen. Auch für mich wurde es Zeit für einen Abschied. Ich zog meinen Ehering vom Finger, hielt ihn noch einen Moment in meiner Hand und betrachtete ihn. Dann ließ ich ihn ins Wasser fallen. Dreizehn Jahre hatte er mich durch die Tage und Nächte begleitet, in guten wie in schlechten Zeiten, und hatte den sprachlosen nicht trotzen können. Er hatte an meinem rechten Ringfinger einen weißen Streifen hinterlassen. Davon würde man in ein paar Tagen dank der Sonne nichts mehr sehen. Er würde spurlos verschwinden. Charlotte mußte mich beobachtet haben, denn sie war neben mich getreten und strich wortlos über meinen Finger.

»Mit irgend etwas muß ich anfangen, oder?«

»Ja«, sagte sie, und die Wärme in ihrer Stimme legte sich wie Balsam auf meine wunde Seele. »Manchmal schaffen die äußeren Dinge ein Gerüst, an dem du dich festhalten kannst.«

Das Leben schlug schon merkwürdige Kapriolen. Hier stand ich neben der Frau, die ich noch vor zwei Monaten am liebsten nach Sibirien verbannt hätte, weil sie mir als die Inkarnation dessen erschien, was ich ablehnte. Jetzt empfand ich nichts anderes als Freundschaft und Nähe für sie. Wie hieß es so schön? Wenn eine Tür sich schließt, dann geht eine andere dafür auf. Die Tür zwischen Simone und mir war von beiden Seiten einzementiert, die zu Charlotte stand weit und einladend offen.

Unsere Ausfahrt neigte sich ihrem Ende zu. Der Kutter schipperte langsam entlang der Pricken, die den Weg durch das tiefe Wasser in den Hafen wiesen. Thies Friedrichsen vertäute seine »Marianne« fest am Kai und half uns beim Aussteigen, wobei er Charlotte mit ihren verweinten Augen genau unter die Lupe nahm.

»Jetzt nehmen Sie sich das mal nicht so zu Herzen. Vergessen Sie ihre Arbeit doch für ein paar Stunden … an so einem schönen Tag.« Er sah Charlotte aufmunternd an, die jedoch gar nicht verstand, was er meinte.

»Das werden wir auch tun«, sagte ich bemüht munter, damit es nicht zu weiteren Mißverständnissen kam. »Vielen Dank,

Herr Friedrichsen, es war eine ganz besondere Fahrt für uns.« Wenigstens konnte ich ihn zum Schluß noch mit der Wahrheit belohnen.

»Freut mich, jederzeit startbereit, wenn Sie wieder mal raus wollen.« Er lachte uns aus seinen fröhlichen Augen an und winkte uns hinterher, als wir zu unseren Fahrrädern gingen.

»Was hat er eben gemeint mit meiner Arbeit?« fragte Charlotte irritiert.

Ich erzählte es ihr.

»Alle Achtung«, sagte sie anerkennend, »vielleicht bist du so etwas wie ein verkapptes Naturtalent, das nur durch falsche Moralvorstellungen schaumgebremst ist.«

»Laß uns diese Diskussion bitte nicht wieder anfangen, da prallen zwei Welten aufeinander.«

»Weiß ich gar nicht.« Charlotte sah mich forschend an und schwang sich dann auf ihr Rad.

Der Wind hatte zum Glück nicht gedreht, so daß wir auf dem Rückweg leicht dahinrollten. Es war eine wortlose Fahrt, während der unsere Gedanken noch draußen auf dem Wasser waren, wo jede von uns auf die eine oder andere Weise ihre Liebe begraben hatte.

Hanni hatte mit dem Essen auf uns gewartet. Als wir in die Küche kamen, nahm sie Charlotte in den Arm und strich ihr über den Kopf.

»Es ist gut so«, sagte sie fest.

Entweder hatte sie außergewöhnliche Antennen, oder sie hatte schon vorher beim Einkaufen von unserer Fahrt erfahren. In jedem Fall hatte sie den Tisch besonders schön gedeckt und trotz Wärme und Sonne Kerzen angezündet. Sie sah unsere fragenden Blicke.

280

»Der Totenschmaus ist auf dem Land Sitte. Man setzt sich zusammen und redet über den Toten.« Ihr auffordernder Blick ruhte auf Charlotte.

»Das kann ich nicht«, sagte sie.

»Aber ich«, stellte Hanni pragmatisch fest. »Ich kann es.« Während sie die Schüsseln herumreichte, fing sie an, kleine Geschichten über Eric zu erzählen. Anfangs spürte ich, daß Charlotte sich innerlich dagegen zu verschließen versuchte. Doch dann entspannte sie sich und lauschte gebannt Hannis Worten. Als Hanni sehr anschaulich erzählte, wie er einmal versucht hatte, einem der Bauern beim Eintreiben der Schafe zu helfen und dabei in einen Graben fiel, konnte Charlotte endlich lachen, nahm den Ball auf und erzählte selbst weiter.

»Es war so viel Leben in ihm, so viel Neugier und Begeisterungsfähigkeit.« Ihre Augen strahlten in der Erinnerung an Eric, wurden dann jedoch wieder von der Trauer überschattet.

»Warum?« Sie sah uns so flehend an, als müßten wir nur den Mund aufmachen, um sie von dieser quälenden Frage zu erlösen.

»Diese Frage ist nicht gut, Deern«, sagte Hanni mitfühlend. »Es gibt keine Antwort darauf. Frau Wilander hat auch keine finden können, als ihr Mann starb.« Sie streichelte Charlotte über die Hand. »Seine Zeit war abgelaufen, warum auch immer. Wenn einer von uns die Antwort kennen würde, gäbe es keine Rätsel mehr.«

Charlotte wollte nach oben gehen und sich hinlegen, aber Hanni hielt sie davon ab.

»Nix da, heute nachmittag ist der Garten dran. Ich schaffe

das nicht alleine, da müssen Sie schon beide ein bißchen mithelfen.«

»Kann Nina nicht …?« kam Charlottes schwacher Versuch.

»Nein, kann sie nicht!«

Ich war Hanni dankbar für ihren Befehlston, der Charlotte daran hinderte, sich einzuigeln und auf ihren leeren Nachttisch zu starren. Innerlich mußte ich schmunzeln, da es das erstemal war, daß Hanni sagte, sie schaffe irgend etwas nicht alleine. Ich war mir sicher, sie würde noch in zehn Jahren das Zepter hier mit unverminderter Kraft schwingen. Welch ein Segen für jeden Besucher in diesem Haus.

So rückten wir einmal mehr dem Giersch zu Leibe, den die warmen Sommertage zu Höchstleistungen angespornt hatten. Wir standen bis zu den Knien im Unkraut und wußten nicht, wo wir anfangen sollten. Also entschieden wir, daß jede Stelle so gut war wie die andere, und stießen unsere Spaten in den Boden. Jetzt war ich dankbar für den Wind, der angenehm kühlte und den ich noch am Morgen verflucht hatte.

»Deine Alpträume sind vorbei, oder?« hörte ich Charlotte neben mir fragen.

Ich sah sie überrascht an und hielt einen Moment inne. »Wie kommst du darauf?«

»Du hast lange nicht mehr nachts geschrien. Also sind sie entweder weg, oder ich schlafe sehr tief, was ich mir in Anbetracht deiner Lautstärke nicht vorstellen kann.« Da ist sie wieder, die alte Charlotte, dachte ich froh, die kein Blatt vor den Mund nimmt.

»Ja, sie sind vorbei.« Es war mir bis jetzt nicht bewußt gewesen, aber sie hatte recht. Von dem Tag an, als ich

Charlotte von der Abtreibung erzählt hatte, waren sie verschwunden. Sie hatten mir so lange zugesetzt, bis ich mich ihnen und vor allem den Tatsachen dahinter stellte.

»Und was ist mit deinen Träumen?« fragte ich.

Charlotte hockte sich zwischen das Unkraut und strich mit den Fingern über die Spitzen, die sich im Wind bewegten.

»In den Jahren, in denen ich mit Eric zusammen war, haben sie fast ganz aufgehört. Jetzt kommen sie langsam wieder, aber sie sind anders, vielleicht bin ich auch anders. Die Sehnsucht nach dem Aufwachen ist eine andere. Ich träume von ihm, und erinnere mich an ihn. Diese Träume sind wie eine Hand, die sanft über meine Wunden streicht. Sie kann sie nicht schließen, aber sie kann den Schmerz lindern.« Sie stand auf und sah mich entschlossen an. »Irgendwann werde ich das Gute darin erblicken und, wie Hanni mir prophezeit, dankbar sein, daß wir einander hatten. Aber soweit bin ich noch nicht.«

20 *Wir verbrachten noch eine Woche zusammen.* Der August war mit aller Pracht angebrochen, die Farben der Felder und Wiesen verblaßten, und die Mähdrescher hatten ihre Arbeit aufgenommen. Wenn der Wetterbericht Regen ankündigte, war ihr mahlendes Geräusch bis in die Nacht hinein zu hören, und wir sahen in der Ferne die riesigen Scheinwerfer, die aus majestätischer Höhe die Felder beschienen. In der vergangenen Nacht hatten wir noch bis spät abends draußen auf der Warft gesessen und das Schauspiel beobachtet.

Beim Frühstück überraschte Charlotte uns mit der Ankündigung ihrer Abreise. »Es ist soweit. Ich kann es nicht länger hinausschieben, ich muß zurück zu meinen Kindern, sie fehlen mir.«

»Wann?« brachte ich nur heraus, während Hanni verständnisvoll nickte.

»Heute, ich nehme die Fähre um elf Uhr, Johann Matthiessen holt mich um halb elf ab. So ... jetzt ist es heraus.« Sie sah uns unsicher an und atmete tief durch.

»Hanni, wie spät ist es?« fragte ich. Es gab noch so viel, was ich mit Charlotte hatte besprechen wollen, so viel zu sagen.

»Halb neun, bleiben uns noch zwei Stunden«, antwortete sie und stand vom Tisch auf. »Dann werde ich mich mal an den Reiseproviant machen.«

»Das brauchen Sie nicht, Hanni«, versuchte Charlotte sie davon abzuhalten, »ich kann mir doch am Bahnhof etwas zu essen kaufen.«

»Womöglich noch dieses Fast food«, sagte sie indigniert, »kommt nicht in die Tüte, nachdem ich Sie die ganzen Wochen so schön zurechtgepäppelt habe.« Hannis Augenwinkel wurden feucht, und sie verschwand schnell in der Küche.

Charlotte streckte ihre Hände über den Tisch und legte sie auf meine.

»Danke, daß du es mir nicht eher gesagt hast.« Ich schluckte.

»Ich hätte an nichts anderes mehr denken können. Besser kurz und schmerzvoll.« Jetzt lächelte ich sie tapfer an. »Hätte ich bei deiner Ankunft nicht gedacht, daß ich einmal heulen würde, wenn du wieder abreist.«

284

»Das beruht auf Gegenseitigkeit.« Ich spürte, daß ihr das Reden genauso schwerfiel wie mir. »Ruf mich an, wenn du wieder in Frankfurt bist.«

Sie fragte mich nicht, wann das sein würde, und ich fragte sie nicht, was sie jetzt vorhabe. Ich konnte mir jedoch nicht vorstellen, daß sie ihre Ehe dort fortsetzte, wo sie sie vor mehr als zwei Monaten unterbrochen hatte.

Ich zog meine Hände unter ihren hervor und stand auf.

»Es ist nicht mehr viel Zeit«, sagte ich, »du mußt sicher noch packen.«

»Das habe ich gestern abend schon erledigt, aber ich mache noch einmal die Runde ums Haus. Die Erinnerung wird mir helfen.« Sie versuchte, zuversichtlich zu klingen, doch ich ahnte, wie schwer ihr der Abschied von unserem gemeinsamen Zufluchtsort fiel.

Während Charlotte ihre Runde ums Haus bei Hanni in der Küche begann, ging ich – mit einem kleinen Umweg durch Annes Gewächshaus – nach oben. In Klaras Arbeitszimmer sah ich die Tagebücher durch und fand, wonach ich suchte. Charlotte hatte das Buch über ihre eigene Person zu den anderen ins Regal gestellt. Es konnte ihr nicht leichtgefallen sein, sich selbst für all jene, die nach uns kamen, als ein offenes Buch zu hinterlassen. Aber sie hatte die Vollständigkeit von Klaras Hinterlassenschaft über ihr eigenes Interesse gestellt. Ich zog das Buch heraus und nahm es mit in mein Zimmer, wo ich einen kurzen Brief an Charlotte schrieb und ihr den Sinn der drei Dinge erklärte, die ich ihr mit auf die Reise geben wollte.

»Hanni hat recht, es sollten nur die Bücher über die Toten im Regal stehenbleiben. Nimm Deines als Klaras Vermächtnis mit. Der Orchideenzweig soll Dich daran erinnern, daß sich die Dinge manchmal auf seltsame Weise und auf verschlungenen Wegen einem Sinn annähern, daß uns jedoch die Tragik eines Augenblicks oder eines ganzen Lebens den Blick verstellt, um das zu erkennen. Und schließlich der Schlüssel: Er öffnet die Tür zu meinem Zuhause in Frankfurt, das ich fortan alleine bewohnen werde. Er ist die Versicherung, daß Deine Entscheidung nicht daran scheitert, daß Du nicht weißt, wohin Du mit Deinen Kindern gehen sollst. Wenn Du ihn gebrauchen kannst, dann schicke mir den Ersatzschlüssel, der im Flur in der Kommode liegt. Deine Nina«

Ich schlich mich in Charlottes Zimmer und packte alles zusammen in ihre Reisetasche, die zum Glück noch so viel Luft hatte, daß auch der Orchideenzweig noch als solcher zu erkennen sein würde, wenn sie die Tasche öffnete. In knapp einer Stunde würde Johann Matthiessen vorfahren und Charlotte mitnehmen.

Ich schloß leise ihre Tür und ging nach unten, wo Hanni sich mit umfangreichen Vorbereitungen ablenkte. Das würden die abwechslungsreichsten und liebevollsten Brote werden, die jemals in einem Zug verzehrt worden sind. Charlotte würde mit der Menge allerdings ihre Mühe haben. Ich lächelte in mich hinein, während ich staunend den Berg betrachtete.

»Hanni, sie muß nur bis Wiesbaden fahren«, machte ich den schwachen Versuch, sie zu bremsen.

»Aber diese Fahrt wird sie Nerven kosten, und das verbraucht eine Menge Kalorien.« Hanni ließ sich nicht irritieren. Und schließlich hat sie recht, dachte ich bei mir.

»Wenn's bei Ihnen soweit ist, können Sie gleich eine Ecke in Ihrem Koffer freilassen«, fügte sie mit einem vielsagenden Seitenblick hinzu.

Ich salutierte mit einem Lächeln im Mundwinkel und ging hinaus, um Charlotte zu suchen. Sie stand an unserer Stelle auf der Warft und sah über das weite Land. Es war einer dieser wundervollen Tage mit vereinzelten Wolken am Himmel, schwachem Wind und einer Sonne, die Felder und Wiesen in intensives Licht tauchte.

»Wenn es heute abend einen Nolde-Himmel gibt«, sagte Charlotte verträumt, »dann stell dich hierher und denke an mich.«

»Versprochen.« Ich hatte ihr noch so vieles sagen wollen, aber in diesem Moment war alles vergessen. Wir standen nebeneinander und waren gefangen von der stillen Schönheit dieser Insel, die sich mir ohne Klara vielleicht nie eröffnet hätte.

»Ob wir jemals wieder hierherkommen?« fragte Charlotte.

»Ich meine in dieses Haus?«

»Da zitiere ich am besten Hanni: ›Diese Frage ist nicht gut, Deern, es gibt keine Antwort darauf.‹« Nach Charlottes Grinsen zu urteilen, mußte ich Hannis Ton gut getroffen haben.

»Du hast recht, ich meine, *sie* hat recht. Es ist nur gut zu wissen, daß es diesen Ort gibt … für den Fall, daß es noch einmal ganz dick kommt.«

Sie drehte sich zum Haus um und betrachtete es lange, um sich sein Bild einzuprägen.

»Schade«, sagte sie versonnen, »daß du sie nie richtig kennengelernt hast.«

»Ja.« Ich mußte oft an Klara denken und an mein ursprüngliches Bild von ihr, das längst verblaßt war. Sie hatte hier, in diesem Haus, für mich Gestalt angenommen, eine Gestalt, der ich gerne begegnet wäre. »Unsere Begegnungen hatten leider das falsche Timing«, sagte ich voller Bedauern. »Nicht von ihrer Seite aus, aber von meiner. Es heißt immer, daß man die Dinge plötzlich mit anderen Augen sieht, aber das ist nicht richtig. Ich habe damals aus denselben Augen in die Welt geschaut, wie ich es heute tue. Nur mein Bewußtsein ist ein anderes geworden.«

»Und«, betonte Charlotte, » deine Bereitschaft, in den Spiegel zu sehen, wovon ich mich nicht ausschließen möchte.«

»Und das in diesem spiegellosen Haus«, sagte ich lachend, wurde jedoch gleich wieder ernst. »Ich bin froh, daß ich *dich* wenigstens zu deinen Lebzeiten kennenlernen konnte.« Die tiefe Vertrautheit, die in unzähligen intensiven Stunden zwischen uns gewachsen war, würde nichts mehr zerstören können.

»Das war zugegebenermaßen gutes Timing.« Charlotte zwinkerte mir spitzbübisch zu.

Wir hatten beide gleichzeitig das Auto gehört, das die Auffahrt hinauffuhr, um die Ecke bog und auf uns zukam. Johann Matthiessen stieg aus und fragte, ob er das Gepäck holen solle. Charlotte nickte und sagte, Hanni wisse Bescheid.

»Ich gehe nicht mehr hinein.« Sie sah mich mit Tränen in den Augen an.

»Soll ich ...?«

»Nein«, unterbrach sie mich entschieden, »du sollst mich nicht zum Schiff begleiten. Wir verabschieden uns hier.«

Hanni kam zusammen mit Johann Matthiessen zu uns heraus und hielt Charlotte einen prall gefüllten Jutesack entgegen.

»Danke, Hanni, danke für alles.« Sie umarmten sich fest, während Hanni ihr beruhigend auf den Rücken klopfte. »Ich schreibe Ihnen«, versprach Charlotte. Das Reden fiel beiden schwer.

»Machen Sie's gut, Deern«, schluchzte Hanni, die ihre Tränen nicht mehr verbergen konnte.

Dann war ich an der Reihe, mich von Charlotte zu verabschieden. Ich legte meine Hände um ihr Gesicht und sah sie fest an. »Vergiß alles, was ich dir jemals über Grenzen gesagt habe, hörst du. Reiß die, die um dich herum sind, nieder. Nur kein falsches Verantwortungsgefühl.« Ich lächelte sie unter Tränen an. »Das hat mir einmal eine sehr kluge Frau vorgebetet.«

»Ich werde mir Mühe geben«, erwiderte Charlotte. »Aber es ist nicht so einfach.« Der Funken Verzweiflung, den ich in ihren Augen entdeckte, würde noch eine ganze Weile dort glimmen.

»Ich weiß«, sagte ich voller Mitgefühl und umarmte sie.

Johann Matthiessen gab uns ein Zeichen, daß es Zeit wurde aufzubrechen.

»Und du willst wirklich nicht, daß ich …« machte ich einen erneuten Versuch, sie zu begleiten.

»Nein«, entgegnete sie tapfer, »dann wird es nur noch schwerer.«

Charlotte stieg ein, und Johann Matthiessen schloß die

Schiebetür seines Kleinbusses. Hanni und ich blieben oben auf der Warft stehen, winkten und sahen dem Auto hinterher, bis wir es aus den Augen verloren.

»Und wir beide«, sagte Hanni entschlossen, »essen jetzt erst einmal ein dickes Stück Schokoladenkuchen.«

»Jetzt?«, fragte ich überrascht.

»Warum nicht jetzt? Ich habe mal gelesen, daß Schokolade gut gegen Kummer ist. Und da der sich auch nicht an bestimmte Zeiten hält, tun wir es beim Essen ebenfalls nicht. So einfach ist das.«

Sie zog mich hinter sich her und dirigierte mich zu meinem angestammten Platz in der Küche.

»Hingesetzt und aufgepaßt«, befahl sie mir, öffnete den Kühlschrank und zauberte eine dicke, fette Schokoladentorte hervor, von der bereits ein Viertel fehlte.

»Gehe ich recht in der Annahme, daß das fehlende Stück gerade auf dem Weg zum Festland ist?»

»Sie geh'n recht in der Annahme«, bestätigte Hanni meine Vermutung und nickte befriedigt.

»Aber wann haben Sie die gebacken?« fragte ich erstaunt. Hanni war zwar in der Küche ein Meister ihres Fachs, aber zaubern konnte sie noch nicht.

»Gestern.«

»Woher wußten Sie denn, daß Charlotte heute abreist?»

Hanni sah mich vieldeutig an.

»Ach so«, beantwortete ich mir die Frage selbst. »Sie haben Johann Matthiessen beim Bäcker getroffen.«

»Fast richtig«, sagte Hanni lachend. »Es war seine Frau, und die ist mir vorgestern im Supermarkt über den Weg gelaufen.«

290

»Unter verstopften Kommunikationskanälen leidet die Insel wirklich nicht.«

»Seien Sie doch froh, sonst gäbe es jetzt nur Schokoladenkekse.«

»Bin ich auch«, entgegnete ich mit einem Blick auf das herrliche Stück Kuchen, das Hanni auf meinen Teller beförderte. »Charlotte wird staunen.«

»Und hoffentlich auch essen.« Der Zweifel in Hannis Stimme war unüberhörbar.

Wir verfielen beide in Schweigen und begleiteten in Gedanken Charlotte ein Stück ihres Weges.

»Wo immer Frau Wilander auch ist«, sinnierte Hanni, »ich hoffe, sie sieht, daß ihre Entscheidung richtig war.«

Ich sah sie fragend an.

»Sie hat viel über ihr Testament nachgedacht«, begann Hanni. »Sie wollte kein Geisterhaus schaffen, das verwaist, wenn sie nicht mehr lebt. Aber sie war sich auch sicher, daß Ihre Familie sie für verrückt halten würde. Trotzdem hat sie sich schließlich durchgerungen, es zu wagen. Sie sagte: ›Und wenn es nur einem einzigen Menschen hilft, Hanni, dann war es das wert.‹«

»Jetzt sind es schon zwei.«

»Ja«, wiederholte Hanni stolz meine Worte, »jetzt sind es schon zwei.«

Der August war mein Verbündeter. Er bescherte mir einen schönen Tag nach dem anderen, vor allem aber zwei wundervolle Nolde-Himmel, die ich von meiner Lieblingsstelle auf der Warft aus betrachtete. Ich hielt mein Versprechen und dachte dabei an Charlotte. Als sich dieser Sommermonat seinem Ende zuneigte, waren bereits zweieinhalb Wochen seit Charlottes Abreise vergangen. Ich hielt den Tagesrhythmus, den ich mit ihr zusammen gefunden hatte, bei, machte Touren mit dem Rad oder fuhr auf die umliegenden Halligen. Auch Klaras und Ferdinands Grab band ich regelmäßig in meine Ausflüge ein. Ich hatte gehofft, noch einmal das Orgelspiel hören zu können, aber wann immer ich die Alte Kirche betrat, empfing mich Stille. So würde dieses Erlebnis ein einmaliges in jeder Hinsicht bleiben.

Als ich an diesem Tag vom Friedhof kam, zog Hanni, die mitten in ihren Blumenbeeten stand, zwei Briefe für mich aus ihrer Kittelschürze, einen dünnen von meiner Mutter und einen wattierten von Charlotte. Den von meiner Mutter zuerst, dachte ich, dann habe ich es hinter mir. Ich verzog mich auf meine Liege unterhalb des Gewächshauses und begann zu lesen.

»Mein liebes Kind«, schrieb sie, »es wird Dich sicher freuen zu hören, daß ich Dir diesen dummen Brief nicht verübelt habe. Ich kenne Dich ja und weiß, daß Du es nicht so meinst.« Und ob ich das so meine, sagte ich laut vor mich hin. »Es ist verständlich in Deiner Situation. Aber ich habe ja schon immer gesagt, daß Carl nicht der Richtige für Dich ist. Diese Anwälte drehen einem doch immer das Wort im Mund herum.« Aha, dachte ich schadenfroh, sie hat mit Carl gesprochen und eine kräftige Breitseite von ihm abgekriegt. »Wenn Du nach Hause kommst, werden wir eine Lösung für Dich finden. Deine Mutter.«

» *Wir* werden gar nichts finden«, entgegnete ich voller Groll. Es mußte so laut gewesen sein, daß Hanni fragend zu mir herübersah.

»Alles in Ordnung«, rief ich ihr zu und schob den Brief wieder in den Umschlag. Ich lehnte mich zurück, sah in den Himmel und versuchte die negativen Gefühle abzuschütteln, die meine Mutter in mir auslöste. Sie bog sich die Welt und die Tatsachen zurecht, wie es ihr paßte. Und das Schlimmste ist, dachte ich bitter, daß sie damit durchkommt. Doch an mir würde sie sich in Zukunft die Zähne ausbeißen.

Nachdem ich diesen Gedanken genüßlich ausgekostet hatte, nahm ich Charlottes Brief und wog ihn in meiner Hand. Ich hoffte, ich würde darin das finden, was ich annahm. Ich öffnete ihn vorsichtig, drehte ihn mit der Öffnung nach unten und ließ den Schlüssel in meine Hand fallen. Meine Finger schlossen sich um den Ersatzschlüssel, und ich schickte ein Dankgebet zum Himmel. Sie hat es also geschafft, dachte ich erleichtert und zog den Brief aus dem Umschlag.

»Liebe Nina«, schrieb sie, »wenn Du den Schlüssel in der Hand hältst, weißt Du, was geschehen ist. Meine Kinder und ich sind wie Heuschrecken über Dein Haus hergefallen. Du wirst Deinen wundervollen Entschluß und Deine Hilfsbereitschaft noch bereuen, wenn Du siehst, was vier Kinder und eine machtlose Mutter im Nu anrichten können. Dein Haus ist mit Bauklötzen, herumfliegenden Turnschuhen, Hockeyschlägern und Barbiepuppen übersät. Glücklicherweise habe ich von Anfang an das Zimmer abgeschlossen, das mir so ganz nach Dir aussieht. Du wirst also, wenn Du zurückkommst, eine rettende Oase vorfinden.

Als ich nach Wiesbaden fuhr, war ich mir nicht sicher, was ich tun sollte. Johannes empfing mich sehr liebevoll und ohne Vorwürfe oder inquisitorische Fragen. Manchmal denke ich, er ist zu gut für diese Welt. In jedem Fall ist er zu gut für mich. Wenn es jedoch nur um Johannes und mich ginge, hätte ich alles beim alten belassen. Aber dann sah ich meine Kinder an und wußte plötzlich, daß ich nicht wollte, daß sie mit einer Lebenslüge ihrer Mutter aufwachsen. Ich habe mich gefragt, was schlimmer ist – wenn sie mit getrennten, dafür aber ehrlichen Eltern groß werden oder mit vermeintlich innig verbundenen, von denen zumindest einer vorgibt, die Sehnsucht nach Liebe und Leidenschaft sei zu vernachlässigen. Ich möchte sowohl meinen beiden Töchtern als auch meinen Jungs vorleben, daß ich nicht nur ihre Mutter bin, sondern auch eine Frau, keine Heilige, wie ihr Vater mich behandelt, sondern ein Mensch.

Liebe Nina, Du wirst kein leeres Haus vorfinden, wenn Du kommst. Also trau Dich! Kauf Dir eine Fahrkarte und mach Dich auf den Weg, wenn Du soweit bist. Ich freue mich auf Dich. Deine Charlotte.

PS 1: Apropos Grenzen – ich habe mit Deinen Nachbarn einen kleinen Grenzstreit über die Frage begonnen, ob die Kinder einfach über die Zäune in ihre Gärten klettern dürfen, wenn es ihr selbstvergessenes Spiel gerade erfordert. Ich meine ja, wundere Dich deshalb bitte nicht über die bösen Blicke, die Dich hier vielleicht empfangen.

PS 2: Umarme Hanni von mir!

PS 3: Nimm Dir am Samstag nichts vor. Johann Matthiessen wird Dich um zehn Uhr abholen, mehr verrate ich nicht, es soll eine Überraschung sein.«

Bei Charlottes Zeilen war es mir warm ums Herz geworden. Ich sah sie vor mir, wie sie mein Haus besetzte und die über Jahre gewohnte Ordnung über den Haufen warf. Plötzlich wußte ich, was mich in den letzten Wochen noch hier gehalten hatte: die Vorstellung von einem leeren Haus, in dem alles an den Hausherrn erinnerte, der jetzt ein anderes Heim mit seiner Anwesenheit beehrte. Ein Heim, das auch bald durch ein Kind geprägt sein wird, dachte ich wehmütig und immer noch voll von Trauer, die sich wie ein Band um meinen Hals zog.

Carl hatte mir geschrieben, er wolle mein Freund sein. Ich zog es jedoch vor, meine Freunde in einer anderen Liga zu suchen. Charlotte hatte viel dazu beigetragen, daß ich verstand, was geschehen war, aber ich mußte ihm seinen Anteil daran deshalb nicht verzeihen. Er hatte nicht als mein Freund gehandelt, er hatte mir nicht den Hauch einer Chance gegeben, sondern sich nach einem anderen Ufer umgesehen, als der Weg entlang unseres gemeinsamen Ufers zu steinig und unwegsam wurde. Anstatt sich hindurchzukämpfen und ein paar Blessuren in Kauf zu nehmen, anstatt es wenigstens zu versuchen, war er den bequemen Weg gegangen, mit dem er mich fast in den Abgrund gestürzt hatte. Carl würde irgendwann mein geschiedener Mann sein, aber er würde ganz sicher nicht mein Freund sein.

Ich stand von meiner Liege auf, ging zu Hanni und umarmte sie überfallartig.

»Alles nur im Auftrag von Charlotte«, sagte ich und grinste sie entschuldigend an, als sie mir vorwurfsvolle Blicke zuwarf, weil wir beide fast im Beet gelandet wären.

»Geht's ihr gut?« fragte Hanni gespannt.

»Ja, es geht ihr gut. Sie hat alles in Ordnung gebracht.«

»Fein. Ich hatte mir da so meine Sorgen gemacht.« Hanni stützte sich auf ihre Harke und sah mich mit ihrem prüfenden Blick an. »Und? Wann soll ich Ihre Brote schmieren, Nina?«

»Montag, Hanni«, sagte ich leise.

»Gut so«, kam prompt ihr Kommentar.

Am liebsten hätte ich meine Mutter bei Hanni in die Lehre geschickt, aber das würde ein Wunschtraum bleiben müssen. Durch Hanni hatte ich erfahren, daß es echte, heilsame Fürsorge gab, die ihr Objekt bestehen läßt, ohne es nach eigenen Vorstellungen formen zu wollen.

Am Samstag morgen war ich um kurz vor zehn startbereit und wartete vor der Tür auf Johann Matthiessen. Ich war gespannt, was Charlotte sich hatte einfallen lassen. Hanni hatte nur gegrinst, als ich versucht hatte, sie auszufragen.

»Warten Sie es ab«, hatte sie mit einem vieldeutigen Lächeln gesagt und kein Wort verraten.

Also wartete ich voller Vorfreude, denn ich wußte, es würde etwas sein, was ich mir wünschte, obwohl ich diesen Wunsch vielleicht noch nicht einmal ahnte. Charlotte hatte mit ihren feinen Sensoren manches erfaßt, lange bevor es mir bewußt wurde. Auch Johann Matthiessen verriet mir nicht, wohin es ging, sondern zwinkerte mir nur zu und sagte: »Geduld, Geduld.« Er fuhr mit mir quer über die Insel und hielt in der Nähe des alten Hafens an einer großen Wiese, auf der ein Propellerflugzeug stand. Mein Herz schlug vor Aufregung einen Takt schneller. Ich dachte daran, daß ich Charlotte kurz vor ihrem Abschied erzählt hatte, wie gerne ich einmal über die Insel und die Halligen fliegen würde, wie sehr ich mich danach sehnte, alles mal von oben zu sehen und über diese Landschaft vogelfrei dahinzugleiten. Sie hatte es nicht vergessen, und ich schloß sie noch ein Stück tiefer in mein Herz, obwohl das kaum mehr möglich war.

Ich ging auf das Flugzeug zu, vor dem sich zwei Männer unterhielten. Als sie mich kommen sahen, unterbrachen sie ihr Gespräch und schauten mich erwartungsvoll an.

»Sind Sie Frau Tilden?« fragte mich einer von ihnen.

»Ja«, sagte ich nur. Ich konnte es kaum erwarten, in die Maschine zu klettern und in den Himmel aufzusteigen.

»Dann habe ich etwas für Sie von Ihrer Freundin.« Er holte einen kleinen Brief aus seiner Hosentasche und gab ihn mir.

»Für Nina«, stand in Charlottes Schrift auf dem Umschlag. Ich zog die kleine Karte heraus und las: »Du bist in abgründige Tiefen hinabgestiegen und hast es überlebt. Jetzt spring ins Leben und laß Dich fallen. Dies ist ganz allein Dein Augenblick, nimm ihn von Herzen als Geschenk. Ich bin in Gedanken bei Dir.«

Ich sah die Männer ungläubig an. Einer von ihnen kam mir mit einem Ding entgegen, das mir verdächtig nach einem eingepackten Fallschirm aussah.

»O nein«, sagte ich entschieden und ging einen Schritt zurück.

»O doch«, erwiderte er grinsend. »Ihre Freundin hat mich schon darauf vorbereitet, daß Sie Zicken machen würden.« Er schnallte mir kurzerhand das Ding um den Körper und zog mich hinter sich her zum Flugzeug.

»Kann losgehen, Robby!« rief er immer noch grinsend.

»Ich heiße übrigens Bernhard, aber alle nennen mich Berni.« Er sah mich erwartungsvoll an.

»Ich heiße Nina«, sagte ich automatisch. Ich konnte nicht glauben, was hier mit mir geschah. Es war wie ein Film, der vor mir ablief.

»Na dann, Nina, wir springen zusammen. Vergessen Sie alles

um sich herum, und genießen Sie es. Ich kümmere mich darum, daß wir heil unten ankommen.«

Er gab mir noch genaue Instruktionen für den Sprung, aber ich verschloß meine Ohren vor dem, was er sagte. Wozu diese Details, wenn ich sowieso nicht springen würde. Charlotte hatte mich zu wörtlich genommen, so vogelfrei wollte ich nun doch nicht dahinschweben. Das Flugzeug hatte mittlerweile abgehoben und flog gen Himmel. Ich sah die Welt unter uns immer kleiner werden und beschloß, keinesfalls auch nur den Hauch von einem meiner Fußzehen aus diesem Flugzeug zu halten. Charlottes Idee in allen Ehren, aber das ging dann doch zu weit. Ich war zwar inzwischen sehr viel zugänglicher geworden, wenn es sich darum handelte, Charlottes vielgepriesene Grenzen zu überschreiten, aber meine natürlichen Grenzen endeten eindeutig an der Tür dieses Flugzeugs.

Berni schnallte mich mit ein paar Handgriffen an sich fest, zog mich Richtung Ausgang und hielt mich fest umschlungen.

»Nein!« schrie ich ihm entsetzt zu und krallte meine Finger in seine Arme, doch er lachte nur und klopfte mir beruhigend auf die Schulter.

Ich weiß nicht, wie es gegen meinen Willen passieren konnte, doch plötzlich verlor ich den Boden unter den Füßen und fiel ins Bodenlose. Ich spürte das Fallen und den Wind und eine unendliche Angst. Meine Augen hielt ich krampfhaft geschlossen, während ich nur daran denken konnte, daß gleich der Aufprall kommen mußte und ich zerschmettert am Boden liegenblieb. Gedankenfetzen flogen an meinem inneren Auge vorbei, aber ich konnte sie nicht greifen. Bis auf einen einzigen, der sich immer stärker in den Vordergrund drängte: Wenn nicht jetzt, dann tust du es nie. Ich riß meine Augen auf und konnte nicht fassen, was um mich herum und mit mir geschah. Ich fiel und fiel und war berauscht von der unendlichen Weite, der Leichtigkeit, den Schmetterlingen im Bauch, die mich das Leben fühlen ließen wie nie zuvor. Ich breitete meine Arme aus, schrie mir die Seele aus dem Leib und weinte vor Freude. Es war mir egal, was Berni dachte, ich wollte nur noch fühlen und erleben. Diese Sekunden im freien Fall gehörten ganz allein mir. Mein Zeitgefühl war mit der Angst verflogen, und ich war überrascht, als sich plötzlich der Fallschirm über uns öffnete und sich unser Flug verlangsamte. Ich sah die Erde näher kommen und wußte, daß ich mich nie sicherer und freier gefühlt hatte, nie aufgehobener und befreiter als während der wenigen Sekunden zwischen meinem Augenaufschlag und dem Öffnen des Schirms. Der kurze Moment des Aufpralls brachte mich auf den Boden zurück, aber es war kein böses Erwachen wie der Sturz aus einem Traum, sondern der Auftakt zu einer leisen Ahnung. Dort oben hatte ich etwas wiedergefunden, was ich lange verschüttet hatte, nämlich mein Leben. Und ich hatte gespürt, daß ich Carl nicht brauchte, um diesen unvergleichlichen Glücksmoment zu erleben, ihn voll auszukosten. Ich war allein dort oben gewesen, jetzt konnte ich auch allein am Boden weitergehen. Ich dachte an Charlotte und daran, wieviel klüger sie war als ich. Sie hatte mir nicht nur diesen Fallschirmsprung geschenkt, sie hatte mir gezeigt, wieviel Leben noch in mir steckte, das nur darauf wartete, befreit zu werden. Und sie hatte mir das Gefühl für meine Zukunft wiedergegeben.

Hanni hatte auf mich gewartet und sah mich in aller Ruhe an, als ich zu ihr in die Küche kam.

»Charlotte sagte, Sie würden nur noch einen kleinen Schubs brauchen, und wenn ich Sie mir so ansehe, Nina, dann hatte sie recht. Wohin auch immer Sie das führen wird, Sie haben es geschafft.«

»Ja, Hanni, ich habe es geschafft«, sagte ich mit einem fröhlichen und immer noch leicht ungläubigen Seufzer. »Wer hätte das gedacht?«

»Die einzige, die nicht daran glauben konnte, waren Sie selbst. Sie waren zu störrisch, aber das ist ja nun vorbei.« Sie lächelte mich verschwörerisch an, und ich lächelte befreit zurück.

Zeit zum Packen, dachte ich und ging langsam die knarrende Treppe hinauf, deren Geräusch ich vermissen würde. Es waren mehr als vier Monate ins Land gegangen, seit ich zum erstenmal den Fuß in Klaras Haus gesetzt hatte. Trotzdem hatte ich nur die Hälfte meiner Sachen gebraucht. Das Haus ohne Spiegel hatte der Eitelkeit den Garaus gemacht und den Kleidungsstil auf das Wesentliche beschränkt. Meine beiden Koffer waren schnell gepackt. Obenauf legte ich den Zeichenblock, den inzwischen mehrere Skizzen von Schränken, Kommoden und Tischen füllten und der den Gedanken an eine neue kleine Werkstatt wachgehalten hatte.

Den Abend verbrachte ich zwischen Warft, Gewächshaus, Bibliothek und Klaras Arbeitszimmer. Ich versuchte, mir alles so genau wie möglich einzuprägen und in Erinnerung zu behalten, war jedoch viel zu aufgeregt. Es waren unruhige Träume, die mich durch diese Nacht begleiteten und mich schon bei der ersten Dämmerung weckten. Ich ging barfuß hinaus und setzte mich in das noch feuchte Gras, gerade rechtzeitig, um mit den frühen Sonnenstrahlen einen meiner Nolde-Himmel aufziehen zu sehen. Die berauschende Schönheit dieses farbenfrohen Naturschauspiels nahm mir auch diesmal fast den Atem.

Als Hanni kam, war ich schon fertig angezogen. Ich wollte die letzten Stunden mit ihr gemeinsam verbringen und ihr in der Küche zusehen. Mein Broteberg konnte es mit Charlottes durchaus aufnehmen, ich vermochte mir nur nicht vorzustellen, irgend etwas davon runterzubringen. Hanni lenkte uns beide ab, indem sie mir die Neuigkeiten von der Insel erzählte. Es ist mir nichts davon im Gedächtnis geblieben, ich sehe sie nur dastehen und Brote schmieren, bis Johann Matthiessen in die Küche kam, um mich abzuholen. Er nahm mein Gepäck, und Hanni und ich folgten ihm nach draußen.

»Passen Sie gut auf sich auf, Nina.« Hanni strich mir mit ihren rauhen Fingern über die Wange und sah mich liebevoll an. Meine Arme schlangen sich wie von selbst um ihren Hals, und sie hielt mich fest.

»Hanni ... danke.« Ich schluckte die Tränen hinunter. »Danke für alles.«

Sie nickte mir zu und schob mich in den Kleinbus, der sich langsam in Bewegung setzte. Sie blieb wie bei Charlotte so lange auf der Warft stehen, bis wir einander nur noch als Punkte in der Ferne ausmachen konnten.

Johann Matthiessen half mir, meine Koffer auf die Fähre zu bringen, drückte dann meine Hand und sagte: »Machen Sie's gut.«

Ich suchte mir draußen einen Platz und ließ mich von den

Stimmen der anderen Fahrgäste einlullen. Als die Fähre ablegte, warf ich noch einen Blick zurück zur Insel, sah dann auf das in der Sonne glitzernde Meer hinaus und ließ meine Gedanken darin eintauchen.

Sowohl Charlotte als auch ich hatten das seltene Glück gehabt, in der Not einen Zufluchtsort zu finden, der es uns erlaubte, hinter die Dinge zu sehen. Meinen eigenen Traum hatte ich selbst daran gehindert, Wirklichkeit zu werden. Charlotte war dem falschen Traum nachgelaufen und hatte es zu spät erkannt. Zu spät, um den wirklichen zu leben, jedoch nicht zu spät, um den vermeintlichen zu korrigieren. Klaras Fluchtburg hatte uns eine segensreiche Zeit beschert, den Moment der Ruhe, um nachzudenken. *Den Moment der Ruhe, der manchmal alles entscheidet.*